15 Gründe, dich zu hassen

Mehr über unsere Bücher, Autor*innen und Illustrator*innen auf:
www.planet-verlag.de

Für mehr Informationen über Ana Woods und »15 Gründe, dich zu hassen« folgt der Autorin auf:
www.facebook.com/ana.woods.autorin
www.instagram.com/ana.woods.autorin/

ANA WOODS

15 GRÜNDE dich zu hassen

PLANET!

Für Dad,
meinen Nummer 1 Fan der ersten Stunde

KAPITEL 1

»Was glaubst du eigentlich, wer du bist?«

Noch bevor wir auf dem Schulparkplatz zum Stehen gekommen waren, hörten wir die sich überschlagende Stimme meiner besten Freundin. Tyler warf mir von der Fahrerseite einen beunruhigten und zugleich besorgten Blick zu. Immer, wenn er jemanden auf diese Weise anschaute, bildeten sich exakt drei Falten auf seiner Stirn, die ihn wie einen Mops aussehen ließen.

Eine größere Schülertraube hatte sich vor dem Eingang gebildet, um das Spektakel nicht zu verpassen. Sie alle gafften meine beste Freundin an, als wäre sie eine Zirkusattraktion. Einige hatten ihre Smartphones in der Hand und filmten den ersten Zara-Ausraster dieses frühen Montagmorgens. Vermutlich würde es nur wenige Minuten dauern, ehe die ersten Videos online waren und Zara zum Gespött der Schule machten. Woran sie im Grunde gewöhnt war. Sosehr ich sie auch liebte, meine Freundin litt unter einem klitzekleinen Aggressionsproblem. Es brauchte nur ein einziges falsches Wort oder einen einzigen falschen Blick, um sie in zwei Sekunden von null auf hundert zu bringen. Damit beschleunigte sie schneller als der neue Ferrari ihres Dads.

Als Tyler endlich einen freien Parkplatz gefunden hatte, löste ich den Gurt und riss die Tür auf, kaum dass er den Motor abgeschaltet hatte.

»Warte doch einen Moment, Alice!« Tyler war mein bester Freund. Wir lebten nebeneinander und waren zusammen aufgewachsen – er sollte wissen, dass ich keine Zeit verschwenden konnte, wenn Zara wieder einmal dabei war, die Aufmerksamkeit aller auf sich zu ziehen. Schuldirektor Hamilton hatte sie ohnehin schon auf dem Kieker. Ich konnte nicht zulassen, dass sie wegen eines Streits mit Jackson Turner ihre Zukunft aufs Spiel setzte.

Und Jackson war sicher mal wieder die Wurzel allen Übels, auch wenn ich ihn im Moment noch nicht sehen konnte. Denn wann immer Zara kurz davor war, jemanden zu verprügeln, war er es. Wobei niemand wusste, weshalb die beiden überhaupt einen Kleinkrieg ausfochten. Leider konnten sie einander auch nicht aus dem Weg gehen, denn sie gehörten schon seit Beginn der Highschool zu derselben Clique. Diese bestand aus Tyler und seiner Freundin Amy, die allerdings erst später zu unserer Gruppe gestoßen war, seinem besten Freund Jackson, meiner besten Freundin Zara und mir. Wir hatten schon vieles versucht, damit die beiden das Kriegsbeil begruben, aber allem Anschein nach war das unmöglich.

Aus diesem Grund wunderte es mich auch nicht, dass Jackson nun mit verschränkten Armen gegen sein Auto gelehnt dastand und Zaras Gefühlsausbruch wortlos über sich ergehen ließ. Immerhin hatte er mittlerweile begriffen, dass Widerworte zwecklos waren, wenn Zara sich einmal in Rage geredet hatte.

»Was ist dieses Mal passiert?«, fragte ich den Schüler neben mir.

Er zuckte mit den Schultern. »Keinen Schimmer. Jackson hat etwas gesagt und Zara ist in die Luft gegangen.«

»Ein typischer Montagmorgen also.« Seufzend verschaffte ich mir mithilfe meiner Ellbogen Platz, um zu meiner Freundin zu gelangen. Sie setzte gerade zu einem erneuten Ausbruch an, als ich sie am Arm packte, Jackson einen entschuldigenden Blick zuwarf, den er abwinkte, und Zara durch die Eingangstür in den Flur zog. Einige Mitschüler protestierten, da ich ihnen die Show vermasselte, aber ich ignorierte die Rufe.

»Verdammt, Alice! Das hat wehgetan!«, motzte Zara mich mit bebender Stimme an, als wir in der Mädchentoilette angekommen waren. Sie rieb sich die leicht gerötete Stelle am Arm. Das ließ mich allerdings unbeeindruckt, denn ich wusste, wie man in solchen Fällen mit ihr umgehen musste.

Behutsam legte ich meine Hände auf Zaras sich noch immer viel zu schnell hebenden und senkenden Schultern. Dann sagte ich in einem leisen Flüsterton: »Einatmen … ausatmen.«

Sie presste ihre Augen zu zwei schmalen Schlitzen zusammen, was ihnen wegen ihrer grünen Farbe eine katzenhafte Eleganz verlieh.

»Gut«, sagte ich sanfter, als sich ihre Atmung verlangsamt hatte. »Und jetzt sag mir, womit Jackson heute deinen Hass verdient hat.«

Zara rollte mit den Augen und schob sich eine der dunklen Dreadlocks, die sich aus ihrem verknoteten Pferdeschwanz gelöst hatte, aus der Stirn. »Er hat geatmet, das reicht ja wohl!«

Ein leises Aufstöhnen konnte ich mir nicht verkneifen. Zara war manchmal unmöglich. Ich spiegelte ihre Pose und warf ihr einen belehrenden Blick mit hochgezogener Augenbraue zu. Dabei tippte ich mit meiner Fußspitze einige Male auf den Boden und wartete auf die ehrliche Antwort.

Zara wusste, dass ich dieses Spiel den ganzen Tag lang

spielen konnte, und gab nach: »Ich habe mich mit Henry über den neuen Marvel-Film unterhalten«, begann sie, und ich ahnte, dass diese Erzählung eine dramatische Wendung nehmen würde. »Wir haben über die verschiedenen alternativen Realitäten geredet und kamen dann darauf zu sprechen, dass *Doctor Strange* der beste der Avengers ist.«

Zara war ein großer Fan von Comicverfilmungen, aber ein noch größerer Fan von Benedict Cumberbatch. In ihrem Zimmer hing ein lebensgroßes Poster von ihm, dem sie jeden Abend, bevor sie ins Bett ging, einen Kuss gab.

Zaras Gesichtsfarbe wechselte schon wieder zu Feuerrot.

»Vergiss nicht zu atmen«, ermahnte ich sie schnell.

Sie holte tief Luft, ehe sie weitererzählte: »Jedenfalls lief Jackson hinter uns und sagte aus heiterem Himmel, dass die Rolle des *Doctor Strange* völlig fehlbesetzt sei.«

Instinktiv sog ich scharf die Luft ein. Ich war mir nicht einmal bewusst gewesen, dass ich die Zähne bis eben zusammengepresst hatte. Natürlich war Zaras Reaktion überzogen, aber allein das Fanshirt, das sie heute trug, ließ darauf schließen, dass es eine blöde Idee war, schlecht über diesen Mann zu reden.

»Und dann?«

»Na dann habe ich Jackson die Meinung gegeigt!«, fauchte sie mich an.

Eigentlich wollte ich nicht lachen, aber es war beinahe unmöglich. Zara hatte die Dinge mal wieder völlig hochgeschaukelt.

Das schrille Klingeln der Schulglocke ertönte zum ersten Mal und wir fuhren zeitgleich zusammen, als uns bewusst wurde, wie spät es mittlerweile war.

»Verdammt, ich brauche noch mein Psychologiebuch!« Dicht gefolgt von Zara sprintete ich aus der Tür. Wir hatten zwar einige Kurse zusammen, aber während sie sich gemeinsam mit Amy für Fotografie als Wahlpflichtkurs entschieden hatte, hatten Tyler und ich Psychologie bei Miss Pilkey gewählt.

»Ich muss auch noch meine Ausrüstung holen. Wir sehen uns später?« Zara wartete keine Antwort ab und verschwand.

Glücklicherweise war mein Schließfach nicht weit vom Kursraum entfernt, weshalb ich gerade pünktlich zum letzten Klingeln durch die Tür schlüpfen und mich neben Tyler auf den Stuhl fallen lassen konnte.

Ohne hochzuschauen, spürte ich seinen tadelnden Blick auf mir ruhen. »Wieso bist du vorhin abgehauen?«

Ich hob den Kopf und erschrak. Ich hatte nicht bemerkt, wie dicht Tyler aufgerückt war. Sein Gesicht war meinem so nah, dass ich jede seiner dunkelbraunen Bartstoppeln und jeden grünen Sprenkel in seinen hellblauen Augen zählen konnte. Ich legte meinen Zeigefinger an seine Stirn und schob ihn ein wenig weg.

»Schwitz mich nicht voll«, sagte ich mit einem Lächeln in der Stimme. »Du hast doch gesehen, wie Zara drauf war. Ich hätte sie doch nicht ihrem Schicksal überlassen können. Früher oder später wäre der alte Hamilton gekommen und hätte sie suspendiert.«

»Was war dieses Mal der Auslöser?«

»Cumberbatch.«

Stöhnend ließ sich Tyler zurück in seinen Stuhl gleiten. Er verschränkte die Arme vor der Brust, sodass sich seine Muskeln leicht anspannten und sein T-Shirt sich dehnte. »Jackson kann so blöd sein.«

Gerade als ich zu einer Erwiderung ansetzte, kam Miss Pilkey in den Kursraum. Den Papierstapel, den sie balancierte, ließ sie unsanft auf den Schreibtisch fallen. Was auch immer sie da angeschleppt hatte, sah nach viel Arbeit aus. Letzte Woche hatte sie irgendetwas von einem Abschlussprojekt erzählt, aber ich hoffte inständig, dass es das noch nicht war.

Unsere Lehrerin schnaufte kurz, ehe sie sich an ihrem Stuhl abstützte und uns anschaute. Die runden Brillengläser saßen dabei auf ihrer Nasenspitze und sie schaute über das Gestell hinweg in die panischen Gesichter der Kursteilnehmer. Miss Pilkey erinnerte etwas an Mrs Doubtfire. Sie war zwar deutlich jünger als die Figur, die Robin Williams in diesem Film darstellen sollte, aber auch sie hatte ihre weißblonden Haare zu einem strengen Dutt gebunden und presste ihren rundlichen Körper in Kleider mit Blumenmuster, die nicht mal meine Großmutter tragen würde. Dazu waren ihre nicht vorhandenen Augenbrauen akkurat und eckig nachgezeichnet, was Miss Pilkey sehr autoritär erscheinen ließ. Das passte allerdings überhaupt nicht zu ihrem Charakter, denn sie war ein herzensguter Mensch und hatte als Vertrauenslehrerin ein offenes Ohr für jeden von uns.

»Wie bereits vergangene Woche angekündigt, erhalten Sie heute die Aufgabe für das Abschlussprojekt, das sechzig Prozent Ihrer Gesamtnote ausmachen wird«, begann Miss Pilkey die Stunde.

Ein Raunen ging durch die Reihen und auch ich konnte mir ein abfälliges Schnauben nicht verkneifen. Ich hatte gehofft, wir würden noch ein paar Wochen in Freiheit leben können, aber das war uns wohl nicht vergönnt. Die Seniors des letzten Jahres hatten uns vorgewarnt, dass die verbliebenen fünf Monate der Highschool mit viel Stress und Arbeit verbunden waren, aber wir hatten das auf die leichte Schulter genommen. Damals war mir der Abschluss noch weit entfernt vorgekommen, doch nun stand er kurz bevor und ich hatte absolut keine Lust darauf. Nicht unbedingt wegen all der Arbeit, sondern wegen der Angst vor dem Ungewissen. Sollte ich nach dem Abschluss aufs College gehen und wenn ja, was studieren?

Es war nicht so, dass ich *keine* Interessen hatte, sondern eher *zu viele*. In den vorigen Jahren hatten wir immer wieder die Möglichkeit gehabt, uns für diverse Wahlfächer einzuschreiben. Hier an der Georgeville High gab es unzählige AGs, denen man sich anschließen konnte. So kam es, dass ich mich neben der Schülerzeitung, dem Chor und der Theater-AG sogar in der Wintersportart Curling probiert hatte, obwohl ich in der Hitze Floridas lebte. Mir fiel nur bis zum heutigen Tag partout nichts ein, für das ich *wirklich* brannte. Es war nicht wie bei Zara, die in ihrem Leben nichts anderes tun wollte, als mit ihrer Kamera durch die Welt zu reisen und die wundersamen Augenblicke des Lebens mit der Linse einzufangen.

Dennoch hatte ich einen Traum, dem ich gerne nachhing: Psychologie am Dartmouth College zu studieren. Ich liebte es, andere zu analysieren und ihnen bei ihren Problemen unter die Arme zu greifen. Eine Leidenschaft, die meine Mutter mir weitergegeben hatte. Früher hatte sie mich mehr als einmal zu Vorträgen von hochkarätigen Psychologen mitgenommen. Zwar hatte ich damals nicht allzu viel verstanden, aber über die Jahre habe ich mich immer wieder mit bestimmten Themen beschäftigt und ebenfalls eine Faszination für dieses Fach entwickelt. Doch für ein Psychologiestudium reichten weder meine Noten aus noch hatte mein Dad genügend Geld, um mich auf eine private Elitehochschule zu schicken. Also blieb mir nur der Traum.

»Haben Sie mir zugehört, Miss Wright?« Miss Pilkeys Stimme riss mich aus meinen Gedanken. Kurz musste ich gegen die krankenhausähnliche Deckenbeleuchtung anblinzeln und mich wieder zurechtfinden.

Zwar blickte meine Lehrerin ermahnend in meine Richtung, nichtsdestotrotz kräuselten sich ihre Lippen zu einem leichten Lächeln.

»Tut mir leid«, sagte ich kleinlaut und kassierte ein schadenfrohes Grinsen von Tyler. Wie eigentlich immer, wenn ich in einem unserer Kurse zu ihm herübersah, war er gerade dabei, etwas zu zeichnen. Da seine Noten nicht darunter litten, dass er andauernd abgelenkt war, sagte ich dazu nichts. Manchmal kritzelte er willkürliche Muster, heute war aber einer der Tage, an denen er kleine Comics zu unseren Lehrern und Mitschülern entwarf.

Ich lehnte mich zu ihm herüber, um einen besseren Blick darauf erhaschen zu können. Auf Tylers Skizze war unser Physiklehrer, Mr Malvoy, zu sehen. Der kräftige Mann trug ein viel zu enges Hemd, bei dem die Knöpfe der Bauchregion beinahe aufplatzten. Seine Halbglatze war puterrot und aus den abstehenden Ohren quoll Rauch. Es war zwar eine etwas übertriebene Darstellung, trotzdem ziemlich akkurat, denn mit Mr Malvoy war absolut nicht zu spaßen. Vielleicht sollte Tyler sich auch mal an einer Comicversion von Zara versuchen.

»Wow, Tyler! Das ist der Wahnsinn!«, flüsterte ich möglichst leise, damit Miss Pilkey mich nicht wieder ermahnte. »Du solltest unbedingt Comiczeichner werden, das liegt dir im Blut.«

Er schaute mich mit einem grüblerischen Ausdruck an und

zuckte mit den Schultern. »Ach, das ist doch nichts Besonderes.« Es war mir ein Rätsel, weshalb er ein solches Talent herunterspielte.

Als er kurz davor war, seine Zeichnung zu beenden, hielt Tyler einen Moment inne und schob sich den hinteren Teil seines Kugelschreibers in den Mund. Er klapperte mit dem Stift zwischen seinen Zähnen, was mir einen Schauder den Rücken hinunterjagte. Das war fast so schlimm, wie wenn jemand mit den Nägeln an einer Tafel kratzte. Ekelhaft!

»Ihre Aufgabe besteht darin, sich eine nahestehende Person auszusuchen und diese in den kommenden Wochen genauestens zu beobachten«, fuhr Miss Pilkey mit ihrer Ausführung über die bevorstehende Arbeit fort. »Notieren Sie fünfzehn kleine Macken oder Eigenarten, die diese Person besitzt, und schreiben Sie zu jedem der von Ihnen aufgelisteten Punkte eine halbe Seite darüber, was diese Eigenschaft in Ihnen auslöst. Popelt Ihr Gegenüber sich vor Langeweile dauernd in der Nase herum oder reißt blöde Witze? Wie fühlen Sie sich dabei? Sind sie angeekelt oder genervt? Oder haben sie Verständnis und lachen sogar über seine Witze? Welche Schlüsse ziehen Sie daraus? Schreiben Sie alles auf, was Ihnen einfällt. Dann würde ich vorschlagen, dass Sie Ihre Protokolle eine Woche ruhen lassen. Wenn Sie sie mit etwas Abstand erneut betrachten, wird es Ihnen leichter fallen, das Abschlussfazit zu ziehen. Dieses soll aus etwa zwei bis vier Seiten bestehen. Haben Sie dazu irgendwelche Fragen?«

Ich ließ mir die Aufgabe einen Moment durch den Kopf gehen. Das klang ziemlich leicht dafür, dass die Arbeit sechzig Prozent der Note ausmachte. Stirnrunzelnd hob ich die Hand.

»Ja, Miss Wright?«

»Was soll diese Aufgabe bezwecken und wie genau und nach welchen Kriterien bewerten Sie die Protokolle?«

»Das sind durchaus berechtigte Fragen, die ich Ihnen aber nicht beantworten kann.« Miss Pilkey lächelte verschwörerisch. »Genau darum geht es nämlich. Sie sollen mir zeigen, was Sie in den vergangenen drei Semestern aus dem Unterricht mitnehmen konnten. Wie genau Sie das tun, bleibt Ihnen überlassen.«

Ich dachte ein wenig über ihre Worte nach. Vielleicht war das Projekt doch komplizierter, als es den Anschein hatte.

Tyler räusperte sich neben mir. »Mir fallen locker fünfzig Macken von dir ein«, sagte er und erstickte sein Lachen mit der Hand, die er sich vor den Mund hielt.

Ich zog eine Braue in die Höhe. »Was soll das werden? Möchten Sie mich etwa herausfordern, Mr Bennett?«

»Wieso nicht, Miss Wright? Sie können doch keiner Herausforderung widerstehen.« Seine Augen blitzten provokativ auf. Er hatte mich am Haken und das wusste Ty. Dieses kleine Spielchen zwischen uns hatte vor Ewigkeiten begonnen.

Wir mussten damals ungefähr fünf oder sechs Jahre alt gewesen sein, da hatten wir einander zum ersten Mal herausgefordert. Tyler hatte mich damit aufgezogen, dass ich mich nie trauen würde, auf den Apfelbaum vor unserem Haus zu klettern. Trotz meiner Höhenangst hatte ich all meinen Mut zusammengenommen, um ihm das Gegenteil zu beweisen. Mein Kampfgeist war geweckt worden und er war stärker als meine Ängste. So hatte Tyler mich immer wieder dazu gebracht, aus meiner Komfortzone auszubrechen, während er ein wachsames Auge auf mich hatte, damit mir auch nichts passierte.

Seither forderten wir uns andauernd gegenseitig heraus. Manchmal waren es kleinere Dinge, wie damals als Tyler sich einen dicken Esslöffel Wasabi in den Mund schaufeln und ich dafür ein Glas Mayonnaise essen musste. Manchmal aber auch größere. Wenn ich mich recht erinnerte, war das Schlimmste, was Tyler mir jemals angetan hatte, dass ich eine Spinne auf die Hand nehmen musste.

Eine Weile schwiegen wir einander an, lieferten uns ein stummes Blickduell. Bis ich ihm die Hand hinhielt, in die er einschlug. »Deal.«

»15 Dinge an Alice Wright, die mich zur Weißglut treiben.«

»15 Gründe, Tyler Bennett zu hassen«, konterte ich und streckte ihm die Zunge raus.

Ein Schulprojekt, bei dem ich meinen besten Freund als Versuchskaninchen missbrauchen konnte? Etwas Besseres konnte ich mir kaum vorstellen! In meinem Kopf griffen die Zahnrädchen ineinander, als die Glocke ertönte und das Ende der Stunde verkündete.

Name: Alice Wright
Versuchsperson: Tyler Bennett

Macke/Eigenart: Mr Bennett kaut auf Stiften herum, wenn er nachdenkt oder nervös ist.

Ausgelöste Gefühle:
Diese Macke von Mr Bennett ist mir bereits in der Middle School zum ersten Mal aufgefallen. Er sitzt im Unterricht oft neben mir und ist so hibbelig, dass er irgendwann auch noch damit anfängt, seinen Kugelschreiber zwischen die Zähne zu schieben und damit im Mund zu spielen. Das dabei entstehende Geräusch löst eine Gänsehaut bei mir aus.

Heute im Psychologiekurs war es wieder besonders schlimm, aber ihn darauf anzusprechen bringt nicht viel. Das habe ich vor Jahren aufgegeben, denn als Reaktion darauf erhalte ich bloß ein Augenrollen. Immerhin versucht er es dann sein zu lassen, aber keine Minute später verschwindet der Stift wieder in seinem Mund. Wie bei einem Kleinkind, das nicht ohne Schnuller sein kann.

Nichtsdestotrotz kann ich Mr Bennetts Macke ein kleines bisschen verstehen, denn ich habe eine ähnliche. Ich kaue auf meinen Nägeln, wenn ich nervös bin. Aber warum notiere ich das überhaupt? Immerhin geht es hier nicht um mich.

KAPITEL 2

Mit quietschenden Reifen parkte Tyler seinen roten Pick-up in der Einfahrt vor unserem Haus. Ich fragte mich mal wieder, weshalb er mit dem Auto zu mir fuhr, obwohl er direkt nebenan wohnte. Und mit nebenan meinte ich nicht, dass er zwei Blocks entfernt wohnte, nein. Nebenan wie nebenan. Nebenan wie *unsere-Zimmer-liegen-gegenüber-voneinander-und-ich-kann-bei-ihm-reingucken*-nebenan.

Warum mussten Jungs nur so einen auf dicke Hose machen? Ob sie damit irgendetwas anderes zu kompensieren versuchten? Kopfschüttelnd verwarf ich den Gedanken wieder. Das war nichts, worüber ich bei Tyler nachdenken wollte.

Ich schaute ein letztes Mal in den Spiegel, ehe ich hinunterging. Es war Tradition, dass Brian Chambers am ersten Freitag nach den Winterferien eine große Mottoparty bei sich veranstaltete. Seine Eltern waren zu diesem Zeitpunkt meistens noch irgendwo auf der Welt unterwegs, um dem Weihnachts- und Neujahrstrubel zu entfliehen, weshalb er an diesem Wochenende in der Regel sturmfrei hatte.

Passend zum heutigen Thema *Jahrtausendwende* hatte ich mich für ein goldenes paillettenbesetztes Kleid entschieden, das meinem dunklen Hautton schmeichelte und meinen Körper an genau den richtigen Stellen betonte. Zwar würde ich mich nicht unbedingt als Partygirl bezeichnen, aber zwischendurch konnten sie schon ganz lustig sein. Und die Chambersparty gehörte zu den größten Ereignissen des Jahres, die man auf keinen Fall verpassen durfte.

Bevor ich mein Zimmer verließ, griff ich nach einem Haargummi, um meine unzähmbaren Locken nach hinten zu binden, und steckte den Labello mit Kirschgeschmack in meine kleine Handtasche.

Dad saß mit meinen beiden jüngeren Schwestern, Wendy und Mary, auf der Couch im Wohnzimmer und schaute sich mit ihnen einen Kinderfilm an.

Meine Mom war ein großer Fan von klassischer Literatur, weshalb jeder von uns den Namen einer ihrer Lieblingsfiguren bekommen hatte.

Mary war mit ihren sieben Jahren die jüngste von uns Schwestern. Ihr Name war angelehnt an Mary Lennox aus *Der geheime Garten.* Wendy war zwölf Jahre alt und hieß wie die Tochter der Familie Darling in *Peter Pan* und weshalb ich Alice hieß, war vermutlich selbsterklärend.

Während wir Schwestern mit unseren Namen noch glimpflich davongekommen waren, hätte es unseren älteren Bruder beinahe viel schlimmer getroffen. Glücklicherweise hatte unser Dad bei dem Namen Fitzwilliam – wie Mr Darcy in *Stolz und Vorurteil* – sein erstes und letztes Veto eingelegt, das ihm von Mom eingeräumt wurde. Also ist es letztlich die abgewandelte Form William geworden. Schade eigentlich, so ein altbackener Name hätte witzig werden können.

Wenn ich recht darüber nachdachte, dann war es vermutlich Tylers Nachnamen geschuldet, dass unsere Familien sich so nahestanden. Immerhin war er ein Bennett.

Ich blieb im Türrahmen stehen und schaute einen Moment

zu den dreien auf der Couch. Es war ein seltener Anblick, Dad zusammen mit meinen Schwestern zu sehen. Oder überhaupt Dad zu sehen. Seit Mom vor sechs Jahren abgehauen war, befand er sich in einem seltsamen, tranceartigen Zustand. Er ging zur Arbeit, schob einen Haufen Überstunden und fiel am Abend früh ins Bett.

Die Trennung hatte ihn mehr mitgenommen, als er jemals zugeben würde. Auch uns war es schwergefallen, dass Mom von einem auf den anderen Tag wortlos verschwunden war. Nur Mary hatte das Glück gehabt, noch ein Neugeborenes gewesen zu sein. Doch unser Leben hatte sich von jetzt auf gleich vollständig verändert, ohne dass wir etwas dagegen hätten unternehmen können. Ich konnte Mom nie wirklich verzeihen, dass sie uns verlassen hatte, aber mir war nichts anderes übrig geblieben, als nach vorne zu schauen. Ich musste stark sein, nicht nur für mich, sondern auch für Dad und meine Schwestern.

Das Einzige, was Mom hinterlassen hatte, war ein Brief, in dem stand, dass sie einen anderen Mann kennengelernt hatte. Kaum verwunderlich also, dass nicht nur Dad, sondern auch William seitdem völlig andere Menschen waren.

Klar, mit seinen neunzehn Jahren war es eh uncool, zu viel Zeit mit der Familie zu verbringen, aber William ließ sich seit Jahren kaum noch blicken. Stattdessen zog er mit seinen Freunden um die Häuser, erledigte irgendwelche Gelegenheitsjobs und trieb, was immer Jungs in dem Alter eben so trieben. Früher hatten wir uns sehr nahegestanden und manchmal fehlten mir diese Zeiten.

»Ich gehe dann los, in Ordnung?«

Beim Klang meiner Stimme zuckte Dad ein wenig zusammen, griff nach der Fernbedienung und schaltete den Film kurz auf stumm. Meine Schwestern protestierten lautstark, doch er ignorierte die beiden.

»Sei nicht zu spät zu Hause«, sagte Dad, während er mich mit dunklen Ringen unter den grauen Augen musterte. Ich musste mich zusammenreißen, um keinen schockierten Satz nach hinten zu machen. Dad sah aus, als wäre er urplötzlich um Jahre gealtert. Oder vielleicht war es mir nur vorher nie aufgefallen? Es waren nicht nur die Augenringe, sondern auch die Falten auf seiner Stirn und die grauen Haare, die ihm langsam ausfielen. Es versetzte mir einen Stich, ihn so zu sehen.

»In Ordnung«, erwiderte ich und winkte zum Abschied. »Seid artig, ihr Satansbraten«, fügte ich an meine Schwestern gewandt hinzu.

»Jaaaahaaaa!«, sagten die beiden kichernd.

Eine angenehm kühle Brise hüllte mich ein, kaum war ich aus der Haustür getreten. Es war zwar erst Ende Januar, doch hier in Florida war es immer relativ warm und Schnee lag nur selten. Den letzten nennenswerten Wintersturm hatte es vor zwei Jahren gegeben und selbst der war im Vergleich zum Schneefall in anderen Staaten eher mickrig ausgefallen.

Aus Tylers Pick-up drangen ruhige Beats, in deren Takt er auf dem Armaturenbrett mit den Fingern trommelte. Ich machte ein paar zügige Schritte auf ihn zu, darauf bedacht, mit den schmalen Absätzen meiner beigen Heels nicht im Vorgarten stecken zu bleiben.

Ich hasste hohe Schuhe beinahe mehr als frühes Aufstehen. Doch zu dem Kleid, das mich funkeln ließ wie eine Discokugel, sahen flache Schuhe merkwürdig aus.

Tyler lächelte, als er mich bemerkte. Er musterte mich mit

einem anerkennenden Ausdruck auf dem Gesicht, als hätte er mich nie zuvor zurechtgemacht gesehen. Die kleinen Grübchen, die dabei in seinen Wangen entstanden, ließen ihn deutlich jünger als siebzehn aussehen. Das wurde noch von den dunklen Haaren untermauert, die er sich in einer wilden Elvis-Tolle hochgegelt hatte.

Erst bei genauer Betrachtung fiel mir auf, dass Tyler einen ganz bestimmten Style kopiert hatte.

»Du bist im falschen Jahrzehnt hängen geblieben«, sagte ich lachend, während ich den Wagen umrundete und auf dem Beifahrersitz Platz nahm. »Wir sollten uns doch dem Start des neuen Jahrtausends entsprechend anziehen und nicht dem Beginn der Fünfziger.«

Tyler kaute genüsslich auf seinem Zahnstocher herum. »Pff, was weißt du schon!«

Kopfschüttelnd schnallte ich mich an. Von oben bis unten sah Tyler aus wie John Travolta alias Danny Zuko. Um das Gesamtbild abzurunden, fehlte es nur, dass er den Soundtrack von *Grease* im Hintergrund laufen ließ. Ich mochte Musicals zwar, aber ich dankte meinem besten Freund stumm dafür, mich mit dieser Musik heute zu verschonen.

»Kommt Amy nicht zur Party?«

Amelia Thompson war das klassische Mädchen von nebenan, das man einfach ins Herz schließen musste. Es war also kaum verwunderlich, dass sie alle Blicke auf sich zog und mit ihrem charmanten Auftreten auch Tyler um den kleinen Finger wickeln konnte. Ich erinnerte mich noch genau daran, wie viel Mut es ihn vor zwei Jahren gekostet hatte, sie um ein Date zu bitten, und wie glücklich er gewesen war, als sie zugesagt hatte. Schon wenige Tage später war aus den beiden ein Paar geworden. Das war kurz vor den Sommerferien gewesen, die Amy mit ihrer Familie auf Safari in Afrika verbracht hatte. In den darauffolgenden acht Wochen war Tyler zu einem weinerlichen Jammerlappen geworden, der seine große Liebe schrecklich vermisste. Als Amy endlich zurückgekommen war, hatte ich mir einen Jubelschrei nicht verkneifen können, denn ich hätte das Gejammer keinen Tag länger ausgehalten.

Tyler presste die Lippen aufeinander. »Sie kommt nachher direkt zu Brian. Das örtliche Tierheim hat Not am Mann.«

»Verstehe.« Ich versuchte mich an einem aufmunternden Lächeln. Das war wohl der einzige Nachteil an Amy: Es fehlte ihr an Zeit. Sie besuchte zahlreiche Nachmittagskurse und engagierte sich in ihrer Freizeit ehrenamtlich, weshalb sie eher selten mitkam, wenn wir etwas unternahmen. Tyler würde es niemals zugeben, doch ich war mir ziemlich sicher, dass er darunter litt.

»Dann machen wir uns so lange einen schönen Abend.« Ich lehnte mich vor und drehte das Radio lauter.

Tyler drückte das Gaspedal durch und ließ die alten Reifen quietschen, als befänden wir uns in einem teuren Sportwagen. Er legte den Rückwärtsgang ein und folgte der Straße in Richtung Brian.

Die Familie Chambers wohnte außerhalb von Georgeville in einer kleinen Villenkolonie. Es war angenehm, den städtischen Trubel hinter sich zu lassen. Hier reihten sich die Bäume aneinander und die Luft war deutlich frischer.

Ich kurbelte das Beifahrerfenster hinunter und ließ den Wind meine Haare aufwirbeln. Mit geschlossenen Augen genoss ich die Ruhe, die uns umfing. Nur die Musik im Radio begleitete uns auf unserem Weg.

Zum Glück wusste Tyler, dass ich bei Autofahrten am liebsten schwieg, und er akzeptierte das. Ich liebte es, einfach aus dem Fenster zu schauen und meinen Gedanken freien Lauf zu lassen. Da Tyler und ich uns schon so lange kannten, war es auch keine unangenehme Stille. Wir konnten sogar stundenlang nebeneinandersitzen, ohne ein einziges Wort zu sagen.

Nichtsdestotrotz warf ich dann und wann einen verstohlenen Blick zur Fahrerseite. Tyler hatte das Lenkrad fester als nötig umklammert, sodass seine Knöchel weiß hervortraten. Es verärgerte ihn bestimmt, dass Amy ihn wieder versetzt hatte. Zwar hatte Tyler gesagt, dass sie nachkommen wollte, aber meistens tat sie das doch nicht, weil sie zu müde von der Arbeit war.

Ich streckte meine Finger nach ihm aus und legte sie behutsam auf seine Hand. Tyler zuckte kaum merklich zusammen, doch entspannte sich kurz darauf.

Sein Blick schnellte einen Moment in meine Richtung. »Danke.«

»Keine Ursache, aber hör besser auf, deine Wut am Lenkrad auszulassen, wir brauchen es noch für die Rückfahrt.«

Ein schiefes Lächeln zeichnete sich auf seinem Gesicht ab. Dann richtete er den Blick wieder geradeaus auf die Straße.

In solchen Momenten war ich ganz glücklich darüber, Single zu sein. Auf dieses Gefühlschaos hatte ich nämlich keine große Lust. Das sollte aber nicht heißen, dass ich mich nicht manchmal danach sehnte, mich zu verlieben. Es war sicher schön, jemanden an seiner Seite zu wissen, mit dem man durch dick und dünn gehen konnte.

Es hatte sogar eine Zeit gegeben, da dachte ich, mehr für

Tyler zu empfinden. Natürlich wusste er davon nichts und es war auch nur ein kleiner Anflug von Verliebtheit im zweiten Highschooljahr gewesen, kurz bevor er angefangen hatte, Amy zu daten. Keine Ahnung, wo diese merkwürdigen Schmetterlinge überhaupt hergekommen waren. Glücklicherweise waren sie aber so schnell wieder verschwunden, wie sie aufgetaucht waren. Ich wollte mir gar nicht vorstellen, was geschehen wäre, hätte Tyler jemals davon Wind bekommen.

Seither hatte es aber niemanden mehr gegeben, der mein Herz höherschlagen ließ. Hier und da lief mir mal ein attraktiver Junge über den Weg, aber das war's dann auch schon. Der Richtige war nie dabei gewesen.

»Die Party scheint wohl schon in vollem Gange zu sein.« Tylers Stimme riss mich aus den Gedanken. Er hatte recht. Die vibrierenden Bässe dröhnten zu uns herüber und wurden von den jubelnden Rufen zahlreicher Teenager übertönt.

Je näher wir dem Haus der Chambers' kamen, desto mehr torkelnde Mitschüler konnten wir vor dem Eingang ausmachen. Die Party hatte erst vor einer knappen Stunde begonnen, wie konnte man jetzt schon so betrunken sein? Die Wiese und der Steinpfad waren kaum noch zu erkennen. Stattdessen waren sie mit roten Plastikbechern gepflastert. Schon bei dem Gedanken an die vielen Liter Alkohol, die hier bereits geflossen sein mussten, wurde mir schlecht.

Abgesehen davon, dass wir Alkohol erst mit einundzwanzig trinken durften, konnte ich auch nicht verstehen, weshalb man sich überhaupt so benebeln wollte. Betrunkene benahmen sich meistens wie primitive Neandertaler, die jegliche Höflichkeitsformeln und das Auf-zwei-Beinen-Gehen verlernt hatten. Sie erinnerten sich oft nicht an die peinlichen Dinge, die sie im

Vollrausch getan hatten, und wachten mit Kopfschmerzen in fremden Betten auf.

Man mochte mich für eine Spaßbremse halten, doch mit Spaß hatte das meiner Meinung nach nicht viel zu tun. Sekt zum Anstoßen zu bestimmten Anlässen, ja. Hemmungsloses Besaufen ohne Rücksicht auf Verluste, nein. Ich konnte auch ohne Alkohol gute Laune verbreiten.

Tyler hielt den Wagen eine Straße entfernt an, weil er keinen Parkplatz in der Nähe des Hauses fand.

»Dann stürzen wir uns mal in den Kampf«, sagte ich verkrampft. Ganz der Gentleman, der er war, reichte Tyler mir seinen Arm, damit ich mich bei ihm unterhaken konnte. Das Leder seiner Fünfzigerjahre-Jacke fühlte sich weich unter meinen Fingern an, sodass es mir schwerfiel, sie nicht vollständig darin zu vergraben.

Tyler entging es aber nicht, dass ich ihn befummelte wie ein verrückter Teenager, der seinem größten Superstar hautnah war. »Die ist von meinem Dad«, sagte er mit belegter Stimme. Seine Miene verdunkelte sich und Schatten legten sich unter seine nun glasigen Augen. Es fiel Tyler auch Jahre später noch unheimlich schwer, von seinem Dad zu sprechen. Mr Bennett war ein wundervoller Mann und Vater gewesen, der als Sheriff in Georgeville und im Außendienst für Recht und Ordnung gesorgt hatte. Zumindest so lange, bis er bei einem Raubüberfall ums Leben gekommen war. Dieser Verlust hatte nicht nur Mrs Bennett und Tyler tief getroffen, sondern auch meine Familie.

»Sie steht dir gut.«

Tylers Mundwinkel zuckten, doch er sagte nichts mehr.

Die halbe Highschool schien bei der Party anwesend zu sein. Sogar mehrere Schulabgänger der letzten Jahre waren hier.

Krampfhaft versuchte ich, den Plastikbechern auszuweichen, was mir zwar halbwegs gelang, aber auch nicht viel besser war. Die Pflastersteine waren von eingetrockneten Bierresten völlig verklebt, sodass ich bei jedem Schritt drohte, meine Schuhe zu verlieren. Die Partys bei Brian waren jedes Jahr ein riesiges Event, doch ich wurde das Gefühl nicht los, dass deutlich mehr Menschen als bei den letzten Malen ihren Weg hierhergefunden hatten.

»Voller als sonst, was?«, rief Tyler gegen die lauter werdende Musik an und sprach damit meine Gedanken aus.

Ich nickte. »Wollen wir uns erst mal etwas zu trinken holen, ehe wir die anderen suchen gehen?«

Seine Lippen bewegten sich zwar, aber ich konnte nicht verstehen, was Tyler antwortete. Da er mich um die Villa herum in Richtung Poolhaus führte, war die Entscheidung wohl auf etwas Trinkbares gefallen.

Das Innere war fast so groß wie das Haus meiner Familie. Im riesigen Wohnzimmer, das an die offene Küche grenzte, war der Tresen aufgebaut, auf dem sich diverse alkoholische und nicht-alkoholische Getränke aneinanderreihten. Zwei bereits leere 50-Liter-Bierfässer lagen daneben, deren Reste den Marmorboden volltropften.

Aus einem der großen Eiskübel nahm ich mir eine Coladose und schaute mich um. Unser halber Jahrgang war gekommen und feierte, als gäbe es kein Morgen. Einige Jungs und Mädchen machten heftig auf der roten Ledercouch miteinander rum. Es reichte schon, den Blick über sie streifen zu lassen, um peinlich berührt zu sein.

»Dahinten ist Jackson!« Tyler stupste mir mit dem Ellbogen in die Seite.

Wir gingen zu unserem Kumpel hinüber, der mit einem Becher in der Hand das rege Treiben beobachtete. Mit seiner dunklen Jeans und seinem locker sitzenden Hemd hatte er sich bei seiner Kleiderwahl keine Mühe gegeben, denn er sah jeden Tag so aus. Nicht mal seine blonden Haare hatte er sich anders frisiert.

»Wieso mischst du dich nicht unters Volk?«, begrüßte ich Jackson.

»Vermutlich sind die anderen noch nicht betrunken genug, um auf seinem Niveau zu sein.« Zara hatte sich unbemerkt herangeschlichen und sich hinter mich gestellt.

»Zara«, zischte Tyler ihr zu und begrüßte seinen Freund, der die bissige Bemerkung glücklicherweise ignorierte.

Ich rollte mit den Augen. »Kannst du nicht wenigstens versuchen, nett zu sein?«, flüsterte ich ihr zu. Zara schüttelte allerdings vehement mit dem Kopf, sodass ich mich unter ihren umherpeitschenden Dreadlocks hinwegducken musste.

Es kam selten vor, dass sie die Haare offen trug, aber es passte zu dem rotschwarzen Corsagenkleid, das sie anhatte.

Wir suchten uns einen Platz im angrenzenden Fernsehzimmer. Hier hatten sich zwar auch schon einige Leute versammelt, aber immerhin gab es eine freie Couch, auf der kein Speichel miteinander ausgetauscht wurde. Wir sorgten dafür, dass Zara und Jackson am jeweils anderen Ende Platz nahmen, damit sie sich nicht innerhalb von fünf Sekunden an die Gurgel gingen. Schließlich wollten wir einen schönen Abend miteinander verbringen und nicht die ganze Zeit damit beschäftigt sein, die zwei Streithähne auseinanderzuhalten.

»Und ihr müsst echt ein Projekt über eure negativen Eigenschaften machen?«, fragte Zara an Tyler und mich gerichtet, nachdem der übliche Small Talk gewechselt worden war. »Ist das nicht total unangenehm, wenn der beste Freund einem vorhält, welche Fehler man hat?«

Schulterzuckend nahm ich einen Schluck von meiner Cola. »Es wird nicht so schlimm sein, denke ich.« Ich ließ mir Zaras Worte noch einmal durch den Kopf gehen. Als ich eingewilligt hatte, über Tyler zu schreiben, hatte ich mir ehrlich gesagt nicht sonderlich viele Gedanken darüber gemacht. Ich hatte nichts außer der Herausforderung vor Augen gehabt.

»Ich wette immer noch, dass dir keine fünfzehn Dinge einfallen werden, über die du schreiben kannst«, sagte Tyler betont lässig und lehnte sich auf der Couch zurück.

Jackson lachte. »Und wie ihr fünfzehn Dinge einfallen werden. Du hast Unmengen Fehler, Ty.«

»Nicht annähernd so viele wie du«, nuschelte Zara in ihren Becher, gerade laut genug, dass nur ich sie verstehen konnte.

Als ich etwas entgegnen wollte, kam ein Junge von unserer Schule auf uns zu und blieb vor uns stehen. Er trug eine löchrige Jeans und ein ausgewaschenes Bandshirt, die Hände hatte er tief in den Hosentaschen vergraben und den Kopf eingezogen, als versuchte er, sich in Luft aufzulösen. Er musterte uns nacheinander, doch sein Blick blieb schließlich an mir hängen.

»Hi, Alice«, sagte er so leise, dass ich beinahe dachte, ich hätte es mir eingebildet. Dummerweise hatte ich keine Ahnung, wie der Junge hieß. Er ging in meinen Mathekurs, mehr fiel mir nicht ein.

Hilfe suchend schaute ich zu meinen Freunden, die sich allesamt das Lachen verkniffen, meinem Blick auswichen und taten, als wäre der durch die Luft wirbelnde Staub interessanter. Schönen Dank auch.

»Hey, wie geht's?«

Kaum hatten die Worte meine Lippen verlassen, färbte sich das Gesicht des Jungen rot. Wenn sein Kopf noch tiefer in seinem Oberteil verschwand, würden gleich nur noch die Augen oben herausschauen. Die ganze Situation war einfach unangenehm, vor allem da er nichts weiter sagte.

»Möchtest du etwas?«, hakte ich nach.

»Ich bin Colin«, erwiderte der Junge leise.

Aber natürlich, Colin Wilson, dessen älterer Bruder im vorletzten Jahr ein Footballstipendium bekommen hatte und als bester Quarterback aller Zeiten von der Georgeville High gegangen war.

»Ja, ich weiß, wir haben Mathe zusammen«, sagte ich, damit es so aussah, als hätte ich die ganze Zeit über gewusst, wer er war.

»Gut gerettet, Wright«, nuschelte Tyler neben mir. Mit einem Schlag in den Rippenbogen brachte ich ihn zum Schweigen.

Colins Augen weiteten sich, er stellte sich aufrechter hin und ein breites Grinsen machte sich auf seinem Gesicht breit. »Du weißt, wer ich bin? Das ist ja wunderbar!«

Oh, Mann. Ich wollte gar nicht erst herausfinden, in welche Richtung dieses Gespräch gehen würde. Und von meinen sogenannten Freunden erhielt ich keine Hilfe.

»Weißt du, Colin, ich muss dann mal –« Doch er ließ mich den Satz gar nicht erst zu Ende bringen, sondern unterbrach mich mit viel klarerer und deutlicherer Stimme.

»Gehst du mal mit mir aus?«

Ich spürte, wie mir sämtliche Gesichtszüge entglitten. Colin war nicht unbedingt mein Typ. Allerdings war ich eine absolute Niete darin, jemandem so etwas schonend beizubringen.

»Ähm, ne, sorry«, stammelte ich unbeholfen, woraufhin scheinbar Colins gesamter Mut wie eine Seifenblase zerplatzte, denn ohne ein weiteres Wort zu verlieren, verschwand er wieder.

Jackson war der Erste, der in Gelächter ausbrach, dicht gefolgt von Zara, die unter anderen Umständen allein aus Prinzip das Gegenteil von Jackson getan hätte.

»Hört auf zu lachen«, sagte ich, doch die beiden dachten gar nicht daran. Wenigstens Tyler stimmte nicht mit ein. »Und du, hast du auch deinen Senf dazuzugeben?«

Abwehrend hob er die Hände. »Whoa, komm mal runter, Alice, ich mach doch gar nichts.«

»Du findest das bestimmt auch zum Totlachen.«

»Eigentlich«, begann Tyler, »fand ich dein Verhalten nicht gerade cool. Es hat ihm sicher einiges abverlangt, dich um ein Date zu bitten.«

»Ach was«, erwiderte ich. »Soll ich deswegen aus Mitleid mit ihm ausgehen?«

Tyler stöhnte. »Nein, aber du musst anderen auch mal eine Chance geben, Alice. Sicher ist Colin ein netter Kerl und würde dir guttun. Lern ihn doch erstmal kennen, anstatt so oberflächlich zu sein.«

»Wie bitte? Ich bin überhaupt nicht oberflächlich!«

»Und wieso hast du dann abgelehnt, ohne ihn zu kennen?«

»Ich …«

»Siehst du, dir fällt nichts ein! Also bist du doch oberflächlich und das wird der erste Punkt auf meiner Liste sein«, beharrte Tyler.

Die Empörung musste mir deutlich anzusehen sein. Zu hören, dass der beste Freund so über einen dachte, war verletzend. Tyler wusste, dass mir für Dates kaum Zeit blieb. Immerhin kümmerte ich mich neben der Schule auch um meine Schwestern und schmiss den Haushalt. Sollte ich mir dann doch mal einen Abend freischaufeln können, traf ich mich mit meinen Freunden. Ja, ich wollte irgendwann jemanden kennenlernen, natürlich! Aber wieso sollte ich die wenige Zeit, die ich hatte, in ein Date mit jemandem investieren, bei dem ich von Vornherein ziemlich sicher war, dass daraus niemals etwas werden würde?

All das wusste Tyler und hielt mir trotzdem vor, oberflächlich zu sein?

Zara legte mir einen Arm um die Schulter. »Ach, papperlapapp, Alice ist der netteste Mensch, den ich kenne. Selbst bei denjenigen, die es nicht verdient haben!«

»Ändert nichts daran, dass sie den armen Colin hat abblitzen lassen«, mischte sich nun Jackson in die Unterhaltung ein. Gut zu wissen, dass auch er auf Tylers Seite stand.

Zähneknirschend verschränkte ich die Arme vor der Brust. Und ehe ich mich's versah, rutschte mir etwas heraus, das ich besser nicht hätte sagen sollen: »Gut, dann gehe ich halt mit ihm aus.«

Abrupt hielten meine Freunde in ihrer Diskussion inne. Tyler zog fragend eine Braue in die Höhe. »Ach, wirklich?«

»Wenn ich dir damit beweisen kann, dass ich tatsächlich in der Lage bin, Menschen eine Chance zu geben?«

Er legte sich Zeigefinger und Daumen ans Kinn. Dieser Ausdruck konnte nichts Gutes verheißen. »Wie wäre es, wenn du jede Woche mit einem anderen Jungen ausgehen würdest?«

Zara neben mir klatschte aufgeregt in die Hände. »Oh, das ist eine super Idee!«

Ich warf ihr einen finsteren Blick zu, der sie zum Schweigen brachte. »Ähm, das ist gar keine gute Idee«, betonte ich. »Wieso sollte ich mich auf so etwas einlassen?«

»Vielleicht ist es langsam an der Zeit für dich, glücklich zu werden.« Tyler fixierte mich mit einem wissenden Blick. »Meinst du nicht? Aber …« Er pausierte einen Moment, lehnte sich zurück und betrachtete ausgiebig seine Nägel. Dann seufzte er und schaute mich direkt an. »Ach, du traust dich ja doch nicht. Ich glaube, du hast zu große Angst davor, dich zu verlieben.«

Jackson und Zara rutschten weiter auf der Couch nach vorne und beobachteten uns.

»Komm schon, Alice. Ty hat recht! Und bestimmt kannst du dir irgendwas mega Krasses im Gegenzug raushandeln!«, sagte Zara.

Die Idee war verrückt. Ich hatte keine Angst davor, mich zu verlieben! Ich hatte keine Zeit dafür! Und wenn, dann hätte ich Angst davor, verletzt zu werden. Das war ein riesengroßer Unterschied! Immerhin war ich bisher auch ohne einen Freund an meiner Seite mehr als glücklich gewesen.

Während Jackson einige Dinge vorschlug, die Tyler als Einsatz würde tun müssen, überlegte ich, ob es etwas gab, bei dem Tyler mit seiner größten Angst konfrontiert wäre.

»Dafür fährst du mit mir für eine Woche ins Disneyland«, beschloss ich und streckte ihm meine Hand entgegen. Tyler hasste alles, was mit Disney zu tun hatte, und hatte außerdem schreckliche Angst vor Mäusen. Dabei war es vollkommen egal, dass Mickey Mouse nicht real war, er würde nichtsdestotrotz tausend Tode sterben.

»Jede Woche ein Date bis zum Schuljahresende«, hielt er dagegen. »Aber du musst dir Mühe geben, die Auserwählten wirklich kennenzulernen und ihnen eine echte Chance zu geben. Und wer weiß, vielleicht findest du schon vorher den perfekten Partner? Dann bist du natürlich vorzeitig von deiner Pflicht befreit.«

Das Grinsen auf Tylers Gesicht wurde immer breiter. Ich atmete tief durch und hielt seinem bohrenden Blick stand. »Fünf Dates.«

»Zehn.«

»Sechs.«

»Sieben.«

Zara und Jackson waren mittlerweile so nah an uns herangerückt, dass ich ihren Atem auf beiden Seiten spüren konnte. Sie schauten Tyler und mich erwartungsvoll an.

Sieben Dates, mit sieben Jungen. Und warum? Um Tyler zu beweisen, dass ich keine Angst vor der Liebe hatte? Dass ich nicht oberflächlich war? Es war bescheuert und ich sollte mich kurz vor dem Abschluss nicht auf so etwas Bekloppptes einlassen, aber wenn nicht jetzt, wann dann? Außerdem musste ich Tyler ebenfalls beweisen, dass er mich nicht so gut kannte, wie er dachte. Schließlich hielt er mir eine Macke vor, die ich gar nicht hatte! Das konnte ich nicht auf mir sitzen lassen!

»Sieben Dates. Es sei denn, ich finde vorher *den Mann fürs Leben*«, willigte ich schließlich ein.

»Abgemacht.«

Hätte ich in diesem Augenblick bereits gewusst, worauf ich mich einließ, dann hätte ich vermutlich getrost darauf verzichtet.

Name: Alice Wright
Versuchsperson: Tyler Bennett

Macke/Eigenart: Mr Bennett ist manchmal zu direkt. Dabei kann es vorkommen, dass er andere mit seinen Worten verletzt.

Ausgelöste Gefühle:
Es gab eine unangenehme Situation, in der Mr Bennett mir sehr direkt mitgeteilt hat, was er eigentlich von mir denkt. Ich weiß, wir sind Freunde, und er meint es nicht böse, aber die Worte trafen mich wie Pfeile und hinterließen ein schreckliches Gefühl.

Mir war zuvor nie aufgefallen, dass Mr Bennett in sämtlichen Lebenslagen sehr direkt ist, erst als es mich betraf. Ich sollte wütend auf ihn sein, aber das bin ich nicht und das kann ich mir selbst kaum erklären. Vielleicht liegt es daran, dass ein Freund, der kein Blatt vor den Mund nimmt und uns ohne Umschweife unsere Fehler aufzeigt, manchmal genau das ist, was wir brauchen, um daran arbeiten zu können.

Und im Grunde hat Mr Bennett nichts anderes getan. Schließlich war es nicht seine Absicht gewesen, mir mit seinen Worten wehzutun.

Vermutlich war ich lediglich so verletzt, weil ich tief im Inneren ahnte, dass er recht hatte.

KAPITEL 3

Gestern hatte ich noch gedacht, dass ich es nicht nachvollziehen konnte, wenn man sich bis zur Besinnungslosigkeit betrank. Heute sah die Welt jedoch vollkommen anders aus. Ein Filmriss wäre mir gerade recht. Leider war mir aber kein Blackout vergönnt, weshalb ich mit der wohl dümmsten Entscheidung meines bisherigen Lebens klarkommen musste.

Tyler hatte mich gegen ein Uhr morgens zu Hause abgesetzt und mich mit einem höhnischen Grinsen an meine anstehenden Dates erinnert. Als ob ich das jemals vergessen konnte! Immerhin hatten meine Freunde mich gezwungen, Colin noch auf der Party hinterherzurennen und ihm doch zuzusagen. Als wäre das nicht schon peinlich genug gewesen, hatte der arme Kerl mich mit verliebten Kulleraugen angestarrt, als erwartete er nun die größte Liebesgeschichte seit *Romeo und Julia* – ohne Tote, versteht sich.

Natürlich kam es auf die inneren Werte an, aber ich konnte auch ohne eine Verabredung sagen, dass sich zwischen Colin und mir vermutlich niemals *mehr* entwickeln würde. Das mochte vielleicht wieder etwas oberflächlich erscheinen, aber hatte nicht jeder einen bestimmten Typ, von dem man sich am ehesten angezogen fühlte? Und mein Typ war nun mal nicht Colin. Am liebsten hätte ich meine Zusage sofort wieder zurückgenommen, aber das wollte ich ihm nicht antun.

Sollte ich keine sieben Dates durchstehen, würde ich wenigstens nichts verlieren. Daran musste ich mich klammern.

Ein Blick auf meine Handyuhr verriet mir, dass es bereits Mittag war. Zara würde in wenigen Stunden vorbeikommen, um mir bei der Anprobe zu helfen, denn Colin wollte keine Zeit verschwenden und hatte unser erstes (und vermutlich letztes) gemeinsames Date gleich für den heutigen Abend angesetzt.

Eigentlich hatte ich damit noch ein paar Wochen warten wollen, weil ich gehofft hatte, es würde bis dahin im Sande verlaufen. Aber so viel Glück war mir wohl nicht vergönnt. Und vielleicht war es sogar besser, wenn wir das Ganze schnell hinter uns brachten und jeder wieder seiner Wege gehen konnte.

Seit einigen Stunden war ich inzwischen wach und saß am Schreibtisch. Ich hatte am Psychologieprojekt weiterarbeiten wollen, aber blöderweise war mir partout nichts eingefallen, was ich hätte aufschreiben können. Das trieb mich beinahe in den Wahnsinn, denn das bedeutete, dass Tyler vielleicht recht haben konnte. Immerhin hatte er mehrfach betont, dass mir niemals fünfzehn Dinge einfallen würden.

Es gab zwar ein paar Punkte, die ich als Randnotiz mit Bleistift hingekritzelt hatte, aber die waren nicht gerade überzeugend. Zumindest konnte ich mir nicht vorstellen, dass Miss Pilkey bezwecken wollte, dass wir uns irgendwelche Belanglosigkeiten aus den Fingern saugten. Immerhin konnte ich Tyler nicht dafür verurteilen, süßes Popcorn lieber zu essen, nur weil ich selbst salziges bevorzugte, oder?

Es trieb mich ein wenig in den Wahnsinn, nicht zu wissen, worin genau unsere Aufgabe bestand. Wir hatten so viele unterschiedliche Themen in den vergangenen drei Semestern behandelt. Vermutlich würde ich nicht darum herumkommen, noch einmal komplett unsere Schulbücher zu wälzen, wenn ich nicht durchfallen wollte.

Schnaubend ließ ich den Stift sinken. Heute würde aber wohl nicht mehr viel dabei rauskommen.

Punkt fünfzehn Uhr stand Zara vor der Tür. Als ich ihr öffnete, riss ich unwillkürlich die Augen weit auf. Sie hatte eine riesige Tasche umhängen, von der ich gar nicht wissen wollte, was sich alles darin befand. Aber ich kannte Zara, deshalb vermutete ich, dass sie ihren halben Kleiderschrank mitgebracht hatte, da sie der Meinung war, ich hätte nichts Passendes für ein Date in meinem.

»Möchtest du, dass ich hier draußen Wurzeln schlage?«, stichelte meine Freundin.

»Komm doch rein«, murmelte ich, ohne es zu meinen. Am liebsten hätte ich ihr die Tür vor der Nase zugeschlagen.

Zara drückte mich zur Seite und presste sich mitsamt Gepäck ins Innere des Hauses. Ohne ein weiteres Wort zu verlieren, stapfte sie die Treppen hoch. Mit einem Seufzen schloss ich die Haustür und folgte ihr.

Über die Jahre war Zara unzählige Male bei mir gewesen, sodass sie sich hier inzwischen wie zu Hause fühlte. Sie war jederzeit willkommen und das wusste sie, aber sie wusste auch, wann ich meine Freiräume brauchte. Dass Zara so oft hier war, dass man denken könnte, sie wäre meine Mitbewohnerin, hatte allerdings einen triftigen Grund:

Ihre Eltern waren Doktor Eliza und Professor Doktor Liam O'Brian, die in Georgeville vermutlich jeder kannte. Während ihre Mutter Chefärztin und Leiterin der Neurologie des örtlichen Krankenhauses war, war ihr Dad Dekan des Fachbereichs Biochemie am regionalen College. Sie waren zwei angesehene Mitglieder der Gemeinde und wollten Zara in eine Rolle pressen, vor der sie seit Jahren floh.

Ich konnte mich noch gut daran erinnern, als ich im letzten Jahr bei Zara und ihren Eltern zum Essen eingeladen worden war. Auch wenn wir schon ein paar Jahre befreundet gewesen waren, hatte ich Mr und Mrs O'Brian an diesem Abend zum ersten Mal getroffen. Da sie viel arbeiteten, waren sie selten zu Hause, wenn ich bei Zara war. Wobei mich manchmal auch das Gefühl beschlichen hatte, dass sie gar nicht wollte, dass ich ihre Eltern kennenlernte.

Bei diesem Besuch war mir die Stadtvilla jedenfalls weitaus gewaltiger vorgekommen als sonst. Der Rasen des großen Vorgartens war millimetergenau gestutzt worden und auf der marmorierten Terrasse war kein einziger Staubkrümel zu finden gewesen. Und auch im Inneren glich die Villa der Familie O'Brian mit ihren wertvollen Gemälden und Skulpturen immer mehr einem Museum, in dem man Angst hatte, etwas zu berühren, als einem Zuhause.

Beim Essen hatten Zaras Eltern mich dann gefragt, wie meine Zukunftspläne aussahen. Ich hatte ehrlich geantwortet, dass ich es noch nicht wusste und ich viele Interessen hatte. Kaum hatten die Worte jedoch meine Lippen verlassen, hätte ich sie gerne wieder zurückgenommen.

Eliza hatte die Nase gerümpft, als würde ich riechen wie ein Iltis und Liam hatte seine Gabel klirrend auf den teuren Porzellanteller fallen gelassen. Obwohl ich mich vorher schon fehl am Platz gefühlt hatte, war das der Moment gewesen, in dem ich mich am liebsten aus dem Staub gemacht hätte.

Doch Zaras Eltern hatten tief durchgeatmet und anstatt mich

mit Feuer und Mistgabeln zu vertreiben, hatten sie mir ausschweifend erzählt, wie die Zukunft ihrer Tochter aussehen würde: Zara würde nach Harvard gehen, um dort Jura oder Medizin oder sonst ein angesehenes Fach zu studieren. Doch zunächst wollte man sie standesgemäß in die Gesellschaft einführen und sie an den Mann bringen. Es hatte geklungen, als wären wir im 19. Jahrhundert stecken geblieben, in dem Eltern ihre Töchter an den Höchstbietenden verkauften.

Zara selbst hatte die ganze Zeit nur auf das unangerührte Essen vor ihr gestarrt. So schweigsam hatte ich meine beste Freundin nie zuvor und auch danach nie wieder gesehen. Schlagartig hatte ich nachvollziehen können, weshalb sie nicht wollte, dass irgendjemand jemals ihre Eltern kennenlernte. Das war auch der Augenblick gewesen, in dem mir bewusst geworden war, weshalb sie gegen alles und jeden rebellierte und nahezu täglich unangekündigt vor meiner Haustür stand. Würde ich in solch einem Haus leben, dann würde ich vermutlich dasselbe tun.

Zara hatte es sich schon auf meinem Bett gemütlich gemacht, als auch ich endlich oben ankam. Ihre große Tasche war geöffnet und wie vermutet quollen unzählige Klamotten daraus hervor.

»Ich habe einen gefüllten Kleiderschrank«, sagte ich und deutete auf die gegenüberliegende Seite meines kleinen Zimmers.

Zara verdrehte die Augen. »Deine Sachen sind aber nicht wirklich datetauglich.«

Sie griff nach ihrer Tasche und kippte den Inhalt aus. Zum Vorschein kamen Kleider in jeder Länge und Farbe, Hosen, Jacken, Schuhe und sogar Glätteisen und Lockenstab hatte sie dabei. Natürlich durfte auch ihr riesiger Schminkbeutel nicht fehlen. Zara war unverbesserlich.

»Schon nervös vor dem ersten Date deines Lebens?«

»Das ist nicht –« Abrupt hielt ich inne, noch bevor ich den Satz beenden konnte. Sie hatte recht. Dies würde das erste *richtige* Date meines Lebens sein und das ausgerechnet mit Colin. Verdammt! Wieso zum Teufel hatte ich da vorher nicht dran gedacht?

Zaras Augen weiteten sich. »Hast du ernsthaft vergessen, dass du noch nie jemanden gedatet hast, Alice?«

Ohne ihr eine Antwort zu geben, warf ich mich aufs Bett und drückte mein Gesicht in eines der großen Kissen. Am liebsten hätte ich wie ein Kleinkind angefangen zu weinen. Anstatt mich zu trösten, fing meine beste Freundin an zu lachen und umarmte mich.

Schon als kleines Mädchen hatte ich mir genau überlegt, wie mein erstes Date ablaufen würde. Da ich ein großer Disneyfan war, sollte alles genau so sein wie im Märchen. Mit meinem Prinzen auf dem weißen Ross, vielen roten Rosen, einem heimlichen Kuss unter dem Sternenhimmel und ganz viel Herzklopfen. Na gut, er durfte auch in einem Auto vorfahren, wenn es sein musste.

Obwohl ich inzwischen schon längst die Hoffnung auf mein perfektes erstes Date aufgegeben hatte, hätte ich doch nie im Leben gedacht, dass es nun vermutlich komplett anders ablaufen würde. Mit einem Jungen, der kaum ein Wort rausbrachte und rot anlief, sobald er mich sah. Das konnte nur in einer Katastrophe enden.

»Es wird alles gut gehen«, sagte Zara, die endlich aufgehört hatte, über mich zu lachen. Sie strich mir sachte über den

Rücken, so wie meine Mom es früher immer getan hatte. »Stell ihn dir einfach nackt vor, dann bist du gleich lockerer.«

Ich ertastete das kleinere Kissen, das neben mir lag, und schlug es Zara an den Kopf. Sie stieß einen Schrei aus und revanchierte sich sofort.

Als wir unsere kurze, aber ausgelassene Kissenschlacht beendet hatten, ließ ich mich auf den Rücken fallen und fixierte einen Punkt an der Decke. Zara legte sich auf die Seite und schaute mich an. »Es wird sicher ein toller Abend. Du musst einfach das Beste daraus machen.«

»Aber Colin ist verdammt schüchtern!« Ich hatte zwar kein Problem damit, mich mit fremden Menschen zu unterhalten, aber ich würde nicht das ganze Date über für uns beide reden können.

Zara atmete tief durch die Nase ein und durch den Mund wieder aus, wie sie es immer tat, wenn ihr die richtigen Worte fehlten. »Vielleicht entpuppt sich Colin als der Mann deiner Träume«, sagte sie mit einem Lächeln in der Stimme.

»Ach, so ein Blödsinn«, erwiderte ich genervt. »Und die anderen sechs Jungs, mit denen ich mich noch treffen muss, werden bestimmt auch nicht besser sein.«

»Stimmt ja!«, rief Zara, sprang auf, kramte ihr Handy aus der Handtasche und legte sich dann zurück neben mich.

Stirnrunzelnd betrachtete ich meine Freundin, die nach etwas zu suchen schien. »Was machst du?«

Zara hielt ihre Hand hoch, um mir zu bedeuten, dass ich warten sollte.

»Ah, hier!« Sie reichte mir das Telefon.

Sie hatte eine neue App installiert, die sich *Perfect Match* nannte. Auf dem beigen Startbildschirm befand sich ein großes rotes Herz, in dem ein Mann und eine Frau Hand in Hand abgebildet waren. Darunter stand in kleineren Lettern der Slogan: *Finde dein perfektes Gegenstück.*

Als mir klar wurde, was sie mir da zeigte, schaute ich Zara entgeistert an und schüttelte energisch den Kopf. »Auf keinen Fall!«

»Aber wieso denn nicht?«

»Ganz so verzweifelt bin ich dann doch noch nicht!« Ich setzte mich auf und verschränkte die Arme vor der Brust. Die geöffnete App blinkte mir teuflisch entgegen. Das konnte nicht ihr Ernst sein.

Zara griff nach ihrem Telefon und tippte irgendetwas hinein. »Schau doch mal! Was hat Tyler gestern noch zu dir gesagt?«

Ich warf ihr einen finsteren Blick zu. »Dass ich oberflächlich bin?«

»Genau! Und diese App ist das Gegenteil von oberflächlich. Du wischst hier keine Fotos nach rechts oder links, sondern erstellst dir einen Steckbrief ganz ohne Bilder. Du musst nur die vorgegebenen Fragen beantworten und ein Algorithmus rechnet aus, welche Kandidaten am ehesten zu dir passen.«

»Aha, ein Algorithmus findet also die große Liebe für mich?«, fragte ich sarkastisch.

Zara nickte. »Sieben von zehn Paaren, die sich durch die App gefunden haben, sind auch zwei Jahre später noch zusammen. Wenn das kein guter Schnitt ist, dann weiß ich auch nicht.«

Ich zog eine Braue in die Höhe. Das war zugegebenermaßen keine allzu schlechte Bilanz, aber ich war noch nicht ganz überzeugt. Trotzdem griff ich nach dem Handy, das Zara mir mit erwartungsvollem Blick entgegenhielt.

Der Fragebogen für den Steckbrief beinhaltete sowohl seltsame als auch lustige Fragen. Beispielsweise wollte die App wissen, wie ich mir das perfekte Date vorstellte, was meine Lieblingsfarbe war und welchen Witz ich besonders lustig fand. Ehrlich gesagt wirkte das alles etwas willkürlich zusammengewürfelt.

Zara schaute mich jedoch begeistert an und schien von der Idee völlig überzeugt zu sein. »Hiermit kannst du dir die anderen sechs Dates suchen und musst nicht irgendwelche Kerle aus unserem Jahrgang daten. Das ist doch gar nicht verkehrt, oder? Ich könnte an deiner Stelle auf peinliche Begegnungen auf den Schulfluren verzichten.«

Ich schaute zwischen dem Handy in meiner Hand und dem strahlenden Gesicht meiner besten Freundin hin und her. Sollte ich es wagen? Ihre Argumentation ergab Sinn, das konnte ich nicht abstreiten. Aber wollte ich wirklich mit wildfremden Kerlen aus seltsamen Apps ausgehen? Niemand konnte mir eine Garantie darauf geben, dass nicht irgendwelche perversen alten Männer dahintersteckten, die mir einen richtigen Hasen zeigen wollten.

Seufzend tippte ich dann aber doch meine Kontaktdaten ein und registrierte mich Zara zuliebe bei *Perfect Match.* Ein Versuch war es wert.

Quietschend klatschte sie in die Hände, als hätte ich ihr gerade mitgeteilt, dass Benedict Cumberbatch zu Besuch in der Stadt war.

»Und das läuft alles ohne Fotos ab?« Es war zwar im Grunde ein gutes Konzept, aber es bedeutete auch, dass jedes weitere meiner Dates ein Blinddate sein würde. Wobei es vielleicht genau das war, was ich brauchte, um mich nicht von meiner –

eventuell doch unbewusst vorhandenen – Oberflächlichkeit leiten zu lassen.

Zara nickte eifrig. »Yes. Aber da du innerhalb der App mit den Auserwählten chatten kannst, kannst du ganz unauffällig nach Dingen wie dem Nachnamen fragen und sie auf Social Media suchen. Das würde dann zwar den Überraschungseffekt verderben, aber sicher ist sicher.«

Ich wippte den Kopf geistesabwesend vor und zurück. Den Tipp musste ich mir merken.

Ein leises Klacken ließ mich zusammenzucken. Zeitgleich scannten Zara und ich mein Zimmer, um herauszufinden, woher das Geräusch gekommen war. Als es erneut klackte, sah ich aus dem Augenwinkel noch den kleinen Stein – oder war das eine Pistazie? –, der gegen mein Fenster prallte.

»Ich dachte, ihr hättet das Steinchenwerfen schon vor Jahren aufgegeben?«, meinte Zara.

Schulterzuckend stand ich auf und öffnete das Fenster. Auf der gegenüberliegenden Seite stand Tyler und winkte. »Was treibt ihr?«

»Wen meinst du mit *wir*?«

»Komm schon, Alice, ich seh doch Zaras Wagen.«

Meine Freundin quetschte sich zu mir an das schmale Fenster und grinste Tyler an. »Wir melden Alice gerade bei einer Dating-App an«, erklärte sie ihm.

Tyler riss die Augen in Slowmotion auf, wie die Faultiere in *Zoomania* es taten. »Ich bin gleich da!«, rief er dann, schloss sein Fenster voller Elan und sprintete keine zehn Sekunden später aus seiner Haustür.

»Musste das sein?« Ich warf Zara einen meiner bösen Blicke zu, doch sie kicherte nur.

Da die Haustür nicht verschlossen war, dauerte es nicht lange, ehe Tyler wieder einmal jede Grenze missachtete, in mein Zimmer gestürmt kam und sich auf den Drehstuhl an meinem Schreibtisch setzte. Erwartungsvoll schaute er mich an.

Zum Glück nahm Zara mir das Reden ab und brachte Tyler auf den neuesten Stand. Ich war mir nicht sicher, was er darüber dachte, denn sein Gesicht zeigte kaum eine Regung. Doch als Zara ihre Berichterstattung beendet hatte, nickte Tyler.

»Klingt doch cool so weit. Aber vergiss nie die oberste Regel: Treffen mit Fremden nur in der Öffentlichkeit!«, ermahnte er mich. »Und solltest du bei einem der Kerle mal unsicher sein, kannst du ihm ein Doppeldate vorschlagen. Dann begleiten Amy und ich dich.«

»Oder Tyler und ich, sollte Amy mal wieder keine Zeit haben«, fügte Zara hinzu, woraufhin Tyler ihr eine Pistazie an den Kopf warf. Also hatte ich eben doch richtig gesehen. Was für eine Essensverschwendung!

Gemeinsam setzten wir uns auf den dunklen Kunstfellteppich, der die Hälfte des Parkettbodens meines Zimmers bedeckte. Ich installierte die App auf meinem Handy und legte es dann in die Mitte, sodass jeder von uns einen Blick darauf werfen konnte.

»Bist du gerade erst aufgestanden?«, fragte ich Tyler, als ich schließlich bemerkte, dass er Schlafsachen trug und seine Haare wild zu Berge standen. Er sah buchstäblich aus, als wäre er eben aus dem Bett gefallen.

»Hab den Wecker nicht gehört«, erwiderte er teilnahmslos, ohne den Blick zu heben.

Ich beobachtete, wie Tyler den Steckbrief von oben bis unten genauestens studierte und zwischendurch mit schnellen Fingern etwas eintippte. Es brachte nichts, sich dagegen zu wehren, denn Tyler tat eh immer das, was er wollte. Solange er nicht auf Speichern drückte, ohne mich vorher zu fragen, war das für mich in Ordnung, immerhin kannte mich kaum jemand besser als er.

»Ein abendliches Picknick mit Blick über die Stadt und den Sternenhimmel?«, las Zara Tylers Antwort auf die Frage nach dem perfekten Date vor. Sie schaute zu mir, steckte sich den Zeigefinger in den Mund und machte ein würgendes Geräusch. »Wirklich?«

»Ihr Lieblingsfilm ist *Aladdin*«, erklärte Tyler beiläufig.

»Und?«, hakte Zara nach. Es wunderte mich, dass sie nicht sofort wusste, worauf er hinauswollte. Immerhin hatte ich die beiden schon unzählige Male gezwungen, den Film mit mir anzuschauen.

Tyler seufzte ungeduldig. »Du weißt schon. Nachdem Aladdin die Prinzessin auf dem Markt gerettet hat, fliehen sie in seinen Unterschlupf. Ganz der Gentleman, reicht er Jasmin einen Apfel und zieht den Vorhang zurück, sodass die beiden einen tollen Ausblick über Agrabah haben.«

Zara kicherte. »Das ist so kitschig, Alice! Das hätte ich dir gar nicht zugetraut.«

»Na und? Ich lebe halt gerne in einem Märchen.« Ich streckte ihr die Zunge heraus und wandte mich wieder Tyler zu. »Was hast du noch alles ausgefüllt?«

»Lieblingsfarbe: Flieder. Lieblingsessen: Chili-Cheeseburger mit extra Bacon. Das mag ich gar nicht: Krabbeltiere, Rückenbehaarung bei Männern, dumme Menschen.« Er schaute vom Display hoch. »Alles richtig?«

Ich musste grinsen. Tyler kannte mich wirklich. Selbst mir wären nicht alle Antworten auf Anhieb eingefallen. Ich konnte mich nur an eine einzige Gelegenheit erinnern, bei der ich erwähnt hatte, Rückenbehaarung bei Männern nicht ausstehen zu können. Doch Tyler hatte es sich trotzdem gemerkt. Dass er so viele Informationen über mich auf Kommando abrufen konnte, war ziemlich beeindruckend. »Jop, fahre fort«, sagte ich.

»Hobbys: lesen, Badminton, Knöpfe sammeln.«

»Nimm das raus. Das klingt, als wäre ich eine alte Oma.«

»Okay«, sagte Tyler und löschte die letzte Zeile. Es stimmte zwar, aber man musste ja nicht gleich alles von sich preisgeben.

Ich erinnerte mich genau an den Tag, an dem meine Sucht für das Knöpfesammeln begonnen hatte. Es war der letzte Sommer gewesen, den ich mit meiner Mom verbracht hatte. Wir waren gemeinsam am Strand gewesen und ich hatte mein neuestes Geschenk ausprobiert – einen Metalldetektor. Damals hatte ich die Hoffnung gehabt, irgendeinen sagenumwobenen Schatz zu finden, der schon seit Hunderten oder gar Tausenden von Jahren vergraben im Sand lag.

Die Sonne stand hoch am Himmel, wir waren seit mehreren Stunden am Strand gewesen und Mom wollte ein Eis essen gehen und anschließend nach Hause fahren. Aber ich wollte noch ein paar Minuten nach meinem Schatz suchen. Sie seufzte und schaute mich mit einem so liebevollen Blick an. Dann nickte sie und erlaubte mir, noch fünfzehn Minuten zu suchen.

Kaum war die Zeit um, schlug das Gerät plötzlich an. Sofort ließen wir uns in den von der Sonne erhitzten Sand fallen und gruben mit den Fingern ein tiefes Loch. So lange, bis ich etwas kleines Festes spüren konnte.

Doch als ich es hervorzog, verschlechterte sich meine Laune augenblicklich. Es war nur ein vergoldeter Knopf, auf dem ein Adler zu sehen war, der in den Krallen einige Zweige hielt. Das Muster war nicht mehr gut zu erkennen und Rost hatte sich an den Rändern abgesetzt. Gerade als ich den Knopf wieder wegwerfen wollte, hielt Mom mich auf. Sie sagte, dass es vielleicht ein besonderer Knopf wäre und wir näher nachforschen sollten.

Also steckte ich ihn schulterzuckend ein. Und Mom hatte tatsächlich recht gehabt. Ein Antiquar bestätigte, dass der Knopf zwei Jahrhunderte alt war und von der Uniform eines Konföderiertensoldaten stammte. Mit meinen zehn Jahren konnte ich mit der Information nicht sehr viel anfangen. Aber Mom wusste, wie wertvoll dieses kleine runde Ding war und entschied, dass wir unseren Fund dem Museum spenden sollten.

Es war an diesem Tag gewesen, dass ich eine wichtige Lektion gelernt hatte: Die schönste Zeit im Leben waren die kleinen Augenblicke, in denen man spürte, dass man zur richtigen Zeit am richtigen Ort ist. Solche Momente waren kostbar und man sollte sie immer im Herzen tragen.

Seit damals sammelte ich jeden Knopf, der mir in die Hände fiel, denn sie erinnerten mich an diesen wundervollen Tag, den ich mit Mom verbracht hatte. Manchmal sehnte ich mich nach diesen Zeiten, in denen wir ein so unbeschwertes Leben hatten. In denen alles noch gut, wir noch eine Familie gewesen waren. Doch es brachte nichts, darüber nachzudenken. Mom hatte uns verlassen und das würde sich auch nicht ändern.

»Weiter«, sagte ich.

Tyler hatte fast den kompletten Steckbrief korrekt ausgefüllt. Als er mir das Telefon reichte, war nur eine Spalte leer geblieben. »Deinen Lieblingswitz wollte ich nicht reinschreiben«, erklärte er.

Das war eine gute Idee. Mein Humor war so pechschwarz, dass ich einige Menschen damit verschreckte. Mein Lieblingswitz ging so weit unter die Gürtellinie, dass ich ihn niemals öffentlich irgendwo posten würde. Tyler, Zara und Jackson waren die einzigen Menschen, die ihn kannten.

Also schrieb ich in die vorgegebene Spalte einfach *Schwarzer Humor* und drückte auf Speichern.

»Und jetzt?«, wollte Zara wissen.

»Woher soll ich das wissen? Du hast doch die App vorgeschlagen.« Ich legte das Handy wieder zwischen uns und wir alle starrten gebannt auf die kleine Sanduhr, die sich auf dem Display eine gefühlte Ewigkeit drehte und drehte und drehte.

Bing Bing.

Gleichzeitig lehnten wir uns vor.

Sie haben zwölf Treffer in einem Umkreis von 20 Meilen.

Meine Handflächen wurden vor Aufregung ganz feucht. Zwar hatte ich keine Lust auf diese ganze Dating-App-Geschichte gehabt, aber jetzt, da es so viele Treffer gab, war es anders. Zwölf potenzielle Kandidaten und das, obwohl ich nur sechs davon treffen musste. Wie sollte ich mich da entscheiden?

»Wollen wir nachschauen?«, fragte Zara.

Ich drückte auf *Zeigen*, woraufhin sich zwölf Tabs mit den Steckbriefen meiner möglichen zukünftigen Verabredungen öffneten. In der rechten oberen Ecke wurde der Prozentsatz für die Kompatibilität mit der jeweiligen Person angezeigt. Zwischen 77 und 95 Prozent war beinahe alles dabei, was es gleich noch viel aufregender machte, obwohl ich nicht an die Genauigkeit des Algorithmus glaubte.

»95 Prozent!«, freute sich Zara. »Wollen wir uns den anschauen?«

»Klar, wieso nicht.« Ich versuchte, meine Stimme desinteressiert klingen zu lassen. Am liebsten hätte ich aber jeden Steckbrief sofort in mich aufgesogen. Stattdessen lehnte ich mich zurück und ließ Zara und Tyler zuerst darüber schauen.

»Und?«, fragte ich nach einer Weile.

»Er scheint perfekt zu sein«, sagte Tyler. »Bis auf die Tatsache, dass er wohl verhältnismäßig religiös ist.«

Ich dachte kurz darüber nach. Ich war selbst nicht gläubig, aber eigentlich war es mir egal, welcher Religion jemand angehörte. Jedem stand die Freiheit offen, an die Dinge zu glauben, an die er glauben wollte. Von daher war es in Ordnung, dass wir in dieser Hinsicht nicht kompatibel waren. »Wie heißt er?«

»Ephraim«, sagte Zara. »So wie in der Bibel.«

»Ein schöner Name«, murmelte ich. Als mein Blick über meine Wanduhr glitt, entfuhr mir ein schockierter Laut. »Verdammt, es ist schon nach sechs!«

»Na und?« Tyler schaute mich fragend an.

»Um sieben ist meine Verabredung mit Colin! Und ich hab mich noch nicht fertig gemacht!« Ich sprang auf und deutete an mir herunter. Noch immer war ich in Jogginghose und T-Shirt, ungeschminkt und unfrisiert.

Tyler zuckte die Schultern. »Der Junge trägt ausgeblichene Bandshirts und durchlöcherte Röhrenjeans. Es wird ihm egal sein, wie du aussiehst, solange du überhaupt auftauchst.«

Damit mochte er recht haben, das sollte aber nicht heißen, dass es *mir* egal war. Denn immerhin war dies trotz allem mein erstes Date und ich wollte hübsch aussehen. Schnell griff ich nach einigen von Zaras Sachen, die noch ausgebreitet auf meinem Bett lagen. Die meisten Teile waren von irgendwelchen Designern, deren Namen ich nicht mal aussprechen konnte, und ich wollte auf keinen Fall zu overdressed bei der Verabredung auftauchen.

Mein Blick fiel auf die dunkle Strickjacke, die ich mir vorhin bereitgelegt hatte.

»Es muss hierzu passen«, sagte ich und deutete auf die Jacke.

Tyler runzelte die Stirn. »Es sind fünfundzwanzig Grad draußen, da wirst du die nicht brauchen.«

»Das kann man nie wissen. Ich habe immer eine Strickjacke in der Tasche, das weißt du doch.«

Ich widmete mich wieder dem Kleiderberg, in dem Zara nun ebenfalls herumwühlte.

»Zieh doch einfach irgendwas an«, stöhnte Tyler.

»Du kannst jetzt gehen. Danke und tschüss«, erwiderte ich und deutete auf meine Zimmertür, durch die er wenige Momente später verschwand. Er war es gewohnt, dass ich ihn ab und zu rauswarf, wenn er mir entweder auf die Nerven ging oder nichts Sinnvolles beizutragen hatte. Heute war es eine Mischung aus beidem.

Zara tauchte neben mir auf und reichte mir ein paar Sachen, mit denen ich in dem kleinen Badezimmer gegenüber verschwand.

Eine Dreiviertelstunde später war ich angezogen, geschminkt und frisiert. Ich hatte mich für eine altrosa Bluse entschieden, die ich mit einer schwarzen Hose und Ankleboots kombinierte. Während ich mich geschminkt hatte, hatte sich

Zara an meinen Haaren ausgetobt und versucht, die Locken mit dem Glätteisen zu bändigen. Leichte Wellen waren zwar weiterhin zu sehen, aber diese sahen wenigstens ordentlicher aus als die Löwenmähne, die ich sonst auf dem Kopf hatte.

Als wir fertig waren, zückte Zara ihre Kamera und sagte: »Bitte lächeln.« Augenrollend tat ich ihr den Gefallen, positionierte mich vor der karminroten Wand im Flur und setzte ein strahlendes Lächeln auf. Immerhin war dies ein denkwürdiger Augenblick, den man festhalten musste.

Ich schrieb Colin eine kurze Nachricht, dass ich mich um zwanzig Minuten verspäten würde und mich jetzt auf den Weg machte. Er hatte mir gestern die Adresse gegeben, die ich nun in mein Navi eintippte. Eigentlich hatte ich vorher noch nachschauen wollen, wohin unsere Verabredung uns überhaupt führte. Das hatte ich in der Eile allerdings komplett vergessen.

»Viel Spaß! Und schreib mir danach, wie es gelaufen ist!«, rief Zara mir noch zu, als sie mit ihrem Wagen an mir vorbeirauschte. Ich winkte ihr hinterher, ehe auch ich aufs Gaspedal trat.

Name: Alice Wright
Versuchsperson: Tyler Bennett

Macke/Eigenart: Mr Bennett überschreitet gern die eine oder andere Grenze.

Ausgelöste Gefühle:
Ohne Mr Bennett damit zu nahe treten zu wollen, bin ich der Meinung, dass er gerne einige Grenzen überschreitet und sich dabei keine Gedanken um mögliche Konsequenzen macht. Man könnte vielleicht sogar sagen, dass diese Macke ein klein wenig mit der zweiten von mir notierten Macke einhergeht.

Mr Bennett geht gerne genau einen Schritt zu weit. Um nur ein Beispiel zu nennen: Er ist heute in meine Privatsphäre eingedrungen, indem er sich selbst in mein Haus und mein Zimmer eingeladen hat. Anschließend hat er, ohne zu fragen, einen Steckbrief über mich ausgefüllt.

Zunächst war ich leicht verärgert über sein Verhalten, denn ich empfinde es als wichtig, dass man fragt, bevor man ein Haus oder einen Raum betritt. Dabei spielt es keine Rolle, wie lange man schon miteinander befreundet ist, es ist einfach höflich.

Doch als Mr Bennett den Steckbrief fertig ausgefüllt hatte, war all der Ärger verflogen, weil es mich beeindruckt hat, wie gut er mich kennt. Im Grunde musste ich sogar feststellen, dass er mich – was manche Dinge betrifft – besser kennt als ich mich selbst.

KAPITEL 4

Das Einzige, was ich über das Date mit Colin wusste, war, dass es im nächsten Ort stattfinden würde. Ich hatte es ihm nicht gesagt, aber ich war dankbar, dass er sich nicht in der Innenstadt von Georgeville mit mir treffen wollte. Denn man begegnete zwangsläufig irgendwem, den man kannte, und an der Highschool verbreiteten sich Gerüchte schneller als ein Lauffeuer. Nicht, dass ich am Montag in der Schule ankam und jeder von Colin und Alice, dem neuen Traumpaar, sprach.

Fünfundzwanzig Minuten später leitete mich das Navi auf einen großen Parkplatz. Da ich keine Ahnung hatte, wo genau Colin auf mich wartete, stieg ich aus und schaute mich etwas um.

Unzählige Menschen strömten durch die große Eingangstür des nahe gelegenen Steingebäudes, unterhielten sich und lachten miteinander. Ich musste meine Augen zusammenkneifen, um die leuchtenden Buchstaben über dem Eingang besser entziffern zu können.

»Bithland Arcade«, las ich laut vor. Colin war wohl genauso nerdig, wie ich vermutet hatte. Kurz überlegte ich, ob ich wieder in den Wagen steigen sollte, als er plötzlich lächelnd vor mir auftauchte.

»Ich dachte schon, du kommst nicht.« Colins Stimme klang selbstbewusster als gestern bei der Party. »Du siehst hübsch aus. Aber vielleicht hätte ich dir sagen sollen, dass du dich lieber praktisch hättest anziehen sollen.«

Er trug eine dunkle Jogginghose, Sneaker und ein Oberteil mit dem Logo von Captain America. Heute war es also keines seiner üblichen Bandshirts. Ein Lächeln stahl sich auf mein Gesicht. Wenigstens war er Team Marvel und nicht Team DC. Also gab es immerhin ein Gesprächsthema zwischen uns.

Als wäre ihm eingefallen, dass wir uns noch nicht richtig begrüßt hatten, streckte Colin mir dann etwas unsicher seine Hand entgegen. Als ich sie ergriff, durchzuckte mich Kälte. »Deine Hand ist ja eisig!«

»Mein Blut befindet sich gerade auch eher an einer anderen Stelle«, sagte er und zwinkerte.

Ich riss meine Augen auf und öffnete den Mund, um etwas zu erwidern, aber diese Aussage hatte mich so unerwartet getroffen, dass ich vollkommen sprachlos war. Und dann … fing ich schallend an zu lachen. Bei jedem anderen wäre ich vermutlich auf der Stelle geflüchtet, aber Colin war der Typ, bei dem mir klar war, dass er nur versuchte, das Eis zwischen uns mit Humor zu brechen, und das hatte er auch geschafft. »Also, was hast du mit mir vor?«

»Ich weiß, dass du gerne Badminton spielst«, sagte Colin. Er hatte scheinbar seine Hausaufgaben gemacht und etwas über meine Interessen herausgefunden. »Also habe ich was Ähnliches rausgesucht, was dir Spaß machen könnte.«

Colin ging voran und ich ließ mich von ihm zu unserem Date in die Spielhalle führen.

Kaum waren wir durch die Tür getreten, prasselten unzählige Eindrücke auf mich ein. Die Spielhalle war unglaublich voll. Kinder und Jugendliche rannten herum und spielten an diversen Arcade-Automaten, die rechts und links aufgereiht waren. Ich kam mir vor wie in den 1980er-Jahren.

Wir liefen an einem kaum zehn Jahre alten Jungen vorbei, der gerade eine weitere Münze in einen der Automaten warf, woraufhin eine kurze Sequenz eingeblendet wurde, auf die die Worte *How High Can You Get?* folgten.

»Spielt er etwa Donkey Kong?«, entfuhr es mir vor Begeisterung. »Das habe ich als Kind geliebt!«

»Oh, du kennst dich mit Videospielen aus?«, fragte Colin. »Ja, das ist Julian, er kommt oft mit seiner Familie her.«

»Du bist anscheinend auch nicht gerade selten hier.«

»Erwischt.« Colin schmunzelte. »Wie du vielleicht gestern gemerkt hast, bin ich nicht unbedingt der große Partygänger. Ich verbringe meine Freizeit lieber in der Spielhalle. Hier fühle ich mich am wohlsten und bin vollkommen in meinem Element. Klingt das bescheuert?«

»Nein, ganz und gar nicht. Ich verstehe das«, erwiderte ich ehrlich. Man konnte deutlich sehen, dass Colin an diesem Ort richtig aufging. Heute war er locker und witzig, von seiner Schüchternheit war kaum noch etwas übrig. Das gefiel mir, trotzdem glaubte ich immer noch nicht daran, dass es zwischen uns funken würde. Aber ich musste mir auch eingestehen, dass ich mich darüber freute, ihm doch eine Chance gegeben zu haben.

Colin schlängelte sich an den im Gang stehenden Menschenmassen vorbei. Ich folgte ihm und schaute mich dabei weiter um. Neben den Arcade-Automaten gab es auch einige Sit-ins, in denen Rennspiele gezockt wurden. Intuitiv bewegte ich meinen Körper nach rechts oder links, wann immer einer der Spieler sich in eine Richtung neigte.

Dieser Ort war fantastisch! Am liebsten hätte ich mich noch stundenlang umgesehen. Das festgefrorene Grinsen auf meinem Gesicht schien Colin zu freuen. Er drehte sich mehrfach nach mir um und beobachtete mich einen Moment, bevor er weiterging.

»Komm, wir sind gleich da«, sagte er und führte mich durch eine schmale Tür am Ende des Gangs. Ich war noch immer damit beschäftigt, all die neugewonnen Eindrücke auf mich wirken zu lassen, weshalb es kurz dauerte, bis ich bemerkte, dass Colin stehen geblieben war.

»Wo sind wir hier?« Es war ein abgetrennter Raum, in dem es weniger voll und laut war als in der Haupthalle. Hier standen vier Tische, die Tischtennisplatten ähnelten. Doch anstatt eines Netzes, das die beiden Hälften voneinander trennte, befand sich in etwa einem Meter Höhe ein merkwürdiges Gerät über der Tischmitte.

»Das sieht aus wie Tischtennis, aber ich bin mir ziemlich sicher, dass du mich gleich eines Besseren belehren wirst.« Ich trat näher heran, um das Ganze genauer unter die Lupe zu nehmen.

Colin schmunzelte erneut und hielt mir einen Schläger hin. »Laser Light Tennis«, erklärte er. »So ähnlich wie Tischtennis, nur dass man einen kleinen Laserpunkt hin und her schlagen muss. Man kann verschiedene Schwierigkeitsgrade einstellen, von *laaaaangsam* bis *super schnell*.«

»Verrückt.« Ich nahm den Schläger entgegen und wog ihn in der Hand. In der Mitte war ein kleines Viereck, mit dem man vermutlich den Laserpunkt treffen musste. Ich hatte so ein Spiel noch nie gesehen, aber ich freute mich darauf, es auszuprobieren.

»Dann los«, sagte Colin und deutete auf die gegenüberliegende Seite der Platte, an der ich mich positionierte.

»Heul aber nicht, wenn ich dich schlage«, verkündete ich siegessicher.

Colin schnaufte. »Dasselbe könnte ich dir sagen.«

Während wir spielten, verlor ich jegliches Zeitgefühl. Colin hatte mit diesem Date all meine Erwartungen übertroffen. Wir unterhielten uns, wenn wir nicht gerade vor Anstrengung schnauften, lachten und beschimpften einander. Es war ein unglaublicher Abend, das musste ich zugeben.

Ich fand heraus, dass Colin im Schatten seines älteren Bruders stand und von seiner Familie kaum wahrgenommen wurde. Er genoss zwar die vielen Freiheiten, die er dadurch hatte, und erzählte mir davon, als würde es ihn nicht stören, aber sein Gesicht verdunkelte sich bei jedem Wort und ein verräterischer Ausdruck lag dabei in seinen Augen.

Ich stellte fest, dass wir bei vielen Dingen gleich tickten und uns einige ähnliche Interessen verbanden. Zum Beispiel spielten wir beide gerne Theater und schauten dieselben Serien.

Colin erzählte von seinem besten Freund, den er schon sein Leben lang kannte und der wie ein weiterer Bruder für ihn war. Ich hingegen erzählte von Tyler, mit dem es mir genauso ging.

Als wir die Spielhalle verließen, war es stockdunkel. Ich genoss die kühle Brise, die mich einhüllte. Im Inneren war es warm und stickig gewesen, doch ich war so auf unser Spiel konzentriert gewesen, dass mir nicht aufgefallen war, wie sehr meinen Lungen der Sauerstoff gefehlt hatte.

Colin und ich schlenderten nebeneinanderher zu meinem Auto. Dabei hielt er den Blick gesenkt und hatte die Hände tief in den Hosentaschen vergraben.

»Ich weiß, der Funke ist nicht übergesprungen«, begann er, »aber der Abend war trotzdem schön.«

»Ja, mir hat es auch gut gefallen«, erwiderte ich wahrheitsgemäß. Ich fand es beinahe schade, dass es nicht gefunkt hatte, denn wir hatten viel gemeinsam und er konnte mich zum Lachen bringen. Nichtsdestotrotz fehlte das gewisse Etwas. »Danke, dass du mir diesen Ort gezeigt hast. Nächstes Mal besiege ich dich aber.«

Colin lachte. »Träum weiter. Ich habe jahrelange Übung, du bloß einen Abend.«

»Vielleicht trainiere ich ja heimlich, um es dir zu zeigen?«

»Soll das eine Herausforderung sein?«

Ich zuckte mit den Schultern. »Womöglich.«

Ein Grinsen legte sich auf Colins Lippen, das ihn im Schein des Mondlichts älter wirken ließ, nicht mehr wie den verschüchterten Jungen, den ich bisher in ihm gesehen hatte.

Zum Abschied umarmten wir einander und auch wenn wir beide wussten, dass aus uns niemals ein Paar werden würde, konnten wir sicher Freunde werden.

Als ich in den Wagen stieg, steckte ich mein Handy in die Halterung am Armaturenbrett. Unzählige ungelesene Nachrichten und verpasste Anrufe blinkten mir entgegen. Ich stöhnte leise auf, als ich sah, dass fast alle von Tyler stammten. Nur eine Nachricht war von Zara, in der sie mich fragte, wie das Date lief.

Ich drückte auf die Wahlwiederholung, ehe ich vom Parkplatz fuhr. Es klingelte ein einziges Mal und schon hörte ich die aufgedrehte Stimme meines besten Freundes am anderen Ende der Leitung. Das würde eine unerträglich lange Autofahrt werden.

»Jetzt spann mich doch nicht so auf die Folter! Erzähl mir alles!« Manchmal war Tyler eine waschechte Tratschtante, die den nächsten Gossip kaum erwarten konnte.

»Es war ein schöner Abend.«

»Mehr hast du nicht zu sagen? Soll ich dir alles aus der Nase ziehen?« Ich konnte mir bildlich vorstellen, wie er theatralisch die Arme vor der Brust verschränkte, und lachte leise.

»Du hattest recht. Colin ist ein sehr netter und cooler Kerl, mit dem ich mich gut verstehe. Aber …«

»… es hat nicht gefunkt«, beendete Tyler meinen Satz. Ich nickte, auch wenn er mich nicht sehen konnte. »Ich bin so stolz auf dich, Alice, ehrlich. Du bist über deinen Schatten gesprungen und das verlangt wirklich Mut!«

Hitze schoss in meine Wangen. Komplimente waren mir schon immer unangenehm gewesen. »Danke. Auch dafür, dass du mich praktisch dazu gezwungen hast, mein Glück zu finden. Oder zumindest erst einmal zu suchen.«

Für einen Moment schwieg Tyler. Dann sagte er leise: »Du hast es wirklich verdient.« Doch ich wurde das Gefühl nicht los, dass noch etwas anderes in diesen Worten mitschwang.

»Ist alles in Ordnung, Ty?«

»Ja … nein … keine Ahnung.« Ich ließ ihm Zeit, seine Gedanken zu sortieren. »Du weißt doch, nächste Woche ist das Spiel.«

Was für eine Frage. Als ob ich jemals eines von Tylers Baseballspielen verpassen würde. »Natürlich weiß ich das.«

»Ich hab mit Amy telefoniert und ich war ziemlich angepisst, weil sie gestern schon wieder nicht aufgetaucht ist. Na ja, lange Rede kurzer Sinn: Sie hat gesagt, sie wird zum Spiel kommen.« Er zögerte einen Moment. Verständlicherweise, schließlich hatte Amy schon oft versprochen zu kommen, aber war im Endeffekt doch immer zu Hause geblieben oder anderweitig beschäftigt gewesen. Sport war nicht ihr Ding. Sie hatte kein Verständnis dafür, was so toll daran war, einen Ball zu schlagen und loszurennen. Dass die *Georgeville Pirates* eine der besten Highschool-Mannschaften der Südstaaten und Tyler der beste Batter des Teams war, interessierte sie kaum. Ich hingegen ließ mir so gut wie nie eins der Spiele entgehen. Mein halber Kleiderschrank war gefüllt mit Fankleidung des Teams. Glücklicherweise waren die Trikots rot-blau – zwei Farben, die mir schmeichelten.

»Aber?«, hakte ich nach.

»Ich weiß nicht, ob ich überhaupt möchte, dass sie kommt.«

»Wie meinst du das?«

»Es ist schwer zu erklären, aber sie hasst Sport und irgendwie fühle ich mich schlecht, sie jetzt überredet zu haben, obwohl sie gar nichts damit anfangen kann, verstehst du das?« Er seufzte tief.

»Ja«, begann ich, »ich verstehe, was du meinst. Aber sie ist deine Freundin, die dich liebt. Wenn es dir viel bedeutet, sie dabeizuhaben, dann sollte sie sich wenigstens ab und zu blicken lassen. Du begleitest sie ja auch zu Vorträgen, die dich nicht interessieren.«

»Du hast recht. Vielleicht habe ich mich falsch ausgedrückt.« Er hielt kurz inne, wie um sich die passenden Worte zurechtzulegen. »Ich habe einfach das Gefühl, dass es mich runterziehen könnte, wenn sie kommt, obwohl sie keine Lust hat. Und ich möchte mir nicht von ihr die Laune vermiesen lassen.«

Da lag also das eigentliche Problem. Momentan war Tyler nicht sonderlich gut auf Amy zu sprechen und ich erwischte mich zwischendurch immer wieder dabei, dass ich überlegte, weshalb die beiden überhaupt noch ein Paar waren. Sie hatten völlig unterschiedliche Interessen und kaum Zeit füreinander. Ihre einzige Gemeinsamkeit war, dass die beiden ziemlich beliebt waren, was aber keine Basis für eine gesunde Partnerschaft sein sollte.

Aber ich behielt meine Sorgen für mich, denn ich wusste, dass sie Tyler nur unnötig verletzen würden. Also wechselten wir das Thema und er quetschte mich stattdessen noch weiter über das Date mit Colin aus. Er wollte wirklich jede noch so kleine Kleinigkeit wissen. Ich verdrehte die Augen und warf einen schnellen Blick auf die Uhr.

Verdammt, ich hatte noch weitere zehn Minuten Fahrt vor mir! Seufzend beantwortete ich eine Frage nach der anderen und hoffte, dass ich schleunigst zu Hause ankommen würde.

Name: Alice Wright
Versuchsperson: Tyler Bennett

Macke/Eigenart: Mr Bennett kann ziemlich aufdringlich sein.

Ausgelöste Gefühle:
Nach einem Date hat Mr Bennett mich so lange mit Nachrichten und Anrufen bombardiert, bis ich nachgegeben und zurückgerufen habe, nur um jedes noch so kleine Detail nacherzählen zu müssen. Reicht es nicht, wenn man sagt, man hatte einen schönen Abend? Warum wollen Menschen immer **alles** wissen?

Ja, Mr Bennett ist mein bester Freund, aber ich löchere ihn immerhin auch nicht mit unzähligen Fragen über sein Liebesleben, da ich der Meinung bin, dass es auch in einer Freundschaft ein paar Dinge geben sollte, die man für sich behält. Ist es wirklich zu viel verlangt, wenn ich auf ein wenig Privatsphäre bestehe?

Vielleicht sollte ich Mr Bennett bei der nächsten Gelegenheit mal darauf ansprechen und ihn darum bitten, die Fragerei in Zukunft sein zu lassen.

KAPITEL 5

»Lauf, Jackson, lauf!« Baseballsamstage waren die einzigen Tage, an denen Zara Jackson nicht am liebsten umbringen würde. Aber auch nur, weil er ein extrem schneller Läufer der *Georgeville Pirates* war. Er hatte eben den Ball geschlagen und rannte nun schneller als der Roadrunner. Ich war mir sogar fast sicher, dass ich den Rauch in Form seines Körpers an der Home Base ausmachen konnte.

Auf meiner anderen Seite saß Amy. Es hatte einiges an Überredungskraft gekostet, da sie kurz vor knapp wieder hatte absagen wollen. Es war nicht gerade förderlich gewesen, dass ich ihr gesagt hatte, dass ein Baseballspiel gut und gerne dreieinhalb Stunden gehen konnte. Doch die Tatsache, dass sie Tyler damit unterstützte, war schlussendlich überzeugend genug gewesen.

Er stand unten bei seinen Teamkollegen und wenn er nicht gerade dabei war, jemanden anzufeuern, schaute er hoch, lächelte und winkte. Amy gab sich Mühe, nicht komplett gelangweilt auszusehen. Ihre kurzen blonden Locken wippten auf und ab, als sie sich zu mir beugte. »War das jetzt gut?« Unwissenheit stand in großen roten Lettern auf ihrer Stirn geschrieben.

»Ja, sehr«, begann ich zu erklären und deutete auf Jackson. »Er hat den Ball in einem ziemlich guten Winkel getroffen, sodass er es auf jeden Fall noch zur zweiten Base schaffen kann.«

Ich versuchte schon die ganze Zeit, ihr irgendwie das Spiel zu erklären, aber für jemanden, der mit Sport und vor allem Baseball nichts am Hut hatte, war es schwer zu begreifen. Da brachte es nicht sonderlich viel, wenn ich mit Fachchinesisch um mich warf.

»Und wir sind gerade in der letzten Runde?«

Ich schüttelte den Kopf. »Ähm, nein, das ist das dritte Inning.«

»Von wie vielen noch mal?«

Jackson war eben auf der zweiten Base zum Stehen gekommen – gerade im richtigen Augenblick. Die Menge jubelte. Zara klinkte sich nun wieder in unser Gespräch ein. »Es gibt neun Innings.«

Amy entglitten sämtliche Gesichtszüge, als sie einen flüchtigen Blick auf ihre Armbanduhr warf. Ich erinnerte mich noch genau an mein erstes Baseballspiel. Damals hatte ich auch keine Ahnung von den Regeln gehabt und war von der Länge überfordert gewesen. Vor allem, weil es nur wenige Abschnitte gab, in denen aktiv gespielt wurde – es dürfte wohl etwa eine Viertelstunde reine Spielzeit gewesen sein. Da konnte es einem natürlich endlos vorkommen, mehr als drei Stunden hier zu sitzen.

Doch für mich machte die Atmosphäre, die auf den Zuschauerrängen herrschte, das Spiel aus. In der Schule mochten wir kein Wort miteinander wechseln, aber wenn es um Baseball ging, war das anders. Hier oben waren wir alle eins – Fans der *Georgeville Pirates*. Das gefiel mir an Sport so sehr und ich hoffte, dass auch Amy das irgendwann verstand. Was wollte sie ansonsten tun, sollte Tyler eine Profikarriere anstreben? Er war ein herausragender Spieler und hatte gute Noten, sodass er mit Sicherheit ein Stipendium erhalten würde.

Als nächster Batter unseres Teams war Tyler an der Reihe. »Hey, Zara, Kamera!« Denn sie war nicht nur als Fan hier, sondern auch im Auftrag der Schülerzeitung. Bei den Baseballspielen waren selbstverständlich Tyler und Jackson die Hauptmotive. Die beiden machten sich einfach hervorragend auf Bildern.

Zara kramte nach ihrer Kamera, schob sich den letzten Bissen ihres Hot Dogs in den Mund und sprang die Tribüne hinunter Richtung Spielfeldrand.

Amy richtete sich neben mir auf, um eine bessere Sicht zu haben. Dabei rutschte sie nervös auf ihrem Sitz hin und her.

Lässig trat Tyler auf das Spielfeld, den Schläger hielt er in der rechten Hand und mit der linken richtete er seinen Helm, der ihn nicht nur vor der hochstehenden Sonne schützte, sondern auch davor, einen Ball an den Kopf zu bekommen. Er hob den Schläger und setzte einen konzentrierten Gesichtsausdruck auf, während er den Pitcher des gegnerischen Teams fokussierte.

Unwillkürlich begann ich an meinen Fingernägeln zu kauen.

Der Pitcher holte aus, warf den Ball, der mit Höchstgeschwindigkeit seinen Catcher suchte und Tyler … verfehlte. Ein Raunen ging durch die Menge, als der Schiedsrichter laut rief: »Erster Strike.«

»Bitte, bitte«, murmelte ich. Er musste es einfach schaffen.

Amy griff nach meiner Hand. Die Berührung kam so plötzlich, dass ich erschrak. Doch ich ließ es zu, denn wenn ich noch weiter aus Nervosität an den Nägeln knabberte, dann hätte ich nachher keine mehr.

Erneut holte der Pitcher aus und legte dieses Mal sogar noch mehr Power in den Wurf. Mit einem lauten Knall, der wie Donnergrollen klang, traf Tyler den Ball so zentriert, dass dieser in einem hohen Bogen in Richtung des hinteren Teils des Fair Territory flog.

Amy sprang auf, wobei sie mit dem Fuß meinen überteuerten Colabecher umwarf, der die beiden Jungs, die vor uns saßen, mit einer klebrigen Dusche übergoss. Diese waren allerdings ebenfalls so voller Begeisterung, dass sie von dem Missgeschick gar nichts mitbekamen.

Und auch ich ließ mich mitreißen – gemeinsam hüpften Amy und ich auf und ab wie zwei Gummibärchen, wie sie unterschiedlicher nicht sein konnten. Die Mittagssonne verbrühte uns förmlich, sodass mir der Schweiß binnen Sekunden Stirn und Nacken herunterrann. Doch davon ließen wir uns den Spaß nicht verderben.

Glücklicherweise hatte Tyler den Ball so gut getroffen, dass dieser sogar über den Außenzaun hinwegflog und Tyler seinen Homerun sicher hatte. Da alle Bases besetzt waren, konnten unsere Jungs mit diesem hervorragenden Spielzug satte vier Punkte sammeln.

Kaum hatte Tyler die Home Base wieder erreicht, wurde er von seinen acht Teammitgliedern überrannt. Amy mochte keine Ahnung von Baseball haben, aber auch sie strahlte übers ganze Gesicht, als ihr Held sich feiern ließ.

»Schaut euch mal dieses geile Bild von Tyler und Jackson an«, sagte Zara und hielt uns ihre Kamera vor die Nase. Sie hatte die Jungs wirklich gut mitten im Lauf getroffen, wobei

Jackson eine seltsame Pose machte, die mich an etwas erinnerte.

Ich hielt mir die Hand vor den Mund, um mein Lachen zu ersticken. »Guckt mal, er sieht aus wie Forrest Gump!«

Zara und Amy beugten sich über das Display und als ihnen die bemerkenswerte Ähnlichkeit auffiel, brachen sie in schallendes Gelächter aus.

»Das kommt als Großaufnahme in die Schülerzeitung«, entschied Zara.

»Du kannst echt gemein sein. Dabei passen Jackson und du doch zusammen wie die Faust aufs Auge.«

Hätte Amy meine Cola nicht vorhin weggetreten und hätte ich gerade einen Schluck davon genommen, dann hätte ich ihr jetzt eben jenen vor Schock ins Gesicht gespuckt. Eigentlich musste ich mich nur noch zurücklehnen und darauf warten, dass Zara ihr den Kopf abriss.

»Wie bitte?«

Amy strich sich verlegen eine Locke aus dem Gesicht. »Na ja, ihr kommt beide aus gutem Haus und ihr seid immer so –«

Ich sah aus dem Augenwinkel, wie Zara ihre Hände zu Fäusten ballte.

»Na, genießt ihr das Spiel?« Zum Glück kamen die Jungs gerade die Tribüne hoch, um ihre wenigen Minuten Pause mit uns zu verbringen. Wobei Tyler eher kam, um Amy einen feuchten und vor allem verschwitzten Kuss auf die Lippen zu drücken.

»Hat es ausnahmsweise mal jemand anderes geschafft, sie zur Weißglut zu bringen?« Mit einem Kopfnicken deutete Jackson zu Zara, deren Schädel mittlerweile fast zu rauchen begonnen hatte.

Ich biss mir auf die Unterlippe, um mich im Zaum zu halten,

aber ich konnte einfach nicht die Klappe halten. »Amy sagte ihr eben, was für ein Traumpaar ihr beiden doch wärt.«

Tyler prustete los, während Jacksons Kopf puterrot wurde. Wow, ich dachte, nur Zara konnte so eine Farbe annehmen. Doch bei Jack sah es irgendwie eher aus wie ... Schamesröte. Er wich meinem Blick aus und schaute stattdessen einen flüchtigen Moment zu meiner besten Freundin, die ihn jedoch ignorierte.

Konnte es sein, dass Amy mehr wusste als Zara und ich? Immerhin war sie Tylers Freundin und Jackson sein bester Freund. Vielleicht empfand Jackson etwas für Zara und fühlte sich jetzt ertappt? Das würde zumindest seinen ausweichenden Blick erklären. Aber nein, das konnte nicht sein. Oder?

Bevor ich weiter darüber nachdenken konnte, schob Tyler Jackson auch schon wieder die Tribüne hinunter und ließ uns drei allein.

»Habt ihr nach dem Spiel eigentlich noch Pläne?«, wechselte Amy rasch das Thema. Sie sah verlegen aus und ich setzte es auf meine imaginäre To-do-Liste, bei Gelegenheit die Wahrheit aus ihr herauszukitzeln.

Zara schien sich etwas beruhigt zu haben und schüttelte den Kopf. »Bisher nicht, glaube ich. Oder, Alice?«

Instinktiv wanderte meine Hand Richtung Hosentasche, in der sich mein Handy befand. Ich hatte es in den letzten Stunden nicht herausgeholt, aber ich war mir ziemlich sicher, dass mindestens eine Nachricht auf mich wartete. Denn eigentlich hatte ich Pläne für nachher gemacht, nur schlossen diese meine Freunde nicht mit ein.

Skeptisch zog Zara eine Braue hoch und verschränkte die Arme vor der Brust. »Wer ist er?«

Amy schaute verwirrt zwischen uns beiden hin und her. »Wer?«

»So nervös, wie unsere liebe Alice gerade nach ihrem Handy getastet hat, muss es jemand von ihrer Dating-App sein.«

Die Furche auf Amys Stirn wurde tiefer, so als hätte sie keine Ahnung, wovon wir sprachen. Sie hob die Schultern. »Wer klärt mich auf?«

»Die Dating-App, bei der ich mich angemeldet habe?« Ich warf Zara einen finsteren Blick zu und streckte ihr die Zunge heraus. Zara grinste nur triumphierend.

»Ich muss wohl irgendwas verpasst haben«, überlegte Amy laut.

»Hat Tyler dir nichts davon erzählt?«, hakte ich nach.

Sie schüttelte den Kopf. »Kein Wort. War das seine Idee?«

»Na jaaaaaaaa«, sagte Zara lang gezogen. »Weißt du von dem Psychologieprojekt, das Alice und Tyler machen müssen?«

Amy nickte.

»Gut. Also, wir waren ja letztens auf der Chambersparty und Alice wurde von jemandem um ein Date gebeten, der nicht gerade ihrem Typ entspricht. Sie hat erst abgelehnt, aber Tyler hat sie davon überzeugt, dass sie auf der Suche nach ihrem Traumprinzen nicht so oberflächlich sein sollte.«

Wie sehr ich mir wünschte, der Boden täte sich auf, um mich zu begraben. Zara konnte manchmal so peinlich sein! Ich ignorierte ihre weiteren Ausführungen.

»Aber eines verstehe ich nicht.« Amy legte den Zeigefinger nachdenklich ans Kinn. »Wie kommt Tyler darauf, dass du überhaupt einen Freund brauchst? Du wirkst auch so glücklich und du gehst nie auf irgendwelche Dates.«

Daran merkte man wieder einmal, wie wenig Zeit Amy mit

uns verbrachte. Natürlich sabberte ich nicht jedem gut aussehenden Kerl hinterher, aber ich hatte schon öfter Bemerkungen fallen lassen, dass ich mir gern jemanden an meiner Seite wünschte – auch wenn ich jetzt nicht verzweifelt auf der Suche war.

Daher zuckte ich lediglich mit den Schultern. »Das hat Ty dir nicht gesagt?«

Amy verzog den Mund. »Wir haben uns in den letzten Wochen nicht sehr oft gesehen.« Seufzend legte sie den Kopf schief. Dabei wurde die Sonne von ihren schillernden Haaren reflektiert. »Es ist schwierig.«

Zara und ich tauschten einen wissenden Blick aus.

»Dann solltest du dir vielleicht mehr Zeit für ihn nehmen?«, sagte Zara. Mir entging der leicht schnippische und sarkastische Unterton in ihrer Stimme nicht, doch Amy hörte ihn nicht heraus.

Sie ließ die Schultern hängen und wich unseren Blicken aus. »Wenn das nur so einfach wäre …« Ihre Stimme war kaum mehr als ein Flüstern, weshalb ich mir nicht sicher war, ob sie überhaupt mit uns oder mehr zu sich selbst gesprochen hatte.

Ich schaute zu Zara und legte einen Zeigefinger an die Lippen. Sie machte den Eindruck, noch etwas sagen zu wollen, aber in Amys Augenwinkeln sammelten sich Tränen. Das war etwas, in das wir uns besser nicht einmischen sollten.

Also ließen wir es auf sich beruhen und widmeten uns stattdessen wieder dem Spiel.

Wie erwartet hatten die *Georgeville Pirates* gewonnen. Allerdings hatten sie ein Inning lang zurückgelegen, weshalb es gegen Ende hin noch einmal richtig spannend geworden war.

Während die Jungs sich in der Umkleide befanden, warteten wir Mädchen auf der Ladefläche von Tylers Truck.

»Und, hast du dein erstes Baseballspiel genossen?« Ich stupste Amy in die Seite, doch sie schüttelte energisch den Kopf.

»Es war endlos. Wie könnt ihr das im Sommer jede Woche ertragen?«

Zara zuckte die Schultern. »Es macht Spaß, Teil einer Gemeinschaft zu sein.«

Amy setzte gerade zu einer Erwiderung an, als die Jungs pfeifend zu uns an den Truck traten. Tyler zog Amy so fest an sich, dass es so aussah, als wollte er sie ersticken.

»Super Spiel, da habt ihr den Gegnern ordentlich zugesetzt!«, sagte ich.

Jackson schlug Tyler mit den Fäusten gegen die Oberarme. »Ohne diesen verrückten Kerl hier hätten wir wohl verloren.«

Tyler lachte und stieß Jackson von sich, um seine Freundin weiterhin mit Küssen übersäen zu können. Zara schob sich den Finger in den Mund und machte würgende Geräusche.

»Eifersüchtig, Prinzesschen?«, fragte Jackson sie.

»Worauf? Auf jemanden, der versucht, jemand anderem die Mandeln mit der Zunge herauszuoperieren?«

Tyler ließ seufzend von Amy ab. Seine Haare waren noch leicht feucht von der Dusche.

»Und, was haben wir Hübschen jetzt vor?«, wollte Jackson wissen. Dabei glitt sein Blick über Zara, die lässig auf der Kante des Trucks saß.

»Alice hat ein Date.«

Ruckartig drehte Tyler sich zu mir. »Dann begleiten wir sie doch?«, schlug er vor. »Da hätte ich voll Bock drauf. Und dann könnten wir uns anschauen, was für Kerle du dir so anlachst.«

»Das wird ein Spaß!«, stimmte Zara zu.

Ich hielt meine Hände abwehrend in die Höhe. Das war meine Verabredung und niemand lud sich selbst ein. Vor allem nicht meine aufdringlichen und penetranten Freunde. »Nein!«, entschied ich. »Aber wir können gerne danach ins Kino gehen. Ich treffe mich in *Cal's Diner*, von dort ist es ja nicht weit.«

»Lieber nicht«, sagte Amy. »Ich habe keine Lust auf Kino.«

Tyler strich ihr behutsam eine Locke hinters Ohr. »Was möchtest du dann tun, Babe?«

Ihre Wange nahmen einen leichten Rotton an. »Eigentlich gar nichts.«

Tyler presste die Lippen kurz aufeinander. »Ich hätte schon Lust, mit den anderen um die Häuser zu ziehen. Gibt es gar nichts, was dich umstimmen könnte?«

Amy schaute Hilfe suchend erst zu mir, dann zu Jackson und Zara, aber keiner von uns sagte etwas.

Ganz langsam schüttelte sie den Kopf. »Das Spiel hat mich ziemlich ausgelaugt. Können wir nicht einfach nach Hause gehen?«

Jetzt befand Tyler sich in einer Zwickmühle, denn er wollte natürlich auch Zeit mit seiner Freundin verbringen. Ich kannte ihn gut genug, um zu wissen, dass er nachgeben würde, immerhin war sie heute zu seinem Spiel gekommen.

Das änderte allerdings nichts daran, dass man seinen Kiefer förmlich mahlen hören konnte. Sein ganzer Körper war angespannt, aber als seine blauen Augen Amys trafen, atmete er tief durch und setzte sein bestes Zahnpastalächeln auf. »In Ordnung, dann legen wir heute nur die Beine hoch.«

»Okay, gut.«

Ob Tyler merkte, wie paradox die ganze Situation gerade war? Er war immerhin derjenige, der dreieinhalb Stunden in der prallen Sonne gestanden, Bälle geschlagen und durch den Sand gerannt war.

»Ich schreibe euch nachher«, sagte ich zu Jackson und Zara. Dann sprang ich vom Truck, winkte meinen Freunden zum Abschied und ging zu meinem Wagen, den ich um die Ecke geparkt hatte.

Name: Alice Wright
Versuchsperson: Tyler Bennett

Macke/Eigenart: Mr Bennett ist ein Pantoffelheld.

Ausgelöste Gefühle:
Es ist mir nie wirklich aufgefallen, dass Mr Bennett unter dem Pantoffel seiner Freundin steht. Ja, die beiden verbringen wenig Zeit miteinander, aber das liegt an ihr und nicht an ihm. Sobald sie etwas tun oder eben nicht tun möchte, springt er.

Es ist schön, dass sie ihm so viel bedeutet, dass er möglichst viel Zeit mit ihr verbringen möchte und Kompromisse eingeht, aber er sollte sich auch mal durchsetzen. Ich werde das Gefühl nicht los, dass sie über ihn bestimmt. Wo ist der starke und unabhängige Mr Bennett hin? Wann immer seine Freundin da ist, mutiert er zu einem Schoßhündchen. Als würde er ihretwegen seinen Charakter verändern.

Ich denke nicht, dass ihm das auf Dauer sonderlich guttun wird. Und das macht mich traurig. Ich möchte, dass er in seiner Beziehung glücklich ist. Aber irgendwie ist es auch schön, dass er sich so um seine Freundin kümmert. Schade, dass sie scheinbar nicht richtig merkt, wie viel er für sie tut.

KAPITEL 6

Am nächsten Tag saß ich im Eiscafé unten am Pier, das zu einem meiner liebsten Orte der Stadt gehörte. Ich konnte hier tagtäglich mehrere Stunden verbringen, mir den Wind durch die Haare kitzeln lassen, während ich den Duft von frisch gebackenen Leckereien in mich aufnahm. Mit dem langstieligen Löffel schaufelte ich mir den Milchschaum meines Latte Macchiato in den Mund. Ein leises Seufzen entfuhr mir – das war der Himmel auf Erden.

»Krieg ich noch mehr Streusel?« Mary klimperte mit ihren dichten Wimpern und schob die Unterlippe schmollend vor. Von dem Eis in ihrem Becher hatte sie bisher kaum etwas angerührt.

Mit halbvollem Mund deutete ich auf die Schokoladenkugeln, die vor ihrer Nase standen. »Du hast noch genug – iss doch erst mal.«

»Aber ich habe keine Streusel mehr!«

Wendy stöhnte und rollte mit den Augen. »Dann iss sie nächstes Mal nicht als Erstes auf, sondern teil sie dir besser ein.«

Nur mit Müh und Not konnte ich mir ein Grinsen verkneifen. Manchmal klang Wendy genau wie unsere Mutter. Mary schnaubte und widmete sich wieder ihrem Eisbecher.

Mein Handy vibrierte. Schnell entsperrte ich das Display und warf einen Blick darauf.

Keiner zu Hause? Wo treibst du dich rum?

Na, das hatte mir gerade noch gefehlt. Ich tippte eine kurze Antwort an Tyler, ehe ich mich wieder im Stuhl zurücklehnte und die warmen Sonnenstrahlen genoss. Es würde keine weitere Nachricht kommen, da war ich mir sicher. Ebenso sicher war ich mir, dass es keine zwanzig Minuten dauern würde, ehe Tyler mit dem Pick-up vorfahren würde.

Den Ausflug mit meinen Schwestern hatte ich bitter nötig gehabt. Und wenn ich ehrlich mit mir selbst war, dann wollte ich auch meinem besten Freund aus dem Weg gehen. Ich wusste, er würde nicht lockerlassen, ehe ich ihm von dem gestrigen Date erzählt hätte. Was er allerdings nicht wusste, war, dass ich heute Mittag noch eins gehabt hatte. Und ehrlich gesagt wollte ich gar nicht erst daran denken.

Konnte es denn wirklich so schwer sein, die große Liebe zu finden? Ich hätte damit gerechnet, dass wenigstens einer der Kandidaten der Richtige sein könnte … oder zumindest nahe genug dran sein würde. Aber bisher hatte ich statt dem großen Jackpot eine Niete nach der anderen gezogen, Colin ausgenommen. Mittlerweile grüßten wir uns in der Schule und führten Small Talk, wo wir uns früher nicht einmal im Gang zugenickt hatten.

»Ich brauch keine Streusel mehr. Ich bin satt!« Mary rieb sich zufrieden schmatzend den Bauch.

Hatte ich es mir doch gedacht. Immer verlangte sie nach mehr, was sie am Ende doch nicht schaffte.

Auch Wendy schob ihren Becher von sich und legte ihre ineinander verschränkten Hände auf den Bauch. »Wollen wir an den Strand gehen?«

»Au ja!«, quietschte Mary, noch bevor ich Einspruch erheben konnte. Sie war schon dabei, vom Stuhl zu springen, als ich die Hand hob und sie stoppte.

»Wir müssen noch kurz warten«, sagte ich lachend.

Wendy zog skeptisch eine ihrer Brauen in die Höhe. »Auf was denn? Eins deiner Dates vielleicht?«

Ich öffnete den Mund, um etwas zu erwidern, aber es kam nichts heraus. Woher wusste sie davon? Ich hatte meinen Schwestern bisher von keinem der Jungen erzählt, mit denen ich ausgegangen war. Ob sie es mitbekommen hatten, als ich mich mit Colin getroffen hatte? Oder als ich mich vorhin aus dem Haus gestohlen hatte?

Aber eigentlich war das auch egal. »Nein, Tyler wird gleich hier sein.«

Meine Schwester bedachte mich mit einem Blick, den ich nicht deuten konnte. »Wie wäre es, wenn ich allein mit Mary zum Strand gehe?«

Mein Herz setzte einen Schlag lang aus. Wendy war zwar alt genug, um auf Mary aufzupassen, doch es war Sonntagnachmittag und der Strand brechend voll. Ich tippte mit den Fingern auf dem Tisch herum und wog das Für und Wider ab.

»Ach, komm schon, Alice. Was soll denn passieren? Wir laufen nur ein bisschen auf und ab, gehen nicht zu nah ans Wasser und sind spätestens in einer Stunde wieder da.« Ein flehender Unterton lag in Wendys Stimme. Sie wollte, dass ich ihr vertraute, und das tat ich auch. Aber ich war für die beiden verantwortlich und würde es mir niemals verzeihen, sollte ihnen etwas zustoßen.

»Bitte!«, schloss sich nun auch Mary an. Die beiden saßen mir gegenüber, lehnten sich halb über den Tisch und starrten mich mit ihren großen Augen in Grund und Boden. Wie sollte ich ihnen da etwas abschlagen?

»Na schön«, gab ich klein bei. »Aber ihr seid in einer Stunde wieder hier und Wendy, du schreibst mir bitte zweimal in der Zeit. Verstanden?«

Sie rollte zwar mit den Augen, doch nickte, während Mary aufgeregt in die Hände klatschte. Wenn ich sie schon losziehen ließ, dann wollte ich wenigstens zwischendurch ein Lebenszeichen von ihnen.

Wendy nahm Mary an der Hand und die beiden rannten über die Promenade und hinunter zum Strand. Ich beobachtete, wie sie in der Ferne immer kleiner wurden, bis sie zwischen den anderen Menschen verschwanden. Den Stich in meinem Herzen ignorierte ich – irgendwann würde ich ohnehin nicht mehr hier sein, um ein wachsames Auge auf die beiden werfen zu können. Je früher ich Wendy das Zepter überreichte, desto besser.

Ich schaute schnell auf die Handyuhr. Tyler hatte mir vor gut fünfzehn Minuten geschrieben, also sollte es nicht mehr allzu lange dauern, ehe er hier aufschlug. Deswegen nutzte ich die Zeit, die mir noch blieb, und holte mein Notizbuch und einen Stift hervor. Beides legte ich fein säuberlich vor mir ab und überflog noch mal das letzte Protokoll. Ich hatte es gestern vor dem Schlafengehen schnell geschrieben, weshalb ich hier und da noch den einen oder anderen Satz ausbessern musste, bis ich damit zufrieden war.

Inzwischen war die Liste auf fünf Punkte angewachsen, was schon mal ganz gut war. Aber es könnte besser laufen. Nein, es *musste* besser laufen, wenn ich eine gute Note für die Arbeit bekommen wollte. Mittlerweile war ich mir zumindest relativ sicher, dass es bei dem Projekt um Verhaltenspsychologie ging. Ich war meine alten Unterlagen durchgegangen und dabei war mir ein Thema ins Auge gesprungen. Es ging um den Reifeprozess, den Menschen während ihres Lebens durchmachten. Zwar hatten wir das Thema im Unterricht nur angeschnitten, trotzdem konnte ich mir vorstellen, dass Miss Pilkey wollte, dass wir darauf Bezug nahmen.

»Was machst du da?« Tylers Stimme riss mich aus meinen Gedanken, in die ich so vertieft gewesen war, dass ich sein Auftauchen gar nicht bemerkt hatte. Ehe ich mich's versah, griff er nach meinem Notizbuch und hielt es sich vors Gesicht. Mir rutschte das Herz in die Hose.

Wie ein Gepard sprang ich auf. »Gib das her!« Ich zerrte an meinen Unterlagen und hörte das Reißen von Papier, aber es war mir egal.

»Hey, was soll denn das?!« Tyler protestierte lautstark und verschränkte die Arme vor der Brust. Er sah zwar unzufrieden aus, aber nicht so als hätte er etwas von dem letzten Protokoll gelesen. Immerhin stand darin dick und fett, dass ich ihn für einen Pantoffelhelden hielt – das würde er vermutlich nicht so kommentarlos hinnehmen.

»Das ist privat!«, erklärte ich ihm und setzte mich wieder auf meinen Platz.

Tyler schob die Becher meiner Schwestern an die äußerste Tischkante, bevor auch er sich fallen ließ. Er musterte mich einen Moment, schüttelte dann aber den Kopf. »Wo sind die beiden Wirbelwinde?«

»Eine Runde am Strand spazieren.«

»Und das hast du erlaubt? Alle Achtung, Wright. Ich bin stolz auf dich!« Tyler wusste genau, wie schwer es für mich war, die beiden ziehen zu lassen. Immer wieder versuchte er mich dazu zu ermutigen, aber es fiel mir oft nicht leicht.

Als die Kellnerin an den Tisch kam, um abzuräumen, bestellten Tyler und ich uns jeder einen Eisbecher, die nicht lange auf sich warten ließen.

»Also, erzähl mal.«

Ich seufzte. Um dieses Gespräch würde ich nicht herumkommen, aber am liebsten hätte ich die Ereignisse einfach unter den Teppich gekehrt und verdrängt.

»Na gut.« Ich holte ein letztes Mal tief Luft, ehe ich Tyler alles erzählte: »Der Kerl, mit dem ich mich treffen wollte, war so ein aufgeplusterter Vollpfosten. Weißt du noch, als vor Jahren dieser Hip-Hopper-Style in Mode war und jeder Junge unbedingt so rumlaufen musste?«

»Oh, Gott. Ich ahne Schlimmes«, sagte Tyler nickend.

»So einer kam ins Diner und hat sich vorgestellt mit den Worten: *Mein Name ist Vincent, aber nenn mich einfach Vin, dann sparst du dir jedes Mal 'nen Cent.* Und dann hat er so laut gelacht, dass jeder uns angestarrt hat!«

Tyler brach in Gelächter aus. »Niemals! Was hast du dann gemacht?«

Vielleicht sollte mir peinlich sein, was danach passiert war, aber ich hatte keine andere Möglichkeit gesehen. »Ich habe meine Sachen genommen und bin gegangen. Dann habe ich Zara und Jackson angerufen, mich von ihnen auslachen lassen und wir sind ins Kino gegangen.«

Ebenfalls noch immer lachend schüttelte Tyler den Kopf. »Scheiße, ich wünschte, ich hätte das gesehen.«

»Das glaube ich dir!« Nun stimmte auch ich mit ein. »Es kommt aber noch schlimmer …«

»Wie das?«

»Ich hatte heute Mittag ein Date mit Ephraim.«

»Dem Gläubigen?«

Ich nickte. »Genau. Er hat beim Schreiben so einen netten Eindruck gemacht. Schon als er gesagt hat, dass er für mich kochen will, hätten meine Alarmglocken losgehen sollen!«

Laut klirrend ließ Tyler seinen Löffel auf den Unterteller seines Eisbechers fallen, seine Miene plötzlich kalt und ernst. »Du solltest doch nicht zu Fremden nach Hause gehen! Hat er dich bedrängt?«

»Um Gottes willen, nein!« Tyler atmete erleichtert aus. »Aber er schien ziemlich schnell Nägel mit Köpfen machen zu wollen. Er hat mich seiner ganzen Familie als die zukünftige Mrs Priest vorgestellt. Ich saß da mit einem Haufen Katholiken, die vor dem Essen gebetet und mich mit ihren Fragen bombardiert haben. Und sein Pastor-Vater hat noch mal explizit darauf hingewiesen, dass Sex vor der Ehe eine Sünde sei. Ich bin fast gestorben, es war so schrecklich!«

»Warte, warte, warte! Er heißt Ephraim Priest? Und sein Vater ist Pastor? Er ist also Pastor Priest?«

»Ist das alles, was bei dir hängen geblieben ist?«

Tyler antwortete weder noch ließ er mich erneut zu Wort kommen. Stattdessen saß er einfach an seinem Platz, fiepte und klatschte in seine Hände wie eine Robbe. Dabei erstickte er beinahe an seiner Eiswaffel. Unter anderen Umständen hätte ich ihm vielleicht auf den Rücken geklopft, aber gerade verdiente er es nicht anders. Die vorbeilaufenden Passanten schauten stirnrunzelnd zu uns herüber, nicht wissend, ob sie helfen oder weitergehen sollten. Der finstere Ausdruck auf meinem Gesicht schreckte sie aber scheinbar davon ab, sich einzumischen.

Eine Zuckerperle war von meinem Eisbecher gerollt und auf dem kleinen Metalltisch zum Erliegen gekommen. Ich griff danach und warf sie Tyler an die Stirn. Dank der Schlagsahnereste blieb die silberne Kugel an seiner Haut kleben.

»Reicht es jetzt mal?«, wollte ich wissen, da er immer noch lachte. Sein Kopfschütteln war die einzige Antwort, die ich bekam.

Statt mich weiter mit ihm zu befassen, ließ ich den Blick über die Promenade schweifen. Zahlreiche Pärchen liefen Hand in Hand den Strand entlang. Sie alle sahen glücklich und entspannt aus und ich fragte mich unwillkürlich, ob es nur der trügerische äußere Schein war, oder ob sie alle wirklich so im Reinen mit sich selbst waren.

Irgendwann hatte Tyler sich endlich wieder beruhigt und schaufelte einen großen Löffel seines halbgeschmolzenen Eises in den Mund. Dabei ließ er mich keine Sekunde aus den Augen.

»Was?«, fragte ich augenrollend und widmete mich ebenfalls meinem Eis. Ich liebte es, wenn die obere Schicht bereits etwas flüssiger war und nur der Kern aus einer noch festen, kalten Masse bestand. Manchmal nahm ich mir auch einen Strohhalm, um das Eis wegzutrinken, statt es zu essen.

Meine Gedanken drängten sich wieder in Richtung des Psychologieprojekts. Ob Tyler diese Eigenart von mir wohl notieren würde? War es ihm überhaupt jemals aufgefallen? Zumindest hatte er mich nie damit aufgezogen und auch nicht angewidert den Mund verzogen.

»Also«, begann er und wischte sich ein paar Lachtränen aus den Augenwinkeln, »wer wird der nächste Unglückliche sein?«

»Darf ich erst mal über die letzten Horrordates hinwegkommen?«, zischte ich. Es machte mich wütend, dass er in dieser Situation allen Ernstes diese bescheuerte Wette ansprach.

»Ausnahmsweise.« Tyler zwinkerte mir zu und aß weiter. Er hatte die Zuckerperle an seiner Stirn noch nicht bemerkt. Trotz meiner nicht ganz verrauchten Wut musste ich mir auf die Wangen beißen, um nicht loszulachen.

Während wir die letzten Reste unseres Eises aus den Bechern kratzten, sprachen wir über alles Mögliche. Es gelang mir sogar kurz, die Sorge um meine Schwestern zu vergessen. Zum Glück meldete Wendy sich nach exakt dreißig Minuten mit einer Nachricht bei mir. Sie wusste genau, hätte sie es vergessen, hätte ich ihr die Hölle heißgemacht und sie vermutlich einen Monat nirgendwo allein mit Mary hingehen lassen.

Aber so konnte ich guten Gewissens an andere Dinge denken und mich mit Tyler amüsieren. Diesen wundervollen Nachmittag hatte ich nach den Pleiten auch bitter nötig.

Name: Alice Wright
Versuchsperson: Tyler Bennett

Macke/Eigenart: Übertriebene Schadenfreude.

Ausgelöste Gefühle:
Ich kann Schadenfreude überhaupt nicht ausstehen. Da ist es auch vollkommen egal, dass Mr Bennett und ich Freunde sind. Es gehört sich nicht, über andere zu lachen!

Welcher Mensch erfreut sich daran, wenn andere in eine unangenehme Lage gebracht werden oder ihnen Schmerz zugefügt wird? Das ist etwas, das ich niemals verstehen werde.

Mr Bennetts Reaktion auf meine Erzählung eines peinlichen Erlebnisses hat mich dementsprechend sehr wütend gemacht. So wütend, dass ich ihm am liebsten seinen Eisbecher gegen den Schädel gepfeffert hätte. Okay, vielleicht sollte ich nicht in mein Psychologie-Protokoll schreiben, dass mein Wutausbruch beinahe in einer Gewalttat geendet hätte. Ich hoffe, Sie können ein Auge zudrücken, Miss Pilkey.

Ich hätte Mr Bennett mit meinen Gefühlen konfrontieren können, aber ich habe mich stattdessen dazu entschieden, zu schweigen. Warum? Das weiß ich auch nicht genau. Das ist eine Frage, die ich mir selbst immer wieder stelle. Unsere Freundschaft sollte eigentlich stark genug sein, um Kritik auszuhalten. Aber vielleicht habe ich Angst davor, dass sie es doch nicht ist.

Dieses Projekt ist blöd – es lässt mich Dinge hinterfragen, über die ich sonst nie nachgedacht hätte. Und ich werde das Gefühl nicht los, dass das hier erst der Anfang ist.

KAPITEL 7

Miss Pilkey fragte uns in der nächsten Psychologiestunde, ob wir an unser Projekt dachten. Als ob irgendjemand von uns ein Abschlussprojekt vergessen konnte, das sechzig Prozent der Gesamtnote ausmachte.

»Und, ist dir bisher auch nur eine Macke an mir aufgefallen?«, fragte Tyler und pikste mir seinen Bleistift in die Seite.

»Natürlich«, entgegnete ich. »Ich meinte es ernst, als ich sagte, mir würden hundert Dinge einfallen.«

Er schaute mich an, als wisse er nicht recht, ob ich nur bluffte.

Nachdem die Stunde für beendet erklärt wurde, stopfte ich meinen Psychologieordner in die Tasche und schulterte meinen Rucksack.

»Miss Wright, kann ich kurz mit Ihnen sprechen?« Miss Pilkey hielt mich auf, bevor ich mit den anderen Schülern verschwinden konnte. Einige musterten mich skeptisch und begannen zu tuscheln. Vermutlich gingen sie gedanklich gerade sämtliche Szenarien durch, was ich mir eingebrockt haben könnte. Immer diese Lästerschwestern.

Tyler signalisierte mir, dass er draußen auf mich warten würde. Dann wandte ich mich meiner Lehrerin zu, die ganz und gar nicht aussah, als wollte sie mir eine Standpauke halten.

Stattdessen lächelte sie mich freudestrahlend an, was mir noch suspekter war. »Ja?«

»Setzen Sie sich doch bitte.« Sie deutete auf den Stuhl gegenüber ihres Schreibtischs. »Können Sie sich denken, weshalb ich mit Ihnen sprechen will?«

Schweißperlen traten mir auf die Stirn und ich überlegte, ob ich nicht doch irgendeine Hausaufgabe vergessen hatte. Aber mir fiel beim besten Willen nichts ein, weswegen ich vorsichtig den Kopf schüttelte. »Ehrlich gesagt nicht, Miss Pilkey. Habe ich etwas angestellt?«

Sie lächelte weiterhin, während sie die Schublade ihres Schreibtischs öffnete und etwas hervorzog. »Sie sind eine meiner besten Schülerinnen, Miss Wright. Man spürt Ihre Liebe für die Psychologie und das möchte ich unterstützen.«

Miss Pilkey schob mir das Papier herüber. Ich lehnte mich vor, um es betrachten zu können. Als ich die Worte am Anfang der Seite las, beschleunigte sich mein Puls: *Empfehlungsschreiben*. Unwillkürlich sammelten sich Tränen in meinen Augen, als ich zwischen dem Schreiben und Miss Pilkey hin und her schaute.

Ich hatte schon oft überlegt, sie zu fragen, ob sie mir eines ausstellen würde, aber ich hatte mich nie getraut. Dass sie nun von sich aus ein Empfehlungsschreiben aufgesetzt hatte, zeigte eindeutig, dass sie an mich und meine Fähigkeiten glaubte, was unglaublich guttat.

»Ich weiß, dass Sie gerne an das Dartmouth College gehen möchten. Auch ich habe dort studiert, müssen Sie wissen. Deren Fakultät für Psychologie ist außerordentlich und ich denke, dass Sie dort hervorragend hineinpassen würden. Ich hoffe, Sie werden Ihren Weg gehen, Miss Wright.«

»Danke«, flüsterte ich. Meine Stimme war so brüchig, dass ich Sorge hatte, ich würde komplett in Tränen ausbrechen, sollte ich mehr sagen.

»Nichts zu danken, Miss Wright. Ich bin wirklich gespannt auf Ihr Projekt. Es wird mich mit Sicherheit aus den Socken hauen.« Sie lächelte.

Ich verabschiedete mich, doch nicht ohne mich noch ein weiteres Mal aus vollem Herzen zu bedanken. Als ich die Tür öffnete, das Papier fest an die Brust gepresst, kam Tyler mir augenblicklich entgegen. Er musterte mein Gesicht und riss entsetzt die Augen auf.

»Wurdest du suspendiert? Was hast du angestellt?« Kopfschüttelnd reichte ich ihm das Papier, das er kurz überflog. Er fing an zu grinsen. »Oh mein Gott, Alice! Das ist super, ich freue mich sehr für dich!« Er zog mich so fest in die Arme, dass mir die Luft wegblieb.

»Danke. Ich kann es kaum fassen.«

»Das glaube ich dir! Wollen wir das nachher feiern? Wir könnten auch die anderen fragen, ob sie mitkommen. Geht auf mich!« Tylers Grinsen wurde noch breiter.

Das klang nach einer großartigen Idee. Zwar musste ich erst abklären, ob Dad heute Abend zu Hause war, aber das sollte hinhauen. Also nickte ich.

»Gut. Ich muss dann zum Unterricht. Kann ja nicht jeder Freistunde haben.« Er stöhnte melodramatisch. Bevor er ging, legte Tyler noch einmal seine Hand auf meine Schulter und drückte sanft zu. Dabei ruhte sie den Bruchteil einer Sekunde länger an Ort und Stelle als sonst. »Ach, und Alice?«, sagte er und setzte eine Unschuldsmiene auf. Ich wusste, was kommen würde. »Kann ich die Physikhausaufgaben abschreiben?

Ich bin irgendwie nicht dazu gekommen, sie zu machen.« Tyler lächelte schief.

Stöhnend öffnete ich meinen Rucksack und kramte nach dem richtigen Ordner. Tyler war ein unglaublich guter Schüler und hatte in fast jedem Fach ausgezeichnete Noten. Eigentlich sollten andere bei ihm abschreiben wollen. Was allerdings Hausaufgaben betraf, war er einer der unzuverlässigsten Menschen der Welt. Auch bei gemeinsamen Schulprojekten oder Referaten musste man ihm immer wieder in den Hintern treten, wenn man nicht die ganze Arbeit allein machen wollte. Das hatte ich öfter am eigenen Leib erfahren, als mir lieb war.

Er griff dankbar nach dem Ordner. »Du bist die Beste!«

Ich schaute Tyler kopfschüttelnd nach, während er hinter der nächsten Ecke verschwand, genau als es zur nächsten Stunde klingelte.

Zara saß draußen bei den Tribünen, die das Footballfeld der Schule umgaben. So gerne ich Mannschaftssport mochte, ich war immer wieder glücklich darüber, dass Tyler bloß Baseball spielte. Ja, wie jede patriotische Amerikanerin saß auch ich jedes Jahr im Februar vor dem Fernseher oder traf mich mit Freunden, wenn der Superbowl übertragen wurde. Aber ich würde mir bei jedem Spiel Sorgen um Tyler machen, wäre er Footballspieler. Es war ein brutaler Sport, bei dem der eine oder andere Knochenbruch garantiert war.

Zara schaute in die Ferne und bemerkte mich nicht. Sie hatte ihre Ellbogen auf den Beinen abgestützt und den Kopf dabei nachdenklich in ihre Hände gelegt.

Ich schlich mich auf Zehenspitzen an sie heran. Ein Schmunzeln legte sich auf mein Gesicht, als ich das ausgewaschene

Sherlocked-T-Shirt an ihr sah, das ich ihr vor drei Jahren zum Geburtstag geschenkt hatte. Es war ihr liebstes Oberteil, auch wenn es schon nach wenigen Waschgängen ausgeblichen war.

Möglichst unauffällig kroch ich unter die Tribüne, sodass ich genau hinter Zara stand. Dann griff ich zwischen den Stufen hindurch, zwickte Zara in die Seite und schrie aus vollem Halse: »Buh!«

Wie von der Tarantel gestochen sprang sie hysterisch kreischend auf und schlug wild um sich, als würde sie einen vermeintlichen Angreifer damit verjagen können. Ich prustete los.

»Das ist nicht witzig!«, fauchte Zara. »Du hast mich zu Tode erschreckt, Alice!«

Sie legte sich die rechte Hand an die Brust. Noch immer lachend kroch ich unter der Tribüne hervor und ging auf Zara zu. Sie wich meinem Blick aus, hob das Kinn und machte auf beleidigte Leberwurst. Manchmal fragte ich mich, ob wir ernsthaft schon siebzehn Jahre alt waren, denn wir benahmen uns nicht selten wie Kleinkinder. Aber genau das gefiel mir an unserer Freundschaft und ich hoffte, dass wir uns auch in Zukunft dabei helfen konnten, das Kind in uns nicht zu verlieren.

»Wo ist Jackson?«, fragte ich. Eigentlich wollte er sich hier draußen mit uns treffen, da unser Politikkurs heute ausnahmsweise ausfiel. Das konnte mir nur recht sein, denn ich hasste Politik aus tiefster Seele.

Zara zuckte mit den Schultern. »Keine Ahnung. Ich habe ihn vorhin auf dem Gang mit Jessica reden sehen.«

Mir entging ihr schnippischer Unterton keineswegs. »Ist alles in Ordnung?« Schnell richtete Zara ihren kurzfristig entgleisten Gesichtsausdruck. Als ob mir dieser merkwürdige Anflug nicht aufgefallen wäre.

»Klar«, sagte sie. »Alles bestens. Was soll sein?«

Ihr Lächeln sah gekünstelt aus und ein Schatten legte sich auf ihre Züge.

»Sicher? Du kannst mit mir reden, das weißt du.«

Sie nickte energisch. »Ja, ich weiß. Aber es ist nichts. Ehrlich.« Sie betonte die Worte so voller Nachdruck, dass ich mich entschied, sie nicht weiter zu drängen.

Wir legten uns auf die Holzstufen und machten es uns gemütlich. Während ich die warmen Sonnenstrahlen genoss, zog Zara ihre Kamera hervor und klickte sich durch die Fotos, die sie in den vergangenen Tagen geschossen hatte.

»Wie läuft es mit deinem Projekt?«, fragte ich. Für jedes Wahlfach musste zum Abschluss ein Projekt angefertigt werden. So wie es im Psychologieunterricht die Protokolle waren, war es im Fotografiekurs eine Mappe zu einem bestimmten Thema.

Zara seufzte. »Ich werde sicher durchfallen. Menschen und Emotionen sind nicht unbedingt das, was ich gerne mit der Linse einfange«, sagte sie nicht zum ersten Mal.

Zara schoss lieber Bilder von der Schönheit der Natur und darin war sie richtig gut. Nur für die Schülerzeitung beschäftigte sie sich gezwungenermaßen mit anderen Motiven.

»Du hast bestimmt einige großartige Fotos«, ermutigte ich sie. Immerhin hatte ich ein paar ihrer Bilder bereits gesehen und die waren atmosphärisch und tiefgründig gewesen.

»Vielleicht hast du recht.« Bevor Zara ihre Kamera ausschaltete, konnte ich einen Blick auf das Display werfen. Es zeigte Jackson und Jessica im Schulflur. Sie lehnte mit dem Rücken an den Schließfächern, während er seine Hand über ihrem Kopf abstützte, ihr ganz nah kam und irgendetwas sagte, das sie zum Lachen brachte. Ich fragte mich, weshalb Zara diesen Moment eingefangen hatte und ob er der Grund für ihre merkwürdige Laune war. Mir kam wieder in den Sinn, was Amy letztens angedeutet hatte. Vielleicht steckte wirklich mehr dahinter.

Zara verstaute ihre Kamera im Rucksack und lehnte sich zurück. Es war ein wunderschöner Morgen, nicht zu heiß, aber auch nicht zu kalt. Die leichte Brise war angenehm kühl und überall roch es nach frisch gemähtem Rasen. Dieser Duft erinnerte mich an den Frühling, meine liebste Jahreszeit. Es würde nur noch wenige Wochen dauern, ehe auch die übrigen Blumen zu sprießen begannen. Meinetwegen konnte dieser Tag nicht schnell genug kommen.

»Na, Ladys«, begrüßte Jackson uns. Bevor er seine Jacke auf die Stufen warf und sich daraufsetzte, wischte er mit einem Taschentuch Erde und Sand von der Tribüne. Klar, seine überteuerten Designer-Klamotten könnten ja ansonsten dreckig werden. So cool und gelassen sich Jackson auch versuchte in unserer Gegenwart zu verhalten – sein versnobtes Elternhaus, das nur Wert auf Aussehen und Status legte, schimmerte bei diesen Kleinigkeiten doch immer wieder durch.

In der Sonne glänzten seine blonden Haare golden und seine hellen Augen wirkten durchscheinend. In Kombination mit dem weißen Hemd, das er trug, sah Jackson beinahe aus wie ein Engel.

»Hast du dich mit Jessica amüsiert?«, neckte ich ihn, woraufhin er die Augenbrauen fragend zusammenzog. Kopfnickend deutete ich auf Zara. »Ich habe von eurer angeregten Unterhaltung auf dem Gang gehört.«

Ertappt zog Jackson den Kopf ein und ließ den Blick eine

Sekunde über Zara schweifen, die sich seit seiner Ankunft nicht geregt hatte und so tat, als würde sie schlafen.

»W-Wir haben nur geredet«, versuchte Jackson, sich zu rechtfertigen. »Nichts weiter.«

Ich richtete mich auf und verschränkte die Arme vor der Brust. »Und wieso stotterst du dann?«

Sein Kopf färbte sich rot, ehe seine Miene sich verfinsterte, doch er schwieg. Stattdessen schloss er die Augen und lehnte sich zurück.

Stirnrunzelnd schaute ich zwischen Zara und Jackson hin und her. Sie benahmen sich noch merkwürdiger als sonst, aber ich hatte keine Ahnung, was passiert war. Heute würde ich wohl nicht mehr hinter dieses Mysterium kommen, weshalb ich mich wieder hinlegte und ebenfalls die Lider schloss.

Ich liebte es, wie die frische Luft meine Lungen mit Sauerstoff füllte. Dadurch fühlte ich mich lebendig. Es war ein Segen, in Florida aufzuwachsen, wo es beinahe immer warm war und man das Meer direkt vor der Haustür hatte. Ich wurde wehmütig, als ich daran dachte, vielleicht in wenigen Monaten fortzugehen. Es tat mir in der Seele weh, meine Schwestern zurückzulassen, die mir nach Moms Verschwinden Halt und auch eine Aufgabe gegeben hatten, der ich mich hatte widmen können.

Das war nur einer der Gründe, weshalb ich unsicher war, was das College betraf. Aber ich konnte nicht meine komplette Zukunft davon abhängig machen. Mir würde nichts anderes übrig bleiben, als mit Dad über meine Sorgen zu sprechen. Er musste endlich wieder seinen Job als Vater erledigen. Immerhin stand der Abschluss vor der Tür und mit dem Empfehlungsschreiben in der Tasche hatte ich nun eine echte Chance, meine Träume zu verwirklichen. Natürlich brauchten meine Schwestern mich und auch ich brauchte sie. Sie zu verlassen war das Letzte, was ich wollte. Doch es war an der Zeit, nach vorne zu blicken.

Ich drehte den Kopf und mein Blick wanderte erst zu Zara, dann zu Jackson. Würde unsere Freundschaft halten, sobald jeder seiner Wege ging? Bei dem Gedanken daran saß mir ein dicker Kloß im Hals.

Wenn ich schon bei den beiden so empfand, wie sollte ich es dann jemals überleben, Tyler zurückzulassen? Ihm standen zahlreiche Türen offen und die Unis würden sich sicher um ihn reißen. Wohin er gehen wollte, wusste er allerdings selbst noch nicht. Aber vermutlich war es weit weg von den Colleges, die mich annehmen würden.

Tyler war schon immer an meiner Seite gewesen. Ein Leben ohne ihn wollte ich mir nicht vorstellen. Der Kloß wurde größer, meine Augen brannten. Schnell blinzelte ich die Tränen fort, ehe Zara und Jackson sie sehen konnten. Diese verdammte Zukunftsangst machte mir zu schaffen, aber bisher hatte ich mit niemandem darüber gesprochen. Einige Male hatte ich mich vor Miss Pilkeys Büro angestellt, in der Hoffnung, einen Termin bei ihr zu bekommen, war aber immer wieder gegangen. Wobei es nach heute bestimmt nicht verkehrt war, mit ihr zu sprechen. Vielleicht würde es mir danach auch leichter fallen, mit Dad zu reden.

Ich konnte nicht sagen, weshalb ich mich bislang niemandem anvertraut hatte. Zumindest Tyler sollte über diese Ängste Bescheid wissen, damit er sie mir nehmen konnte. Er fand immer die richtigen Worte, um mich zu beruhigen.

Das war schon so, seit wir noch Kinder gewesen sind. Damals hatte ich Angst, dass meine Eltern mich nicht mehr lieben würden, sobald meine jüngste Schwester auf die Welt kommen würde. Ich hatte schon nach Wendys Geburt gespürt, dass sie deutlich mehr Aufmerksamkeit bekam als ich. Als Mom dann mit Mary schwanger geworden war, war ich richtig panisch geworden. Aber der kleine Tyler mit seinen großen Kulleraugen hatte damals meine Hand in seine genommen und mir versichert, dass meine Eltern mich immer lieben würden. Und falls nicht, dann wäre er da und würde mich noch mehr lieben, als er es sowieso schon tat.

Ich spürte, wie sich bei diesem Gedanken ein Lächeln auf meine Lippen stahl. Das war einer der schönsten Momente meines Lebens gewesen. Dass ein Neunjähriger so liebevolle Worte für mich gefunden hatte, war auch heute noch schmeichelhaft. Dieser Tag hatte mir bewusst gemacht, dass Tyler immer für mich da sein würde, egal, wie weit wir voneinander entfernt wären.

Mein Puls normalisierte sich langsam wieder. Unfassbar, dass er es sogar schaffte, mich zu beruhigen, ohne überhaupt anwesend zu sein. Das war das Besondere an unserer Freundschaft. Ich brauchte keine Angst zu haben, vor nichts und niemandem, solange ich Tyler hatte.

»Alice?« Es war Zaras Stimme, die mich zurück in die Gegenwart brachte. »Wo bist du denn mit deinen Gedanken?«

Ich richtete mich auf und holte das Schreiben aus meinem Rucksack. »Hier bin ich mit den Gedanken.«

Ich reichte ihr die Seite und auch Jackson schaute ihr jetzt über die Schulter. Zeitgleich begannen beide zu jubeln und Jackson pfiff auf seinen Fingern.

»Du wirst es sicher aufs Dartmouth schaffen!«, rief Zara.

»Auf jeden Fall! Glückwunsch!«, stimmte Jack zu.

Diese Worte von meinen Freunden zu hören, machte mich optimistisch und es gelang mir, wenn auch nur für ein paar Sekunden, selbst daran zu glauben, dass ich es schaffen konnte. Ich war eine Kämpfernatur. Wenn ich mich reinkniete, dann konnte dieser Traum in Erfüllung gehen.

»Wir müssen los, die nächste Stunde fängt gleich an.«

Ich ließ mir von meiner besten Freundin auf die Beine helfen und klopfte mir den Staub von der Kleidung. Dann hakte ich mich bei Zara und Jackson unter und Seite an Seite marschierten wir zurück in Richtung Schulgebäude.

Name: Alice Wright
Versuchsperson: Tyler Bennett

Macke/Eigenart: Mr Bennett ist in gewissen Dingen unzuverlässig.

Ausgelöste Gefühle:
Bei den wirklich wichtigen Dingen im Leben weiß ich, dass ich mich auf Mr Bennett verlassen kann. Er ist da, wenn ich ihn brauche, hört mir zu und steht auch jedem anderen mit Rat und Tat zur Seite, was nur einer der vielen Gründe dafür ist, dass alle zu ihm aufsehen und er einer der beliebtesten Jungs der Schule ist.

Geht es aber um Hausaufgaben und generell schulische Dinge, dann hört es auf mit seiner Zuverlässigkeit. Mr Bennett ist zwar intelligent und hat das Talent, nicht viel lernen zu müssen, um gute Noten zu schreiben, dennoch könnte er ruhig etwas mehr Arbeit in die Schule stecken.

Vermutlich ist das ebenfalls ein Punkt, den ich nicht in einer Hausaufgabe erwähnen sollte, aber ich hoffe, dass Sie Mr Bennett nicht darauf ansprechen werden, in Ordnung, Miss Pilkey?

Jedenfalls bin ich der Meinung, dass er weitaus mehr erreichen könnte, würde er sich etwas hineinknien und seine Aufgaben allein bewältigen. Ich kann nicht immer für ihn da sein und ihn abschreiben lassen. In dieser Hinsicht sollte Mr Bennett erwachsen werden.

KAPITEL 8

Im Rückspiegel sah ich Zara mit gerunzelter Stirn aus dem Fenster starren. Ihre Arme hatte sie verschränkt und ihr Kiefer war angespannt. Jackson saß neben ihr und redete auf sie ein, aber sie ignorierte jedes einzelne seiner Worte.

Wieso hatte ich meine Freunde überhaupt eingeladen mitzukommen?

Tyler hatte sich heute ausnahmsweise den Wagen seiner Mom ausgeliehen, da sein Pick-up ein Zweisitzer war. Jetzt wäre mir ein Auto ohne Rückbank allerdings deutlich lieber gewesen. Ehrlich gesagt hatte ich nicht mal mitbekommen, weshalb sie sich dieses Mal an die Gurgel gingen.

Nachdem Zara nicht mit mir hatte sprechen wollen und auch Tyler von Jackson nichts erfahren hatte, wussten wir immer noch nicht, was eigentlich mit den beiden los war. Auf jeden Fall war es bizarr und allen Beteiligten ein Dorn im Auge.

Die Ader an Tylers Schläfe pochte unregelmäßig, was ein Zeichen dafür war, dass es nicht mehr lange dauerte, bevor er an die Decke ging. Verübeln konnte ich es ihm nicht. Zwar war es ausnahmsweise überwiegend Jackson, der redete und nervte, aber das änderte nichts daran, dass die Streiterei auch an unseren Kräften zehrte.

Ich beobachtete das Geschehen weiterhin schweigend im Rückspiegel. Ich war Zara sehr dankbar dafür, dass sie wenigstens versuchte, sich zu benehmen. Wir waren nämlich auf dem Weg zu einer Strandparty, zu der Archie – der nächste Kandidat von *Perfect Match* – mich und meine Begleitpersonen eingeladen hatte.

In den vergangenen Tagen hatten Archie und ich immer wieder geschrieben und sogar an einem Abend geskyped, um uns nicht komplett ins Ungewisse zu stürzen. Das hatte ihn direkt sympathisch gemacht und mir wieder etwas Hoffnung auf weniger schräge Dates gegeben – schließlich hatte ich eine Wette zu gewinnen. Mit ihm zu reden war so leicht und lustig gewesen, dass ich kaum gemerkt hatte, wie es immer später geworden war. Wir hatten viele gemeinsame Interessen und die Tatsache, dass er eigentlich Archibald und seine Geschwister Winfrid und Editha hießen, erinnerte mich an Moms Vorliebe für große Namen aus der Literatur. Auf der anderen Seite war Archie jedoch nicht ganz zu durchschauen, was ihn ein wenig geheimnisvoll machte. Also hatte ich mich dazu entschlossen, diese Geheimnisse nun zu ergründen, und das ging bei einem persönlichen Kennenlernen am besten. Dass unsere erste Verabredung außerdem umgeben von Menschen stattfand, gab mir ein Gefühl von Sicherheit. Besonders, da ich meine Freunde mitnehmen durfte, die meine Rettung sein konnten, sollte etwas bei dem Date gehörig schiefgehen. Und davon konnte ich immerhin schon ein Lied singen.

Besagte Freunde wirkten im Moment allerdings nicht so, als könnten sie im Fall der Fälle eine große Hilfe sein. Und als Zara ihre Hände langsam zu Fäusten ballte, wusste ich, dass es mit ihrem Schweigen jeden Moment vorbei war. »Habe ich gesagt *Mülltonne öffne dich*, oder warum redest du immer noch? Jetzt halt doch bitte endlich deine Fresse, Jack!«

Ihre Stimme war so schrill, dass ich mir die Ohren zuhalten musste. Auch Tyler zuckte zusammen.

Jacksons Gesichtsausdruck veränderte sich schlagartig. Er wurde kalkweiß und ein Anflug von Trauer lag in seinem Blick. Anstatt etwas zu erwidern, nickte er nur und schaute aus dem Fenster.

Gott sei Dank war der Streit nun endlich vorbei, dennoch war es gruselig, wie leicht Zara Jackson hatte zum Schweigen bringen können. Wenn er sich einmal in Rage geredet hatte, dauerte es für gewöhnlich länger, bis er sich beruhigte.

Tyler und ich tauschten einen Blick aus und zuckten zeitgleich mit den Schultern. Es brachte ohnehin nichts, zu viel darüber nachzudenken.

»Bist du nervös?«, versuchte mein bester Freund dezent das Thema zu wechseln.

Ich schnaubte. »Nach den letzten Dates, natürlich.«

Seine Mundwinkel zuckten. Ich zupfte an meinem geblümten Rüschenrock, der mir beim Autofahren hochrutschte und viel zu viel Haut zeigte. Normalerweise hätte ich so ein Outfit nicht für das erste Date ausgewählt, aber bei einer Strandparty wollte ich möglichst locker und luftig gekleidet sein. Den Rock hatte ich mit einem pastellfarbenen Spaghettiträgeroberteil kombiniert, über das ich eine zartrosafarbene Strickjacke gezogen hatte. Unter meiner Kleidung trug ich einen Bikini, auch wenn es am Abend zu kalt war, um sich in die Wellen zu stürzen.

»Entspann dich«, sagte Tyler mit einem Lächeln in der Stimme. »Es wird sicher ein großartiges Date. Und wenn nicht, dann hast du ja mich.« Er nahm eine Hand vom Lenkrad und ließ sie auf meine sinken.

Ein sanfter Druck seinerseits zeigte mir, dass Tyler mich auffing, sollte ich fallen.

Die Fahrt dauerte eine halbe Stunde. Der Strandabschnitt lag etwas außerhalb der Stadt in einer kleinen Bucht, die eher sporadisch von Touristen besucht wurde. Sie war von Steilklippen umgeben und wenn man nicht wusste, dass es hier einen Strand gab, dann fand man ihn nur durch Zufall.

Je näher wir kamen, desto mehr beschleunigte sich mein Puls. Ich hatte Archie vorhin geschrieben, als wir losgefahren waren, und er hatte geantwortet, dass er den Abend kaum erwarten konnte. Mir ging es nicht anders.

Tyler parkte den Wagen oberhalb der Klippe, sodass wir uns den schmalen Weg hinunterschlängeln mussten. Die Musik war überdeutlich zu hören, obwohl der Wind uns um die Ohren peitschte. Da ich darauf vorbereitet war, dass meine Locken herumgewirbelt werden würden, hatte ich mir bei meiner Frisur keine Mühe gegeben. Das wäre reine Zeitverschwendung gewesen.

Wir waren nicht die Einzigen, die gerade ankamen. Zahlreiche Jungs und Mädchen stiegen aus ihren Autos und schleppten Getränke die Steintreppe hinunter. Tyler ging voran, warf mir alle paar Schritte einen aufmunternden Blick über die Schulter zu. Zara und Jackson liefen in einiger Entfernung hinter uns. Dabei schwiegen sie. Ich hoffte, dass sie den Abend trotz allem genießen konnten, denn ich hatte vor, die meiste Zeit mit Archie zu verbringen, um ihn besser kennenzulernen.

Da ein großer Teil der letzten Stufe fehlte, reichte Tyler mir vom Sand aus beide Hände, damit ich einen besseren Halt hatte. Durch die Höhe geriet ich trotzdem ins Straucheln, sodass ich wegknickte, Tyler mich an der Hüfte packte und ich meine Hände in seinen Schultern vergrub, um nicht hinzufallen. Hitze stieg mir in die Wangen, während ich mein Gleichgewicht wiederfand.

»Stürzen wir uns in die Menge«, sagte ich entschieden und stapfte voran durch den Sand, der mich bei jedem Schritt zu verschlingen drohte.

Ich zwängte mich durch die feierwütige Menge und machte mich auf die Suche nach Archie. Zwar hatte ich ihm eine Nachricht geschrieben, aber mir wurde nur ein Häkchen angezeigt. Der Empfang war hier unten vermutlich die reinste Katastrophe.

»Wir holen uns etwas zu trinken!«, rief Zara und deutete auf eine Bierbank, die in der Nähe der Klippe stand. Mit einem in die Höhe gestreckten Daumen machte ich ihr deutlich, sie verstanden zu haben.

Ich setzte meinen Weg fort und presste mich an verschwitzten und alkoholisierten Menschen vorbei. Wie konnten andere diesen penetranten Gestank nur ertragen? Selbst hier am Meer kam mir beinahe mein Abendessen wieder hoch.

Die Musik wechselte von 90er-Jahre-Pop zu dem, was man wohl House nannte. Allerdings konnte ich diese ganzen elektronischen Musikrichtungen ohnehin nicht voneinander unterscheiden. Für mich klang das alles gleich.

»Na, schöne Frau, alleine hier?« Augenrollend stöhnte ich bei dieser billigen Anmache und überlegte, ob ich sie einfach ignorieren und weitergehen sollte. Diese Entscheidung wurde mir allerdings abgenommen, als ich mit einem starken Handgriff am Unterarm gepackt wurde. Wut kochte in mir hoch.

Wenn ich eines hasste, dann war es, unerlaubterweise von fremden Menschen angefasst zu werden.

Schnell drehte ich mich um und legte den Kopf in den Nacken, um den Jungen anzusehen, der mich festhielt. Als unsere Blicke sich trafen, hoben sich meine Mundwinkel jedoch. »Archie.«

Seine Haare sahen von Nahem um einiges weicher aus, als es durch meine Laptopkamera den Anschein gemacht hatte. Und seine grün-braunen Augen schimmerten im spätabendlichen Dämmerlicht. Doch das Attraktivste an ihm war das strahlende Lächeln, das sich auf seine Lippen gelegt hatte.

»Hey, es freut mich, dass du gekommen bist.« Seine Stimme war tief, aber trotzdem melodisch.

Als ich ihm die Hand entgegenstreckte, versuchte er zeitgleich, den Arm um mich zu legen. Wir fingen an zu lachen und machten einen Schritt zurück. Ich vergrub die Finger in den Haaren und lächelte verlegen. »Vielleicht hätten wir vorher absprechen sollen, wie wir uns begrüßen wollen.«

Das Grinsen auf seinem Gesicht wurde noch breiter, was ich kaum für möglich gehalten hätte. »Vielleicht hast du recht.«

Ich ließ meinen Blick seinen Körper entlanggleiten. Archie war über einen Kopf größer als ich, was zugleich anziehend und einschüchternd war. Seine breiten Schultern machten den Eindruck, dass er viel Sport trieb, aber nicht so viel, dass jeder seiner Muskeln definiert war. Gut trainiert, aber nicht bodybuildermäßig. Sein Oberkörper steckte in einem schlichten weißen T-Shirt und er trug Shorts und Sneaker. Bei genauerer Betrachtung hatte er eine gewisse Ähnlichkeit mit dem Schauspieler Noah Centineo. Alles in allem gefiel mir, was ich sah, doch es gab eine Sache, die mir jetzt erst negativ auffiel.

In seiner Hand hielt Archie einen dieser verdächtigen roten Plastikbecher. Sofort rümpfte ich die Nase, was ihm ein Lachen entlockte.

»Trinkst du etwa nie?«, fragte er. Sein Atem roch nach Wodka.

Ich schüttelte den Kopf. »Nein, nur zu Silvester ein Glas Sekt. Ansonsten bin ich kein großer Fan von Alkohol.«

Archie zwinkerte verschmitzt. »Verständlich, aber ich glaube, sonst hätte ich niemals den Mut gehabt, mich heute mit dir zu treffen.«

Sein Geständnis ließ mich erröten. Ich beobachtete, wie er ganz langsam den Becher an seine Lippen führte und einen großen Schluck nahm, sodass sein Adamsapfel hervortrat.

Ich ertappte mich dabei, zu überlegen, wie es sich wohl anfühlen würde, ihn zu küssen.

Komm mal wieder runter, Alice!

»Bist du allein hier?«, fragte Archie, während er mir sachte seine Hand auf den unteren Rücken legte, um mich durch die Menge hindurch ans Ende der Menschentraube zu führen.

Ich schüttelte den Kopf. »Nein«, sagte ich und scannte den Strand. Als ich meine Freunde entdeckte, streckte ich die Hand aus und deutete auf sie. »Das sind Zara, Tyler und Jackson.«

»Wollen wir Hallo sagen?«

Wieder schüttelte ich den Kopf. »Vielleicht später, ich sterbe ehrlich gesagt vor Durst.«

Vor einer Bierbank, auf der unzählige Getränke aufgereiht waren, blieben wir stehen. Archie füllte sich seinen Becher ein weiteres Mal mit Wodka und einem Energydrink. Hatte er nicht eben gesagt, er wollte sich nur Mut antrinken? Er sollte eigentlich gemerkt haben, dass das nicht nötig war. Wieso trank er also weiter? Ich wollte aber auch keine Spielverderberin sein und ihm sagen, dass ich das *wirklich* ekelhaft fand.

Archie wollte mir gerade ebenfalls einen Drink mischen, aber ich entriss ihm kurzerhand den Becher. »Ich muss noch fahren«, versuchte ich, mich herauszureden, und nahm mir stattdessen eine Cola.

»Na gut«, sagte er und reichte mir den Arm. »Wollen wir uns setzen?«

Ich nickte. »Klar.«

Am anderen Ende des Strands setzten wir uns auf zwei Steine, die aus dem Sand ragten. Sie waren zwar nicht sonderlich bequem, aber ich wollte mich auch nicht in den nassen Sand setzen.

»Erzähl mir etwas, das ich noch nicht über dich weiß«, forderte Archie mich auf.

»Was möchtest du wissen?«

»Hmm. Also beim Skypen hast du von deinen Geschwistern erzählt und davon, dass du gern aufs Dartmouth möchtest.« Er rieb sich das Kinn und machte einen nachdenklichen Laut. »Außerdem hast du Sinn für Humor bewiesen, als du mir das T-Shirt gezeigt hast, das du von deinem besten Freund bekommen hast.«

Ich grinste. Vor einigen Jahren hatte Tyler mir ein Shirt mit der Aufschrift »Miss always (W)right« zum Geburtstag geschenkt. Da ich in Diskussionen gern das letzte Wort hatte, hielt er mich für ein klein wenig besserwisserisch, was er mit diesem Geschenk zum Ausdruck bringen wollte. Eigentlich hätte ich beleidigt sein sollen, fand es aber unglaublich witzig. Ich wusste schon gar nicht mehr, wie Archie und ich überhaupt auf dieses Thema gekommen waren.

»Damit kennst du mich schon ziemlich gut.«

»Eins würde mich aber noch brennend interessieren.« Ein verschwörerischer Klang lag in seiner Stimme. »In deinem Steckbrief bist du einer Frage ausgewichen: Welcher Witz ist so böse, dass man ihn nicht aufschreiben kann?« Archie lehnte sich zurück und schaute mich auffordernd an. Ich schüttelte allerdings so energisch mit dem Kopf, dass mir ein wenig schwindelig wurde. »Das kann ich nicht sagen, der ist so schlimm, du würdest mich hassen.«

Ich wandte den Blick ab und fokussierte die Sandkörner an meinen Füßen, die plötzlich interessanter waren als alles andere. Oh Mann, warum hatte ich in diese blöde Spalte nicht einfach einen total bescheuerten Flachwitz geschrieben wie: *Was ist ein Keks unter einem Baum? Ein schattiges Plätzchen.* Dann hätte ich mir dieses peinliche Gespräch ersparen können.

Archie lehnte sich zu mir herüber und versuchte meinen Blick aufzufangen. Ich wollte ihm zwar ausweichen, aber das war unmöglich, denn ich konnte auch aus dem Augenwinkel das Funkeln sehen, das mich wie magisch anzog.

Archie zog die Brauen in die Höhe. »Ich werde dich nicht verurteilen, versprochen.« Er kreuzte die Finger über seiner Brust und zwinkerte.

Während ich überlegte, ob ich ihm trauen konnte, biss ich mir auf die Unterlippe. Ach, und wenn schon. Er ging nicht auf meine Schule, wir hatten keine gemeinsamen Freunde, also wem sollte er davon erzählen, dass Alice Wrights Humor weit unter die Gürtellinie ging?

Archie setzte seinen Becher an und nahm einen großen Schluck. Ich atmete tief durch und beugte mich in seine Richtung, um ihm den Witz zuzuflüstern. Vorher ging ich noch mal auf Nummer sicher, dass sich niemand in näherer Umgebung aufhielt.

Als ich fertig war, spuckte Archie sein Getränk aus und fing lauthals an zu lachen. Tränen rannen über seine Wangen und mit der freien Hand schlug er sich auf den Oberschenkel. »Oh. Mein. Gott. Alice! Du bist unmöglich!«, stieß er hervor.

Das Grinsen auf meinem Gesicht war wie festgefroren, als ich schulterzuckend zurückgab: »Du wolltest es hören. Hältst du mich jetzt für grausam?«

Er schüttelte den Kopf und positionierte sich so, dass er mich berührte und ich seine Körperwärme spüren konnte. Dann legte er den Arm um meine Schulter und zog mich an sich. Die plötzliche Nähe ließ mich erstarren. Es war nicht so, als würde ich sie nicht wollen, aber das war alles so neu für mich. Ich wusste nicht, wohin mit meiner Hand oder meinem Kopf. Archie schien meine Anspannung zu bemerken, weshalb er mich losließ, die Distanz zwischen uns aber nicht wieder vergrößerte. Ich war positiv überrascht, dass er genau erkannt hatte, was ich gerade brauchte. Trotzdem wollte ich versuchen, über meinen Schatten zu springen, und zog seine freie Hand auf meinen Oberschenkel. Wärme breitete sich dort aus, wo wir uns berührten, und Archie lächelte mich an.

»Weißt du«, begann er, »ich freue mich, dass du mir deinen Lieblingswitz erzählt hast. Ich finde es ehrlich gesagt ziemlich sympathisch, wenn jemand so einen bösen Humor hat.«

Ein erleichtertes Seufzen entfuhr mir. Zum Glück hatte ich ihn nicht abgeschreckt.

Wir schwiegen eine Weile und genossen das Zusammensein. Seinen Becher hatte Archie relativ zügig geleert und mittlerweile wieder aufgefüllt. Schon bei dem Gedanken daran, wie viel Wodka er bereits getrunken hatte, wurde mir anders. Aber ich bewunderte ihn dafür, dass er noch auf zwei Beinen gehen konnte und normal redete. Zumindest gab er sich sichtlich Mühe, zusammenhängende Sätze von sich zu geben und nicht zu lallen.

Andererseits hieß das aber auch, dass er es gewohnt war, mal einen oder zwei über den Durst zu trinken, was wiederum nicht unbedingt das war, wonach ich bei einem Kerl suchte. Aber ich sollte mir nicht zu viele Gedanken darum machen – Archie schien ja alles im Griff zu haben.

»Wollen wir tanzen?«, fragte er irgendwann.

Ich hasste tanzen, aber das wollte ich ihm nicht sagen. Ohne eine Antwort abzuwarten, richtete er sich auf, klopfte sich den Sand von der Hose und streckte mir die Hand entgegen.

Am liebsten hätte ich mich auf meinem Stein festgekettet, aber das war keine Alternative. Also nahm ich seufzend Archies Hand und ließ mir von ihm auf die Beine helfen. Doch anstatt mich zu den anderen Feierwütigen zu schieben, bog er erst einmal in Richtung Getränke ab.

Ich runzelte die Stirn. Wollte er sich schon wieder einen neuen Becher zusammenmischen? Ich nippte seit über einer Stunde an meiner ersten Cola, die noch bis zur Hälfte gefüllt war.

Aus dem Augenwinkel sah ich meine Freunde, die es sich auf einer Bierbank gemütlich gemacht hatten. Ich winkte, als Tyler den Blick hob und mich anschaute. Zara und Jackson saßen einander gegenüber und diskutierten wild gestikulierend. Immerhin sprachen sie wieder miteinander. Ob das gut war, würde sich zeigen.

Meine Befürchtung bewahrheitete sich, als Archie nach einer der Wodkaflaschen griff und die klare Flüssigkeit in seinen Becher kippte. Ich rümpfte die Nase, als ich hinüberlinste und sah, dass der Plastikbecher fast bis zur Hälfte mit Alkohol gefüllt war.

Eine spitze Bemerkung lag mir auf der Zunge, doch ich schluckte sie hinunter.

Chill, Alice, chill.

»Möchtest du auch?«, fragte Archie und deutete mit einem Kopfnicken auf die Colaflasche, die vor ihm stand. Ich nickte und reichte ihm meinen Becher, den er bis zum Rand füllte. War da eben doch ein Lallen in seiner Stimme gewesen?

Ich ließ mich von Archie in Richtung der provisorischen Tanzfläche führen. Er schob mich an ein paar Partygästen vorbei, während ich zwischendurch verstohlen zu Tyler schaute, der mich keine Sekunde aus den Augen ließ. Er saß regungslos wie eine Statue auf der Bierbank, hatte sich nach vorne gelehnt und den Kopf auf seine ineinander verschränkten Hände gestützt.

»Oder was meinst du?« Ruckartig drehte ich den Kopf. Archie schaute mich erwartungsvoll an. Verdammt, ich hatte nicht gehört, was er gefragt hatte.

»Sorry, es ist so laut. Was hast du gesagt?« Hoffentlich kaufte er mir diese Notlüge ab.

Er grinste. »Die Musik ist großartig, findest du nicht?«

Ich nickte lächelnd, auch wenn die Songs in meinen Ohren furchtbar klangen. Bei unseren bisherigen Gesprächen hatte ich gedacht, dass Archies und mein Geschmack sich in den meisten Dingen ähnelte, bei Musik schien er wohl weit auseinanderzugehen. Wobei ich ohnehin die Stille mehr liebte als alles andere auf der Welt. Und sollte ich doch mal leise Musik einschalten, dann waren es überwiegend Musicalhits, Songs aus meinen Lieblingsfilmen oder von Ed Sheeran. Alles andere war für mich zwar halbwegs erträglich, aber ich würde mich prinzipiell immer gegen Musik entscheiden, hatte ich die Wahl.

Ich nippte zwischendurch an meinem Becher und wippte im Takt der Beats. Währenddessen unterhielten Archie und ich uns lautstark miteinander. Er schaffte es, mich mehrfach zum Lachen zu bringen. Zwar waren wir nicht bei allem einer Meinung und sein Alkoholkonsum ging mir gegen den Strich, aber ich fühlte mich trotzdem wohl in seiner Gegenwart. Er war locker und lustig, nahm sich selbst nicht allzu ernst, und er sah unglaublich gut aus. Jedes Mal, wenn er lachte und seine Augen vor Freude blitzten, musste auch ich grinsen. Seine gute Laune war ansteckend und für ein paar Minuten vergaß ich sogar meine Abneigung gegens Tanzen.

Der DJ wechselte die Musik von harten Technobeats zu der langsamen Melodie eines Songs, den ich nicht kannte. Archie und ich hielten in unseren Bewegungen inne und schauten verstohlen am jeweils anderen vorbei.

»Wir könnten uns wieder setzen«, schlug ich vor.

Er grinste, trat einen Schritt auf mich zu und legte seine Hände um meine Taille. »Oder wir machen einfach weiter.«

Ein Lächeln legte sich auf seine Lippen, während er mein Gesicht genaustens musterte, als hätte er Angst, ihm entginge irgendetwas. Archie war mir so nah, dass ich seinen warmen Atem auf meiner Haut spüren konnte. Mein Herz war drauf und dran, mir aus der Brust zu springen.

Es war nicht so, als ob ich einem Jungen noch nie nahe gewesen wäre. Aber für gewöhnlich passierte das unter anderen Umständen, bei irgendwelchen Partyspielen wie Flaschendrehen oder 7 Minuten im Himmel. Das waren dann meistens irgendwelche Kerle aus meinem Jahrgang, an denen ich absolut kein Interesse hatte. Bei Archie war es anders. Ich hatte mich vielleicht noch nicht in ihn verknallt, aber ich war auf dem besten Weg dahin.

Sein Blick glitt über meine Lippen und blieb einen Moment an ihnen hängen. Schlagartig wurde mir heiß und kalt zugleich, mein Magen tanzte Samba und mein Puls befand sich in einem nicht mehr messbaren Bereich. Archie lächelte und neigte den Kopf, als wartete er auf mein Einverständnis. Als ich langsam nickte, kam er noch einen Schritt auf mich zu und beugte sich zu mir herunter. Meine Knie waren weicher als jeder Wackelpudding und ich drohte vor Nervosität ohnmächtig zu werden. Das war lächerlich, das wusste ich selbst. Immerhin war ich siebzehn und nicht zwölf. Trotzdem fühlte ich mich gerade genau so.

Archie öffnete seine Lippen einen Spaltbreit und ich tat es ihm nach. Doch bevor ich richtig registrieren konnte, was gerade passierte, krümmte er sich, legte eine Hand auf seinen Bauch und gab ein Geräusch von sich, das wie ein sterbender Frosch klang. Und dann ging alles ganz schnell. Ein Schwall warmes Erbrochenes ergoss sich über meinem Oberkörper und rann mir das Dekolleté hinab unter mein Top. Der beißende Gestank setzte sich sofort in meiner Kleidung fest. Ich wollte schreien, doch die Angst, dass Archie als Nächstes mein Gesicht treffen könnte, war zu groß.

Dieser gab weiterhin würgende Laute von sich, zwischen denen er irgendwelche Entschuldigungen murmelte, die ich nicht hören wollte. Dieser verdammte Scheißkerl hatte mich allen Ernstes angekotzt. WORTWÖRTLICH!

Ohne, dass ich es verhindern konnte, traten mir Tränen in die Augen. Ich presste die Lider fest aufeinander. Wenn ich eines nicht wollte, dann war es jetzt loszuheulen.

Ich hörte die wild durcheinanderrufenden Stimmen der Tanzenden und spürte grelle Lichter auf meinem Gesicht. Verdammte Scheiße! Mit Sicherheit waren diverse Videos und Bilder davon gemacht worden, wie ich von meinem Date angekotzt wurde. Schamesröte schoss mir in die Wangen. Ich wollte nur noch hier weg. Also bahnte ich mir mit ausgestreckten Armen einen Weg durch die Menge. Einige Mädchen kreischten, wohl aus Angst, ich könnte sie mit der Kotze berühren.

Heute war mal wieder ein Abend, an dem ich die Menschheit verfluchte. Ja, ich sah abartig aus. Aber war es wirklich zu viel verlangt, dass jemand seine Hilfe anbot?

Verdammte Menschen. Verdammter Archie. Verdammtes Leben.

Warum zur Hölle musste ausgerechnet mir so etwas passieren? Was hatte ich verbrochen?

Gerade als ich in den Sand treten wollte wie ein wütendes Kind, wurde ich mit eiskaltem Wasser übergossen. »Ahhhh!« Ich rieb mir die brennenden Augen und spürte, wie das Erbrochene langsam, aber sicher weggewaschen wurde. Vermutlich klebten mir trotzdem noch unzählige Reste am Körper und auch meine Kleidung würde ich wohl oder übel wegschmeißen müssen, aber ich war dankbar für die kalte Dusche. Als ich den Blick hob, sah ich Tyler vor mir stehen. Er legte mir seinen Arm um die Schulter und führte mich über den Strand.

»Danke«, nuschelte ich schniefend.

Er gab ein leises Knurren von sich und atmete stoßweise ein

und aus. Sein Herz pochte so stark, dass selbst ich es an den Stellen spüren konnte, wo wir uns berührten.

»Dieser miese Arsch«, fluchte Tyler. »Ich habe so etwas in der Art schon kommen sehen. Ich hoffe, es geht dir gut, Alice. Es tut mir so leid, dass ich nicht früher eingeschritten bin.« Jeder seiner Muskeln war bis aufs Äußerste angespannt.

»Du kannst nichts dafür, Ty«, versicherte ich ihm und war überrascht, wie stark meine Stimme klang, obwohl mein ganzer Körper zitterte. Wir hatten uns schon ein gutes Stück von der Menge entfernt und waren fast an der Steintreppe angekommen, die uns zurück nach oben und zum Wagen führte. Abrupt blieb ich stehen. »Wo sind Zara und Jackson?«

Tyler zuckte mit den Schultern. Als ich zu ihm hochsah, erschrak ich vor seinem Gesichtsausdruck. Seine Brauen waren fest zusammengezogen, sodass man nur einen buschigen Strich sehen konnte. Sein Kiefer zuckte. Es fehlte nicht viel und er würde irgendwen schlagen, da war ich mir in diesem Augenblick ziemlich sicher. Ich hatte Tyler im Leben oft wütend gesehen – wobei sein Zorn in der Regel innerhalb von Sekunden verpuffte – aber dieses Mal war es anders.

»Bist du wütend?«, fragte ich vorsichtig. Als er keine Anstalten machte zu antworten, hakte ich nach. »Ty?«

»Mein Gott, Alice! Natürlich bin ich wütend!«, schrie Tyler und schob mich die Stufen hinauf.

»Tut mir leid?«

Warum zum Teufel entschuldigte ich mich bei ihm? Immerhin hatte ich nichts getan, was ihn verärgert haben könnte, oder?

»Mir tut es leid, dass ich dich angeschrien habe. Ich bin nicht auf dich wütend, sondern auf mich.« Tylers Stimme nahm einen sanfteren Klang an. Er seufzte. »Ich hasse mich dafür, dass ich dich erst in diese Lage gebracht habe.«

Ich legte den Kopf schief und musterte meinen besten Freund. Es war zwar dunkel, aber der Mond und die Sterne strahlten so hell, dass ich den Schmerz deutlich sehen konnte, der sich auf seinem Gesicht abzeichnete. »Du brauchst dir keine Vorwürfe zu machen, es ist nicht deine Schuld.«

»Leichter gesagt als getan«, murmelte er und schob mich weiter die Stufen hoch.

Eine Frage hatte er mir allerdings noch nicht beantwortet. »Wo sind Zara und Jackson? Sollten wir nicht lieber auf die beiden warten?«

»Die sind vor einer Weile untergetaucht. Vermutlich schlagen sie sich irgendwo die Köpfe ein. Ich habe ihnen geschrieben, dass ich dich nach Hause bringe und sie später einsammeln komme, wenn sie wollen.« Vor seinem Auto blieb Tyler stehen.

Erst jetzt wagte ich es, an mir hinunterzusehen. Meine Kleidung war komplett verkrustet, als hätte ich in Erbrochenem gebadet. Ein ungutes Gefühl breitete sich in meiner Magengrube aus. Verdammter Mist. Ich war kurz davor, mich selbst zu übergeben. Ich atmete ein paarmal tief durch den Mund ein und aus.

Tyler öffnete den Kofferraum, der mit allerlei Dingen vollgestopft war. Er holte einen Sixpack Wasser hervor und schraubte eine Flasche nach der anderen auf. Dann kramte er nach dem Erste-Hilfe-Kasten, zog die Gummihandschuhe hervor und streifte sie sich über.

»Was soll das werden?«, fragte ich ihn.

»Zieh dich aus«, war alles, was Tyler sagte.

Mit weit aufgerissenen Augen schaute ich ihn an. »Wie bitte?«

Seine Mundwinkel zuckten. »Ich lasse dich nicht mit den vollgekotzten Sachen ins Auto. Oder willst du, dass meine Mom mich umbringt?«

Er hatte recht. Mit den Klamotten und dem an mir haftenden Geruch sollte man nicht in einen Neuwagen steigen. Und natürlich wollte ich nicht, dass Catherine Bennett Tyler einen Kopf kürzer machte. Also kam ich seufzend seiner freundlichen Bitte nach. Immerhin trug ich unter meiner Kleidung einen Bikini.

Als ich in diesem vor ihm stand, ließ Tyler seinen Blick einen Moment lang über meinen Körper gleiten. Sein Adamsapfel trat hervor, als er hörbar schluckte, sich dann räusperte und leise sagte: »Dreh dich bitte um, dann wasche ich dir die Haare aus. Die haben auch was abbekommen.«

Ich konnte mir ein zufriedenes Grinsen nicht verkneifen. Ja, Tyler war mein bester Freund und in einer Beziehung mit Amy. Das änderte aber nichts daran, dass es schmeichelhaft war, von einem attraktiven Jungen auf diese Weise angeschaut zu werden.

Zehn Minuten und das gesamte Sixpack Wasser später fühlte ich mich wieder halbwegs menschlich.

Kaum war er fertig, räusperte Tyler sich erneut und wandte sich wieder dem Kofferraum zu, der mich mehr und mehr an die Handtasche von *Mary Poppins* erinnerte. Er hatte eine Sporttasche hervorgeholt, aus der er mir trockene Kleidung reichte. Ich rümpfte die Nase.

Er rollte mit den Augen. »Keine Sorge, die Sachen sind ungetragen.«

»Besser ist das.« Lachend streifte ich mir die viel zu großen Shorts und das T-Shirt, das bei mir die Länge eines Kleides hatte, über und betrachtete mich in der Spiegelung des Autofensters. Der Boyfriendlook stand mir.

Auf dem Weg zurück nach Georgeville redeten wir nicht viel. Meine Gedanken kreisten immer wieder um den heutigen Abend und generell um meine Erfahrungen der letzten Wochen. Ja, ich hatte mich erst nicht voll und ganz auf das Daten einlassen wollen, aber ich musste mir eingestehen, dass es trotz allem Spaß gemacht hatte.

Wann war ich zum Beispiel zuletzt so unbeschwert gewesen wie beim Spielhallen-Date mit Colin?

Nichtsdestotrotz änderte das nichts daran, dass die meisten Dates schrecklich gewesen waren und mir erneut vor Augen geführt hatten, weshalb man die Liebe nicht erzwingen sollte.

Für den Moment war meine Laune jedenfalls im Keller, was Tyler zu spüren schien. Er drehte das Radio auf und schmetterte die Ballade *Thinking out loud* von Ed Sheeran, die nun das Wageninnere füllte. Mit dem Unterschied, dass Tyler nicht einen Ton traf und den Text absichtlich falsch sang. Das tat er immer wieder, um mich auf die Palme oder zum Lachen zu bringen. Heute wollte er wohl Letzteres bezwecken.

Lautstark grölte er: »Baby his vomit's forever in your hair and on your shirt.« Damit verunstaltete er doch allen Ernstes mein Lieblingslied von Ed Sheeran – aber ich konnte nicht anders, als zu lachen, und zwar aus vollem Halse. Ty hatte es schon immer geschafft, mich selbst in den düstersten Momenten meines Lebens auf andere Gedanken zu bringen.

Die restliche Fahrt über ging es genauso weiter und ich war

ihm dankbar, auch wenn ich ihn unter anderen Umständen dafür geschlagen hätte, mich mit seinem falschen Gesang zu nerven. Aber heute hatte ich das bitter nötig gehabt.

»Ich fahre mit dir ins Disneyland, aber bitte keine Dates mehr«, flüsterte Tyler kaum hörbar, als er schließlich vor meiner Einfahrt anhielt.

Ich legte den Kopf schief. »Wieso?«

Er atmete tief durch. »In den letzten Wochen hast du mehr als bewiesen, dass du dazu bereit bist, jemanden kennenzulernen und auch denjenigen eine Chance zu geben, die vielleicht nicht auf den ersten Blick deinem Typ entsprechen, und ich bin echt beeindruckt. Ich an deiner Stelle hätte schon längst das Handtuch geworfen. Aber du«, er hielt inne, um sich zu sammeln. »Du, Alice, bist stark und hast dich nicht kleinkriegen lassen. Dafür bewundere ich dich, ehrlich.«

»Aber?«

Seine Augen glänzten. »Aber ich kann es nicht mit ansehen, wie du von diesen Typen behandelt wirst. Das bricht mir das Herz.«

Einen Moment war es komplett still im Auto. So still, dass man sogar ein Staubkorn hätte fallen hören können.

Tyler öffnete seinen Gurt, um sich komplett zu mir drehen zu können. »Du bist ein wundervoller Mensch, Alice. Du verdienst, dass man dich auf Händen trägt.«

Mir traten die Tränen in die Augen. »Ty … ich weiß nicht, was ich sagen soll.«

Im fahlen Mondlicht sah sein Lächeln traurig aus. »Ich sage nur die Wahrheit. Du verdienst es, jemanden an deiner Seite zu haben, der dich zu schätzen weiß. Jemanden, der dich liebt, wie du bist, und dich genau so respektiert.«

»Und wo soll ich so jemanden finden? Das klingt nach einer Wunschvorstellung.« Ich seufzte.

»Überleg dir, was genau du in einem Partner suchst. Und dann schau genau hin. Es gibt jemanden für dich.« Tyler sprach in Rätseln, aber sein geistesabwesender Blick, der ins Leere starrte, signalisierte mir, dass das Gespräch beendet war. Vermutlich dachte er gerade an Amy und welches Glück er hatte, eine Partnerin gefunden zu haben, die ihn liebte, vollkommen gleichgültig, wie unterschiedlich sie beide waren.

Aber es konnte nicht jeder so viel Glück haben. Ich gönnte es ihm von Herzen, wirklich. Immerhin war Tyler mein bester Freund. Deshalb würde ich auch seinen Rat beherzigen und mir überlegen, welche Eigenschaften ich in einem Partner suchte, falls ich überhaupt jemanden an meiner Seite haben wollte. Die Dates mit Colin und Archie – zumindest, bis der mich angekotzt hatte – hatten mir gezeigt, dass nicht jeder Junge ein Blödmann war. Sie hatten mir gezeigt, dass Dates schön sein konnten und es ein gutes Gefühl war, jemanden zu haben, mit dem man reden und Spaß haben konnte.

Ich löste meinen Gurt, beugte mich nach vorne und gab Tyler einen Kuss auf die Wange. »Danke für alles.«

Ein verwirrter Ausdruck legte sich auf sein Gesicht, bevor ich den Griff nach unten drückte und ausstieg. Heute Nacht würde ich über alles nachdenken, was Tyler eben gesagt hatte. Und vielleicht sah die Welt morgen schon ganz anders aus.

Name: Alice Wright
Versuchsperson: Tyler Bennett

Macke/Eigenart: Mr Bennett singt absichtlich falsche Liedtexte.

Ausgelöste Gefühle:
Unter anderen Umständen würde ich Mr Bennett dafür verfluchen, mich mit falschen Liedtexten auf die Palme zu bringen. Er weiß genau, dass ich es hasse, vor allem, wenn er meine Lieblingslieder mit seinen blöden – entschuldigen Sie den Ausdruck – Verarschungstexten verunstaltet. Er macht es absichtlich, denn er liebt es, anderen auf die Nerven zu gehen, besonders mir.

Aber am heutigen Abend gab es einen anderen Grund dafür, dass Mr Bennett falsch gesungen hat. Er wollte mich nicht ärgern und auch nicht nerven, sondern mich zum Lachen bringen, denn das hatte ich wirklich nötig. Und es hat funktioniert.

Seine Texte waren gemein und eigentlich überhaupt nicht lustig, aber sie haben alles erträglicher gemacht, was vorher geschehen war, und dafür war ich mehr als dankbar. Mr Bennett mag manchmal nicht nachdenken, bevor er spricht, aber er weiß, wie man jemanden aufmuntert. Und selbst wenn er sich dabei zum Affen macht, ist ihm das egal, solange er seinem Gegenüber damit ein Lächeln ins Gesicht zaubern kann.

KAPITEL 9

Die kommenden Tage vergingen wie in Slow Motion. Das Ende der Highschool-Zeit rückte immer näher und ich hatte keine Dates mehr, um mich davon abzulenken, dass ich wahrscheinlich bald schwierige Entscheidungen für meine Zukunft würde treffen müssen.

Aus diesem Grund trommelte ich wie eine Verrückte mit den Fingern auf der Couchlehne herum, während ich auf Tyler wartete. Dad war zu einem Meeting aufgebrochen und ich bei meinen Schwestern geblieben.

»Wieso bist du nervös?«, fragte Wendy, ohne von ihrem Smartphone aufzusehen.

Ich blickte auf meine Finger. Ich musste wirklich lernen, mir meine Sorgen nicht so leicht anmerken zu lassen. »Bin ich nicht.«

»Doch, bist du«, sagte nun auch Mary, die sich gebannt irgendeine Zeichentrickserie auf dem großen Flachbildschirm im Wohnzimmer anschaute. Sie saß wieder viel zu nah davor, aber jedes Mal, wenn ich sie zurück auf ihren Sessel schickte und ihr dann für eine Sekunde den Rücken zudrehte, rutschte sie wieder an den flimmernden Fernseher heran.

Ich hörte mit dem Trommeln auf, um ihnen zu beweisen, dass ich mich unter Kontrolle hatte. Es dauerte allerdings nicht lange, ehe meine Finger wieder anfingen, sich selbstständig zu machen. Meine Schwestern kicherten – schadenfrohe kleine Satansbraten.

Als es an der Tür klingelte, brauchte ich weniger als eine halbe Sekunde, um aufzuspringen und loszurennen. Dabei stellte ich mich allerdings so tollpatschig an, dass ich mit voller Wucht gegen den kleinen Beistelltisch im Wohnzimmer stieß, sodass die darauf stehende Lampe gefährlich zu wackeln begann. Mit rudernden Armen konnte ich sie und mich gerade rechtzeitig vor einer schmerzhaften Begegnung mit dem Boden bewahren.

Das hatte sogar Wendy dazu gebracht, sich von ihrem Smartphone zu lösen, und mich gemeinsam mit Mary auszulachen. Ich warf meinen Schwestern einen bösen Blick zu, bevor ich den Weg zur Haustür fortsetzte, an der es schon wieder klingelte.

»Hi«, sagte ich, als ich öffnete und Tyler lässig im Türrahmen stehen sah. Er grinste breit und hielt eine Plastiktüte hoch, in der ich Schokolade vermutete. Zumindest hoffte ich, dass er daran gedacht hatte, denn Tyler war so unglaublich verpeilt, dass ich ihn an manche Dinge tausend Mal erinnern musste.

»Es ist zwar warm hier draußen, aber dumm in der Landschaft herumstehen war eigentlich nicht der Plan.« Kopfschüttelnd trat ich zur Seite. Tyler schlenderte an mir vorbei Richtung Wohnzimmer, sodass ich einen perfekten Blick auf seine Rückseite erhaschen konnte. Er trug heute meine Lieblingsjeans – schwarz, im Used-Look – und ein schlichtes weißes T-Shirt. Eine simple Kombination, die ihn aussehen ließ wie ein Model aus dem neuesten Modekatalog. Es war immer wieder erstaunlich, wie unfair Gott gutes Aussehen verteilt hatte.

»Hallo, allerseits!«, rief Tyler in die Runde.

Wendy nickte ihm kurz zu und hob die Hand. Mary allerdings sprang an ihm hoch und klammerte sich an seinen Oberkörper. »Tyty!«

»Whoa, nicht so stürmisch!«, erwiderte er und ließ meine kleine Schwester wieder auf den Boden gleiten. Immer wenn er herüberkam, war für Mary alles andere vergessen. Sie liebte Tyler, als wäre er unser Bruder. Einerseits war es süß und von ihrem richtigen großen Bruder hatte sie ja nicht viel. Andererseits war das einer der Gründe, weshalb wir uns so oft es ging außerhalb trafen, denn Mary konnte ziemlich anhänglich werden und manchmal brauchten wir unsere Ruhe.

»Hast du mir was mitgebracht?«, quengelte sie und zupfte am Saum von Tylers Shirt.

Er hockte sich hin und legte eine Hand auf ihren Kopf. »Tut mir leid.«

Ihre Augen wurden groß und glasig und es fehlte nicht mehr viel, ehe sie in Tränen ausbrach. Wendy stöhnte auf. Wir kannten dieses Spiel in- und auswendig. Bevor Mary wirklich zu weinen beginnen konnte, griff Tyler in die Tüte und zog eine Packung Gummibärchen hervor. Laut quietschend riss Mary sie ihm aus der Hand und sprintete Richtung Küche.

»Iss nicht alle auf einmal!«, rief ich ihr hinterher, aber wie ich meine Schwester kannte, würde sie mich ohnehin ignorieren.

»Hier.« Tyler reichte auch Wendy eine Packung, die sie dankbar lächelnd entgegennahm. Früher war sie Mary ähnlicher gewesen und hatte es geliebt, wenn mein bester Freund zu Besuch gewesen war. Aber mittlerweile befand Wendy sich in einer anstrengenden Phase ihrer Pubertät. Sie konnte schnell zickig werden und ging gerne an die Decke. An anderen Tagen, so wie heute, war sie hingegen unbeteiligt und hing nur am Smartphone.

Ich lächelte Tyler an. »Du bist unverbesserlich.«

»Weiß ich doch«, erwiderte er zwinkernd. »Ist Will auch da? Ich habe ihn natürlich nicht vergessen.«

Ich schüttelte den Kopf. »Nein, er arbeitet gerade außerhalb der Stadt auf einem Bau. Er müsste Ende nächster Woche wiederkommen.« Keine Ahnung, wann er das letzte Mal zum Abendessen hier gewesen war. Ich konnte mich an die Zeit, in der wir alle beisammengesessen und miteinander gelacht hatten, inzwischen kaum noch erinnern.

»Na dann, mehr für uns.« Tyler zuckte mit den Schultern und wackelte mit den Augenbrauen. »Wollen wir?«

»Klar, aber lass uns nach oben gehen und am Laptop gucken. Das Erdgeschoss gehört heute den Satansbraten.« Wendy schaute kurz hoch, um mir einen bösen Blick zuzuwerfen und anschließend wieder ihr Handy zu fixieren. Sie war mir viel zu ähnlich.

Tyler und ich gingen die Treppe hoch und in mein Zimmer. Auf meinem Bett stand der Laptop bereit. Tyler griff in die Plastiktüte und zog drei Tafeln unserer beider Lieblingsschokolade hervor – Hersheys Cookies 'n' Creme. »Deine Laune war die letzten Tage im Keller, da dachte ich, ich bringe dir eine Extratafel mit.«

»Danke! Das ist genau, was ich brauche!« Sobald mein Blick auf die Schokolade fiel, hätte ich am liebsten gesabbert. Wie konnte es etwas so Verführerisches geben?

Kaum hatte Tyler es sich auf dem Bett bequem gemacht, vibrierte sein Handy. Er fluchte leise, zog es aus der Hosentasche und stöhnte.

»Alles okay?«

Er sah verärgert aus, nickte aber. »Ja, alles in Ordnung.«

Stirnrunzelnd beobachtete ich, wie Tyler mit schnellen Fingern eine Nachricht tippte, das Handy ausschaltete und es in der Schublade meines Nachttisches verschwinden ließ. Das war wohl keine sonderlich erfreuliche Nachricht gewesen. Normalerweise fluchte Tyler nicht so viel am Stück.

»Wenn du reden möchtest, ich bin da«, versicherte ich ihm. Seine Mundwinkel zuckten, doch er sagte nichts. Dann fuhr er sich durch das wirre Haar und lehnte sich zurück.

»Was schauen wir heute?« Welch galanter Versuch, das Thema zu wechseln. Er sah zwischen dem Laptop auf meinem Schoß und mir hin und her. Dabei wechselte sein Gesichtsausdruck von genervt zu besorgt. »Du quälst mich heute nicht wieder mit einer deiner Schnulzen, oder?«

Energisch schüttelte ich den Kopf und reichte ihm den Laptop. »Nein, heute suchst du aus.«

Tyler hob fragend eine Augenbraue. »*Ich* soll einen Film aussuchen? Ich? Wirklich?« Natürlich war er fassungslos, denn normalerweise setzte ich meinen Willen durch, was Filme anging, aber heute wollte ich ihm etwas Gutes tun.

Er scrollte durch das aktuelle Programm diverser Streaminganbieter und nuschelte dabei vor sich hin. »*The Conjuring.* Nein, zu harmlos, ein Splatter wäre jetzt genau das Richtige.«

Unwillkürlich rutschte ich an den äußersten Rand des Bettes und musterte Tyler von der Seite. Vermutlich bekam er nicht mit, dass er laut sprach, aber was er sagte, machte mir Sorgen. Für gewöhnlich suchte er sich einen Actionfilm ohne nennenswerte Handlung aus.

»*Saw.* Hm, nee, den kennen wir schon«, murmelte er weiter

und kratzte sich die Bartstoppeln am Kinn. »*Sinister!*«, stieß er plötzlich so laut hervor, dass ich vor Schreck zusammenzuckte. Er scannte die Inhaltsangabe, wobei sein Grinsen noch breiter und auch ein wenig angsteinflößend wurde. Würde man Tyler jetzt eine Kettensäge in die Hand drücken, könnte er als der Mörder in *Texas Chainsaw Massacre* durchgehen. »Ein erfolgloser Schriftsteller, ein unheimliches Haus, unaufgeklärte Mordfälle, ein heidnischer Kult und ein sumerischer Dämon. Klingt das nicht mega?«

»Okay, also möchtest du den Film schauen?«, fragte ich zögerlich und schielte auf das Display. Ich hatte absolut kein Problem mit Horrorfilmen, weil sie oft so überspitzt dargestellt wurden, dass es ins Lächerliche abdriftete und man sich halb totlachen konnte. Tylers Ding waren sie aber eher weniger, weshalb mich seine Entscheidung nicht nur irritierte, sondern mir auch ein wenig Sorgen bereitete.

Tyler nickte eifrig, stellte den Laptop so zwischen uns ab, dass wir beide einen guten Blick darauf hatten, und drückte auf Play.

Uhh, *Blumhouse Productions* – das fing gut an. Ich stand total auf dieses Psychointro der Produktionsfirma. Und dann ging es gleich weiter mit ein paar Menschen, die mit einem Sack über dem Kopf an einem Ast erhängt wurden. Das alles im Super 8-Design. Hätten wir uns mal Popcorn gemacht. Ich linste zu Tyler hinüber, der sich die Bettdecke schon jetzt bis an die Nasenspitze hochgezogen hatte. Dieser kleine Schisser!

Im Haus war es komplett still. Nur der Laptop summte leise … und Tyler machte knirschende Geräusche, wann immer er sich ein Stück Schokolade in den Mund schob. Ich nahm meine Tafeln und legte sie schon mal griffbereit neben mich.

Das Mittagessen lag mir zwar noch schwer im Magen, sodass im Moment nicht an Schokolade zu denken war – aber das würde sich sicher schnell ändern.

Ich konzentrierte mich auf den Film und Tylers unruhige Atmung. Gleich kam ein Schockmoment, das spürte ich. Der Autor, gespielt von Ethan Hawk, hatte gerade einen der Super-8-Filme eingeschaltet, die er im Haus gefunden hatte. Die ratternden Geräusche des Rasenmähers, der zu sehen war, konnten nichts Gutes bedeuten. Als die Szene ihren Höhepunkt erreichte, drehte ich mich zu Tyler und schrie: »Buh!«

Er sprang schreiend auf, sodass ich mich in einem hysterischen Lachanfall krümmte.

»Das ist nicht witzig, Alice!«

Oh doch, das war es. Hallo?! Ein knapp einen Meter neunzig großer, breit gebauter Sportler zuckte bei einem Gruselfilm zusammen. Na ja, sprang eher wie ein kleines Mädchen kreischend auf. Wenn das nicht witzig war, dann wusste ich auch nicht weiter.

Noch immer lachend, tastete ich die Bettdecke nach meiner Schokolade ab. Als ich das Papier zu greifen bekam, verschlechterte sich meine Laune allerdings augenblicklich und ich verstummte für ein paar Sekunden. Dann sagte ich gefährlich ruhig: »Hast du meine Tafeln etwa auch gegessen?«

Tyler setzte eine Unschuldsmiene auf. »Sie lagen da so verführerisch.«

»Du hast drei Tafeln gegessen, ohne mir ein einziges Stück übrig zu lassen?! Und das, obwohl du mir sogar eine Extratafel mitgebracht hast?!« Wenn es um Schokolade ging, hörte der Spaß auf.

»Aber …«, fing Tyler an zu stammeln, »sie waren so lecker.«

Was für eine schwache Verteidigung. Eine, die mich ganz und gar nicht milde stimmte.

»Danke für nichts«, sagte ich schnippisch und verschränkte die Arme vor der Brust. »Schauen wir jetzt endlich den Film zu Ende?«

»Wenn du versprichst, mich nicht zu schlagen!« Tyler hob die Hände schützend vor seinen Körper, ehe er ein paar vorsichtige Schritte Richtung Bett machte.

»Jaaahaaa.«

»Na schön.« Noch immer zögernd legte Tyler sich schließlich zurück neben mich. Aber nicht, ohne sich wieder unter der Decke zu verkriechen und sie bis zur Nase hochzuziehen.

Ich drückte auf Play und wir setzten den Film schweigend fort. Konzentrieren konnte ich mich aber nicht mehr, denn meine Gedanken kreisten die ganze Zeit um diese verführerischen Schokoladentafeln, von denen ich keinen Bissen abbekommen hatte.

Als der Film vorüber war, konnte ich mich an die Hälfte nicht mehr erinnern. Ein Blick in Tylers blasses Gesicht verriet mir allerdings, dass sich wahrscheinlich alle Einzelheiten in sein Gehirn eingebrannt hatten.

»Na, wirst du heute Nacht Albträume haben?«, stichelte ich. Er presste die Lippen aufeinander und kniff die Augen zusammen. Manchmal war es viel zu einfach, Tyler zu ärgern. Ich rutschte näher an ihn heran und imitierte das Geräusch des Rasenmähers. »Ratatatatammm.«

»Mann, jetzt hör schon auf damit!«, pampte er mich an und sah dabei aus wie ein getretener Welpe. Der Anblick war so komisch, dass er mich sogar wieder zum Lachen brachte.

»Witzig, wirklich sehr witzig«, sagte Tyler gespielt beleidigt, stimmte kurz darauf aber in mein Lachen ein.

Ich nahm den Laptop und wühlte mich durch die Filmauswahl. »Was schauen wir als Nächstes?«

Tyler zuckte mit den Schultern. »Such du was aus.«

»Nein, wir gucken, was du möchtest.« Wobei er das eigentlich nicht verdiente. Da er vorhin allerdings so aufgebracht gewesen war, drückte ich ausnahmsweise ein Auge zu. Ich klickte auf die Kategorie *Actionfilme* und bereute es auf der Stelle. Lauter hirnlose Titel sprangen mir entgegen. Hoffentlich würde Tyler einen Film mit einem kleinen bisschen Niveau aussuchen.

»Mach einfach irgendeinen Teil von *The Fast and The Furios* an, da kann man nicht viel mit falsch machen.«

Das war's dann mit dem Niveau. Ich entschied mich für den fünften Teil. Wenn ich schon einen Film dieser Reihe ertragen musste, dann wollte ich wenigstens was zu gucken haben. Und was eignete sich da besser als ein männlicher Faustkampf zwischen Dwayne The Rock Johnson und Vin Diesel? Schon beim ersten Mal war mir bei dieser Szene ziemlich heiß geworden. Einzeln gesehen fand ich von diesen Schauspielern keinen sexy, aber sobald sie aufeinander einprügelten, waren sie auf einmal viel attraktiver.

»Mund zu, sonst kommen die Fliegen rein«, neckte Tyler mich. Ein Boxhieb an seine Schulter war meine Antwort darauf, die mir allerdings mehr wehtat als ihm.

Tyler rollte sich auf die Seite und legte den Kopf auf seinen Arm. Ich spürte, wie er mich von der Seite musterte. Hatte ich etwa Schokolade am Mundwinkel kleben? Ach nein, halt. Wie sollte das gehen, wenn er sie mir vor der Nase weggefuttert hatte? Na toll, jetzt musste ich wieder daran denken. Ich hatte es kurz vergessen …

»Alice?« Tylers Stimme ließ mich zu ihm herüberschauen. Während er so dalag, war sein Bizeps angespannt und eine der Venen trat leicht hervor. Er hatte einen super durchtrainierten Körper, sodass ich manchmal nicht wusste, wo ich zuerst hinschauen sollte. Natürlich nur, wenn keiner hinsah, immerhin war er mein bester Freund – wenn auch mein sehr attraktiver bester Freund. Dass ich ihm gerade auf die angespannten Arme glotzte, war peinlich genug, also konzentrierte ich mich wieder auf seine Augen … was im Grunde auch nicht besser war.

Ich räusperte mich. »Ja?«

»Wie geht es dir wirklich?«

Die Frage kam so aus dem nichts, dass ich gar nicht wusste, was ich sagen sollte. »Ähm … gut? Und dir?«

Er schüttelte den Kopf. »Nein, irgendetwas ist nicht in Ordnung und das macht mir Sorgen. Seit der Strandparty benimmst du dich … anders.«

Ich legte die Stirn in Falten. Zwar hatte Tyler recht, dass ich im Moment etwas frustriert war, aber woran das lag, sollte auf der Hand liegen. »Ich wurde von einem Jungen angekotzt«, sagte ich daher schroff.

Tyler zuckte zusammen, als hätten meine Worte ihn physisch verletzt. »Ist das alles? Gibt es sonst nichts, was dich bedrückt?«

Langsam fragte ich mich, ob er auf etwas hinauswollte. Doch mir fiel beim besten Willen nichts ein, also schüttelte ich den Kopf. Im Gegenteil, Tyler schien etwas zu bedrücken. Vielleicht projizierte er das auf mich. Aber ich wollte ihn auch nicht drängen, darüber zu reden. Wir schwiegen eine Weile.

Ich griff nach seiner Hand, die zwischen uns auf dem Bett lag und drückte sie sanft. Tyler atmete scharf ein, doch als ich mich zurückziehen wollte, hielt er meine Hand so fest, dass ich sie nicht rühren konnte.

»Warst du jemals verliebt, aber wusstest nach einer Weile nicht mehr, was du an dieser Person überhaupt magst?«

Die Frage war eher rhetorisch, denn Tyler wusste von meinem bisher nicht vorhandenen Liebesleben. Dennoch antwortete ich ihm: »Nein, ich war noch nie verliebt.«

Tyler atmete tief durch und nickte.

»Geht es dir mit Amy so?«

Wieder nickte er. »Manchmal liege ich einfach nur da und überlege, warum ich sie liebe und weshalb wir zusammen sind. Wir sind so verschieden.«

»Gegensätze ziehen sich an.«

»Das schon, aber sollte man nicht wenigstens irgendwelche Gemeinsamkeiten haben?«

Ich ließ mir seine Worte durch den Kopf gehen. »Wir sind auch grundverschieden und trotzdem beste Freunde.«

»Wir sind zwar verschieden, aber wir sind uns trotzdem ähnlich.« Tyler richtete sich abrupt auf. »Wir essen beide gerne Schokolade.« Er grinste über beide Ohren.

»Musst du auch noch Salz in diese frische Wunde streuen?«, fragte ich theatralisch und fasste mir an die Brust, in der mein Herz erneut brach.

Tyler streckte mir die Zunge raus. »Wir sind beide manchmal etwas melodramatisch«, setzte er seine Auflistung fort. »Wir interessieren uns für Sport, du zumindest halbwegs … Gucken gerne Filme oder Serien und können stundenlang über alles Mögliche diskutieren.«

Ich zog die Brauen fragend in die Höhe. »Und das kannst du alles mit Amy nicht?«

»Nein! Man kann mit ihr überhaupt nicht diskutieren. Wenn man nicht ihrer Meinung ist, dann macht sie komplett dicht, steht auf und geht.«

Ehrlich gesagt war mir das bisher nie aufgefallen und ich hätte Amy auch nicht so eingeschätzt. Aber im Grunde hatten wir anderen nicht sonderlich viel mit ihr zu tun. Und wenn sie doch mal irgendwohin mitkam, dann war sie zuckersüß. Außer beim Baseballspiel, als sie unbedingt nach Hause gewollt hatte. Es war absurd gewesen, wie sie schon fast gequengelt hatte.

Trotzdem hätte ich nie gedacht, dass Tyler wusste, wie wenig Amy und er gemeinsam hatten. Dass die beiden wahrscheinlich schlechte Chancen hatten, war für mich nichts Neues, und es wunderte mich schon ein wenig, dass Ty so lange gebraucht hatte, um das auch zu sehen.

»Was ist?«, fragte er.

Ich setzte mich in den Schneidersitz und hob die Hände. »Gar nichts.«

»Du findest, dass ich recht habe, was Amy betrifft, oder?« Es erstaunte mich immer wieder, wie gut Tyler mich kannte und wie leicht es ihm fiel, meine Gedanken zu erraten. Es gab Tage, an denen konnten wir einander anstarren und es war, als würden wir eine hitzige telepathische Diskussion führen. Für Außenstehende musste das ein seltsamer Anblick sein.

Deshalb brauchte ich ihm auch keine Antwort zu geben. Tyler wusste, was ich sagen würde. Er vergrub seine Hände in den Haaren. Durch die Bewegung wurde sein Duft zu mir herübergetragen und ich konnte nicht anders als tief einzuatmen. Tyler hatte einen besonderen Eigengeruch, den man kaum in

Worte fassen konnte. Er war viel an der frischen Luft und in der Sonne, weshalb er immer nach Frühling roch, sodass ich meine Nase am liebsten in seiner Halsbeuge vergraben würde. Allerdings wäre das ziemlich schräg und außerdem war gerade der absolut unpassendste Zeitpunkt, sich darüber Gedanken zu machen.

Tyler trug einen inneren Kampf mit sich aus, das konnte man ihm deutlich ansehen. Aber ich kannte ihn lange genug, um zu wissen, dass er sich nicht von Amy trennen würde. Er versuchte immer, alles irgendwie hinzubiegen. Dabei neigte er dazu, an Dingen festzuhalten, die längst zerbrochen waren.

Fürs Erste war das Thema durch. Tyler startete den fast vergessenen Film und machte es sich wieder bequem. Ich schaute auf den Bildschirm, aber meine Gedanken drifteten immer wieder zu unserem Gespräch ab. Es tat mir weh, dass Tyler so unglücklich war. Ich hoffte einfach, dass er das irgendwie in den Griff bekam. Und sollte er sich am Ende doch dazu entscheiden, sich von Amy zu trennen, wäre ich für ihn da.

Nach dem fünften Teil von *The Fast and The Furious* schauten wir noch die Teile sechs und sieben. Dad war inzwischen nach Hause gekommen und hatte kurz seinen Kopf durch die Zimmertür geschoben, um uns zu begrüßen. Aber das war nun auch schon wieder mindestens eine Stunde her.

Je mehr Zeit verging, desto träger wurden meine müden Augen. Tyler warf einen Blick auf die Uhr. »Mist, ich muss los. Ich habe morgen früh Training«, stieß er hervor und sprang auf die Beine, als er feststellte, dass es kurz vor Mitternacht war. Ich ergriff die Hand, die er nach mir ausstreckte, und ließ mir hochhelfen. Es war schade, dass er gehen musste, auch wenn es vernünftig und ich todmüde war.

Im Haus war es stockfinster, als wir mein Zimmer verließen. Mein Dad und meine Schwestern mussten schon vor einer Weile schlafen gegangen sein, daher gaben wir uns Mühe, möglichst leise zu sein.

Zur Verabschiedung zog Tyler mich fest in die Arme. Ich vergrub den Kopf in seiner Armbeuge und genoss die wohlige Wärme, die von ihm ausging.

»Bis morgen«, flüsterte er in mein Haar. »Und danke für alles, Alice.«

»Bis morgen«, erwiderte ich und ließ ihn zögerlich los.

Ein sanftes Lächeln umspielte Tylers Lippen, als er zu mir hinunterschaute, wobei seine Hand weiterhin an meinem unteren Rücken lag und auch dort Wärme verbreitete. Irgendetwas an diesem Moment war merkwürdig. Auf eine positive Art. Als hätte sich etwas verändert. Vielleicht hatte es nur mit unserem Gespräch zu tun. Seit Tyler sich mir geöffnet hatte, war er nicht mehr so angespannt. Es freute mich, dass ich ihm dabei helfen konnte, sich besser zu fühlen. Wenn er glücklich war, dann war auch ich es.

Ich legte meine Hand auf seine Brust und schob Tyler langsam aus dem Haus. »Wir sehen uns.«

»Ja, wir sehen uns«, sagte er, woraufhin ich die Tür leise ins Schloss fallen ließ.

Mein Herz pochte in einem seltsamen Rhythmus und aus unerklärlichen Gründen fiel es mir schwer, mich zu rühren. Also blieb ich gegen die Tür gelehnt stehen und starrte in die Dunkelheit.

Verdammt, was zur Hölle war das?

Name: Alice Wright
Versuchsperson: Tyler Bennett

Macke/Eigenart: Mr Bennett ist gefräßig und stopft alles in sich hinein, ohne Rücksicht auf Verluste.

Ausgelöste Gefühle:
Eigentlich sollte es mir egal sein, schließlich darf Mr Bennett von allem so viel essen, wie er gerne möchte. Aber bei Schokolade ist wirklich Schluss mit lustig. Vor allem, wenn es meine Schokolade ist.

Er kann doch nicht einfach Dinge von anderen in sich hineinschaufeln und das auch noch, ohne vorher zu fragen. Wäre es denn zu viel verlangt gewesen, mich kurz um Erlaubnis zu bitten, ein oder zwei Stücke von meinen Schokoladentafeln zu essen? Ich denke nicht.

Aber das macht Mr Bennett gerne und immer wieder: Er greift einfach nach dem letzten Stück, ohne zu fragen, ob jemand noch etwas abhaben möchte. Auch wenn ich dieses Verhalten oft lächelnd abwinke, so empfinde ich es doch als ziemlich egoistisch anderen Mitmenschen gegenüber.

Heute kann ich ihm aber ausnahmsweise verzeihen, weil er die Schokolade vermutlich nötiger hatte als ich. Trotzdem hätte ich mich gefreut, hätte er mir wenigstens ein Stück abgegeben!

KAPITEL 10

In den vergangenen zwei Wochen hatte ich kein Date mehr gehabt. Dafür konnte ich mich in dieser Zeit auf die Schule und die Abschlussarbeiten konzentrieren. Ich steckte nach wie vor bis zum Hals im Psychologieprojekt fest, da mir immer noch keine fünfzehn Macken von Tyler eingefallen waren. Es machte mich rasend, schließlich hatte er von Anfang an gesagt, ich würde nie genug zusammenkriegen. Ich hasste es, wenn er richtig und ich falsch lag.

Es war gut, dass wir die Dating-Geschichte abgeblasen hatten, denn meine Zwischennote war nicht das Gelbe vom Ei gewesen. Für viele andere Schüler war es ein Erfolg ein A Minus mit neunzig Prozent in Psychologie zu bekommen, aber für mich war die Note demütigend. Deshalb musste ich mich ab sofort wirklich reinhängen, um aus einem A Minus noch ein A zu machen. Schluss mit Dates, Schluss mit Jungs. Nun ja, bis auf Tyler, aber der war immerhin mein Versuchsobjekt.

»Du bist in letzter Zeit nicht wirklich bei der Sache, kann das sein?«, sagte Zara neben mir in der Schlange belustigt. Wir hatten Mittagspause und noch gute dreißig Minuten, bevor es zur nächsten Stunde klingeln würde.

Auf meinem Tablett war ein Teller aufgetaucht, auf dem sich Spaghetti mit Fleischbällchen türmten. Ich konnte mich nicht daran erinnern, das bestellt zu haben, doch die Kantinendame schaute so grimmig, dass ich dankbar lächelte und ging.

»Tut mir leid«, murmelte ich und ließ mich von Zara ans andere Ende der Kantine führen. Eigentlich hatte ich gedacht, dass wir uns zu Jackson und Tyler setzten, aber wir waren an ihrem Tisch vorbeigegangen. »Zara, die Jungs sitzen dort hinten.«

Sie zuckte mit den Schultern. »Ich weiß. Aber ich habe keine Lust, mir Jacksons Mist anzuhören.«

Ich biss mir auf die Unterlippe, um mir einen Kommentar zu verkneifen. Diese ewigen Streitigkeiten der beiden gingen mir langsam richtig auf die Nerven. Es war endlich an der Zeit, dass sie das Kriegsbeil begruben. Aber ich wusste, dass Zara allergisch auf dieses Thema reagierte. Weil ich keine Lust hatte, jetzt einen Streit anzufangen, setzte ich mich stattdessen schweigend ihr gegenüber und löffelte meinen Joghurt.

»Kann ich deine ehrliche Meinung zu was haben?«

Zara hob den Kopf. »Klar.«

Da wir ausnahmsweise allein am Tisch saßen, konnte ich etwas ansprechen, das mir seit ein paar Tagen durch den Kopf ging. »Was hältst du von Amy und Tyler als Paar?«

Zara nahm eine ihrer Dreads und zwirbelte sie zwischen den Fingerspitzen. »Erinnerst du dich daran, wie Tyler sie vor zwei Jahren angesehen hat? Mit diesem extrem kitschigen Blick. So schmachtend, dass ich ihm am liebsten ins Gesicht gekotzt hätte.« Zaras Ausführungen waren wie immer sehr bildhaft – wobei kotzen etwas war, über das ich lieber nicht nachdenken wollte. Als ich bestätigend nickte, sprach sie weiter. »Schau hier.« Sie zog einen Ordner aus ihrer Tasche, öffnete ihn und schob ihn zu mir herüber. Es war ihr Fotografieprojekt.

Vorsichtig strich ich über die unglaublich ausdrucksstarken Bilder. »Wow«, hauchte ich. »Zara, die Aufnahmen sind fantastisch.«

»Danke«, erwiderte sie und räusperte sich peinlich berührt. »Aber schau dir dieses Foto an.« Sie deutete auf eine Schwarz-Weiß-Fotografie auf der rechten Seite.

Darauf war zu sehen, wie Tyler und Amy gemeinsam vor der Schule standen. Sie hatte ein paar Bücher fest an die Brust gepresst und schaute zu Tyler hoch. Er begegnete ihrem Blick, aber seiner war traurig, sehnsuchtsvoll – als hielt er nach etwas Ausschau, das unauffindbar war.

»Er ist unglücklich«, stellte ich betreten fest.

Zara nickte. »Aber es gibt auch Bilder, auf denen er glücklich und ausgelassen ist.« Sie blätterte zwei Seiten weiter. Mir stockte der Atem.

»Du bist ein kranker Stalker.« Ich lachte, obwohl mir nicht danach zumute war. Sie hatte Tyler und mir eine Doppelseite gewidmet und uns dabei immer dann abgelichtet, wenn wir es nicht mitbekommen hatten. So verschieden die Bilder auch waren, eines war auf jedem gleich: Wir lächelten, strahlten förmlich und sahen rundum glücklich aus.

»Ich habe jeder Emotion ein paar Seiten gewidmet«, erklärte sie, während ich weiterhin meinen besten Freund und mich betrachtete. Auf einem der Fotos saßen wir auf dem Boden in meinem Zimmer. Tyler deutete auf mein Handy und ich lächelte. Mir war nicht mal aufgefallen, dass Zara aufgestanden sein musste, als wir meinen Steckbrief bei *Perfect Match* ausgefüllt hatten.

»Es ist der Wahnsinn, was du alles fotografierst.« Die Bilder waren beeindruckend. »Du hast wirklich eine Begabung dafür, die kleinen, aber besonderen Momente des Lebens einzufangen.« Von diesen Erinnerungen benötigte ich dringend ein paar Abzüge.

»Danke.« Ein stolzes Grinsen breitete sich auf Zaras Gesicht aus. »Interessanterweise füllt ihr beiden aber nicht nur die Seiten zum Thema Glück, sondern auch die zur Wut.« Wieder blätterte sie weiter.

Ich beugte mich vor. »Das war auf der Strandparty«, entfuhr es mir. Zara war eine derjenigen gewesen, die ihre Kamera gezückt hatten, statt mir zu helfen, als Archie mich angekotzt hatte. Meine Kinnlade klappte runter. Von meiner besten Freundin hätte ich so etwas nicht erwartet.

»Tut mir leid«, nuschelte sie, als sie meinen Blick bemerkte. »Das war der perfekte Moment für das Album.«

Ich schnaubte. Nun war es sowieso zu spät, von daher sparte ich mir einen weiteren Kommentar. Schließlich konnte man auf dem Foto schon sehen, dass zumindest Tyler da war, um mich aus der Situation zu retten – eine Mischung aus Wut und Fürsorge in seinem Blick. Also konnte ich Zara dieses Verhalten ausnahmsweise verzeihen. Ich deutete auf das nächste Foto. »Wann war das?«

Sie warf einen kurzen Blick auf das Bild. »Am Baseballsamstag, als die Jungs gegen die Plain View High gespielt haben.«

Stimmt, Tyler stand vor seinem Truck und hatte die Arme von hinten um Amy gelegt. »War das, als sie gequengelt hat, dass sie nach Hause möchte?«

Lachend schüttelte Zara den Kopf. »Nein, wobei sein Gesicht da ähnlich aussah. Das hier war aber in dem Bruchteil der Sekunde, als du gesagt hast, du hättest noch ein Date.«

Ich runzelte die Stirn. Zara wollte sich wohl über mich lustig machen. »Du spinnst doch!«

»Es ist mein Ernst. Die Kamera lügt nicht.« Sie grinste verschwörerisch.

Augenrollend blätterte ich weiter. Dann griff Zara plötzlich über den Tisch und schlug ihr Album zu. Gerade rechtzeitig konnte ich meine Hand herausziehen.

»Na, was treibt ihr?«, flötete Amy, als sie sich auf den freien Stuhl schwang.

»Gar nichts!«, sagten Zara und ich gleichzeitig, als wären wir bei etwas Verbotenem ertappt worden.

»Okaaaay«, erwiderte sie lang gezogen. »Soll ich wieder gehen?«

Ich winkte ab. »Alles gut. Wir haben gerade nur über eins meiner katastrophalen Dates gesprochen.« Das war das Erstbeste, das mir eingefallen war.

»Hast du denn am Ende die große Liebe gefunden?«, fragte Amy mit ehrlichem Interesse. Tyler hatte ihr wohl nicht von dem Strandparty-Desaster erzählt.

»Eher weniger.«

»Das wird schon«, sagte sie mitfühlend und schaute mich aufmunternd an. Dann wandte sie sich an Zara. »Ich wollte dich fragen, ob du mir kurz in der Dunkelkammer helfen kannst?« Wenn sie so mit den Wimpern klimperte, war es unmöglich, ihr einen Wunsch abzuschlagen.

Zara seufzte. »Aber sicher. Wir sehen uns nachher, Alice.«

»Bis später.« Ich schaute den beiden hinterher, als sie durch die Schwingtür der Kantine verschwanden. Dabei fiel mir erst jetzt auf, dass Amy ihren Freund nicht mal angeschaut hatte. Ich sah hoch und traf Tylers Blick. Ihm ging wohl etwas Ähnliches durch den Kopf. Er ließ die Schultern hängen und stocherte auf seinem Teller herum.

Zaras Bilder hatten die Wahrheit eingefangen, und das nun so deutlich mit eigenen Augen zu sehen, schmerzte. Ich wollte zu ihm gehen, doch da klingelte es zum Pausenende.

Ich liebte es, auf mein Fahrrad zu steigen, in die Pedale zu treten, bis mir die Puste ausging, und den Wind durch meine Haare wehen zu lassen. Heute war der perfekte Tag, um an der frischen Luft zu sein und sich nicht Körper an Körper in einen stickigen Bus zu pressen. Seit letztem Herbst war es der erste Tag, an dem ich mein altes Rad wieder aus der Garage geholt, die Spinnweben zwischen den Speichen entfernt hatte und losgefahren war.

Zara und ich wollten uns zum Shoppen in der Mall treffen. Zwar hatten wir beide unsere Kleider für den Prom bereits im vergangenen Jahr gekauft, aber manchmal konnte man ein paar Monate vor dem Ball einige Schnäppchen ergattern. Mir fehlte sowieso noch eine passende Handtasche zu meiner weiten, hellblauen Aschenputtel-Robe.

Doch einen Shoppingtag mit meiner besten Freundin würde ich nur mit einem Eiskaffee überleben. Zara neigte nämlich dazu, sich stundenlang in einem Laden aufzuhalten und jedes Teil genauestens unter die Lupe zu nehmen. Wohingegen ich deutlich entscheidungsfreudiger war.

Nachdem ich mein Rad draußen angeschlossen hatte, betrat ich vom Klingeln eines Glöckchens begleitet mein Lieblingscafé. Augenblicklich strömten mir zahlreiche Düfte in die Nase. Es roch nach frisch gebackenen Cookies und warmen Apfeltaschen, nach Schokoladenkuchen und glasierten Donuts.

Man bekam hier alles, was das Herz begehrte, und eine großartige Aussicht aufs Meer gratis dazu.

Ein Gast nach dem anderen gab seine Bestellung auf, bis ich schließlich an der Reihe war. Ich entschied mich für einen Eiskaffee mit Keksaroma und einer Extraportion Sahne. Mir lief das Wasser im Mund zusammen, als die Frau hinter dem Tresen mir mein Getränk gab und ich das Café wieder verließ.

Draußen angekommen versuchte ich einhändig mein Portemonnaie in der kleinen Handtasche zu verstauen. »Mist«, murmelte ich, der Reißverschluss klemmte. Mein Blick war starr Richtung Handtasche gerichtet, als ich aus dem Augenwinkel etwas auf der Promenade funkeln sah. Vollbepackt wie ich war, ging ich in die Hocke und griff nach dem kleinen Ding, das sich als ein wunderschöner, verschnörkelter Knopf herausstellte. Er passte hervorragend in meine Sammlung. Ich steckte ihn ein und stand wieder auf, was sich mit Handtasche, Portemonnaie und Eiskaffee in den Händen als ziemlich schwierig erwies. Einen kurzen Moment geriet ich ins Straucheln und hörte die rufende Stimme zu spät.

»Vorsicht!«

Der Lenker eines mir entgegenkommenden Fahrrads streifte mich. Nicht so stark, dass es wehtat, aber stark genug, dass sich der Deckel meines Eiskaffees selbstständig machte und das komplette Getränk mein grünes Sommerkleid einsaute.

Ein spitzer Schrei entfuhr mir. »Scheiße, hast du keine Augen im Kopf?«, fluchte ich, obwohl dieser Unfall zum Teil meine Schuld gewesen war. Ich fixierte die Flecken auf meinem Kleid und entfernte vorsichtig die Schlagsahne, ehe sie sich in den Stoff fressen konnte. So ein Mist!

»Es tut mir wirklich leid!«, sagte der Fahrer. Er sprang ab

und ließ sein Rad zu Boden fallen. »Alles in Ordnung? Das wollte ich nicht.«

Seufzend winkte ich ab. »Ach, mir tut es leid, dass ich dich beschimpft habe.«

»Hey, nimm die.« Er schob eine Lederjacke in mein Sichtfeld, sodass ich gezwungen war, hochzuschauen, obwohl mein Kleid immer noch eine Katastrophe war.

Der Junge war einen halben Kopf größer als ich, sonnengebräunt und hatte wilde, dunkelblonde Locken. Sein Lächeln wurde noch strahlender, als unsere Blicke sich trafen. Ich schaute in hellbraune Augen, die mich freundlich und zugleich abwartend musterten. Mechanisch griff ich nach der Jacke und nutzte die Gelegenheit, ihn genauer zu betrachten.

Seine schwarze Jeans war gewollt zerrissen, was ihm einen rockigen Eindruck verlieh. Auf seinen roten Vans waren ein paar Filzstift-Zeichnungen zu sehen und durch sein eng anliegendes weißes T-Shirt zeichneten sich seine Muskeln deutlich ab.

»Die kann ich nicht annehmen.« Die Worte verließen meine Lippen, ohne dass mein Gehirn etwas damit zu tun gehabt hätte.

»Doch, nimm sie. Gib sie mir einfach irgendwann zurück.«

Mit ausdrucksloser Miene schaute ich ihn an. Nein, das war untertrieben – ich glotzte ihn an! Peinlichkeits-Alarm hoch zehn! Der Junge ließ die Jacke los, holte einen Edding aus seiner Hosentasche und zwinkerte mir zu. Er griff nach meinem Arm und kritzelte etwas darauf. »Melde dich, wenn du sie nicht mehr brauchst.«

Ich hielt mir den Arm vors Gesicht. In dunklen Ziffern standen eine Telefonnummer und ein Name darauf. Adrian.

»Ich muss weiter!«, sagte er und machte auf dem Absatz kehrt.

Endlich kam ich wieder zu mir. Vehement schüttelte ich den Kopf. »Hey, warte!«, rief ich ihm hinterher. Adrian hatte gerade sein Fahrrad aufgestellt und warf jetzt einen Blick zurück. »Was, wenn ich mich nie bei dir melde?«

Er grinste, dann zuckte er mit den Schultern. »Das wäre doppelt schade. Zum einen verliere ich die coolste Jacke, die ich je hatte, und zum anderen entgeht mir die Chance, deinen bezaubernden Anblick wiederzusehen.«

Ich wurde rot und wollte etwas erwidern, doch Adrian hatte sich auf sein Rad geschwungen und war so schnell wieder weg, wie er aufgetaucht war. Was war das denn bitte gewesen?

Eine Gruppe Mädchen in meinem Alter stand ein paar Meter entfernt, schaute mich skeptisch an und tuschelte dann miteinander. Vermutlich konnten sie es nicht fassen, dass mir ein so unverschämt gut aussehender Kerl die Nummer auf den Unterarm geschrieben hatte. Ich konnte es selbst nicht wirklich glauben. Doch die Ziffern prangten dort und waren der Beweis dafür, dass ich mir nicht nur den Kopf gestoßen hatte.

Schnell streifte ich mir die Jacke über, die mir natürlich ein paar Nummern zu groß war.

Das Klingeln meines Handys ließ mich zusammenzucken und holte mich zurück in die Realität. Verdammt, ich hatte beinahe vergessen, dass ich mit Zara verabredet war. Ich nahm die Beine in die Hand und sprintete die Promenade Richtung Mall hinunter. Das Kleid klebte mir dabei am Körper und der Duft des eingetrockneten Eiskaffees stieg mir in die Nase. Wie sehr ich mich darauf gefreut hatte! Aber dieser verdammte, gut aussehende Adrian hatte nicht nur mein Hirn zum Schmelzen gebracht, sondern auch dafür gesorgt, dass nur noch mein Kleid etwas von dem Kaffee hatte.

»Wie siehst du denn aus?« Zara rümpfte die Nase und betrachtete mich abschätzig, kaum dass ich vor der Mall angekommen war. Sie zog eine schwarze Kreditkarte hervor und hielt sie mir unter die Nase. »Wir holen dir erst mal neue Sachen. Und währenddessen erzählst du mir, warum du aussiehst, als hättest du in Scheiße gebadet, und was die Männerjacke soll.«

»Was haben deine Eltern getan?«, fragte ich halb lachend. Zara wollte zwar um nichts in der Welt werden wie ihre Eltern, das hinderte sie aber nicht daran, mit deren Geld um sich zu werfen und uns mit Geschenken zu überschütten. Zückte sie die schwarze Kreditkarte, dann musste etwas passiert sein.

Zara schnaubte und verdrehte die Augen. »Mom hat mir heute ein weißes Kleid bringen lassen mit der Nachricht, dass ich in ein paar Wochen ›in die Gesellschaft eingeführt‹ werden soll und dieses Mal kein Weg daran vorbeiführt.«

Mit Müh und Not verkniff ich mir ein Prusten. Allein die Vorstellung, dass die Dreadlocks und Cumberbatch-Shirts tragende Zara in einem pompösen Debütantinnenkleid vor aller Augen die hohen Stufen eines Ballsaals hinunterschreiten sollte, war urkomisch!

»Ha-ha, sehr witzig!« Sie verschränkte die Arme vor der Brust und ging durch den Haupteingang der Mall. Sofort pustete mir die kalte Luft der Klimaanlage entgegen. Ich schlang die Jacke fester um den Körper und inhalierte den Duft von Salzwasser, der ihr anhaftete.

Zara zog eine Braue in die Höhe. »Okay, was ist hier los? Was habe ich verpasst?«

Ein breites Grinsen stahl sich auf mein Gesicht. »Ich war eben noch im Café unten am Pier. Auf der Promenade wurde ich angefahren und –«

»Oh mein Gott! Was? Wie geht es dir?« Zara war vor mir stehen geblieben und scannte mich mit weit aufgerissenen Augen, auf der Suche nach möglichen Verletzungen.

Ich lachte. »Ein Fahrrad hat mich gestreift, kein Grund zur Sorge!«

Erleichtert atmete Zara auf. »Mensch, erschreck mich doch nicht so. Okay, weiter?«

Im Schnelldurchlauf erzählte ich ihr alles und gestand ihr, dass ich von Adrians gutem Aussehen so abgelenkt gewesen war, dass ich kaum einen Ton herausbekommen hatte. Während meiner Ausführung grinste Zara und wackelte mit den Augenbrauen.

»So fügt sich doch noch alles«, freute sie sich und klatschte in die Hände. »Ich wusste, dass der Mann deiner Träume an der nächsten Ecke auf dich wartet. Welche Farbe hatte sein Rad?«

»Wie bitte?« Ich lachte.

»Die Farbe, na los, sag schon.«

Ich überlegte einen Moment. »Ein weißes Mountainbike war es, glaube ich. Wieso?«

Zara legte sich die Hände auf ihr Herz und seufzte theatralisch, als wären wir im Kino, um die nächste schnulzige *Nicholas-Sparks*-Verfilmung anzusehen. »Der strahlende Ritter auf dem weißen Ross. Deine Liebesgeschichte läuft also doch noch ab wie im Märchen.«

»Ich will keine Dates mehr«, beharrte ich. »Die letzten Katastrophen reichen mir bis zum College. Da ist es egal, wie heiß der Kerl auch sein mag.«

»Ach Schwachsinn, dich hat es doch jetzt schon voll erwischt.« Sie lachte. »Alice und Adrian sitzen auf dem Baum, küssen sich, man glaubt es kaum.«

Ich boxte meine Freundin gegen den Oberarm. »Erzähl bitte niemandem davon, in Ordnung?«

Sie nickte. »Klar, aber redest du nicht mal mit Tyler darüber?«

Ich wusste ja noch überhaupt nicht, ob ich mich wirklich mit Adrian treffen wollte. Es gab viele andere Möglichkeiten, ihm seine Jacke zurückzugeben und nur weil er charmant gewesen war, hieß das nicht, dass er wirklich ein netter und anständiger Kerl war – das hatten mir einige der übrigen Dates bewiesen. Solange ich mir nicht sicher war, wollte ich nichts an die große Glocke hängen.

»Ich möchte erst mal selbst überlegen, was ich mache.«

Zara nickte erneut. »Dann lass uns für dich ein Brautkleid und für mich ein Brautjungfernkleid suchen.« Sie grinste und reichte mir ihren Arm zum Unterhaken. »Und wir müssen uns einen Plan überlegen, wie ich aus der Debütantinnennummer rauskomme!«

Ich versuchte mir erneut vorzustellen, wie Zara mit einem adretten jungen Mann über das Parkett tanzte, aber dieses Bild wollte einfach nicht in meinen Kopf. Es blieb sowieso eine Frage offen. »Wer wird dein Begleiter?«

Sie seufzte. »Mom wollte mich wohl mit dem versnobten Sohn irgendeines Inhabers einer Hotelkette verkuppeln.«

Ich biss mir auf die Lippe. So lustig das Ganze auf den ersten Blick auch wirkte, sie konnte einem ganz schön leidtun. »Dann müssen wir zusehen, dass du da nicht hinmusst! Oder dir einen anderen Begleiter suchen.«

»Ach, und wen bitte?«

Eigentlich hatte ich da schon jemanden im Sinn, aber vermutlich würde Zara mich umbringen, wenn ich die Idee laut aussprach.

»Alice?«, hakte sie nach.

Ich holte tief Luft. »Frag doch einfach Jack. Ich denke nicht, dass er Nein sagen würde …«

»Hast du vollkommen den Verstand verloren?«, rief Zara so laut, dass sich zahlreiche Köpfe zu uns umwandten. »Scheinbar hat dein Schädel vorhin doch etwas abbekommen. Wir sollten lieber einen Abstecher in die Notaufnahme machen!«

»Ich dachte ja nur, weil …«

»Weil …?«

Hätte ich mal gar nicht erst davon angefangen. Zara packte mich am Arm und zwang mich, stehen zu bleiben.

»Na, schön, du hast es so gewollt. Irgendwas ist da momentan mit Jack und dir.« Zara wollte widersprechen, doch ich ließ sie gar nicht erst zu Wort kommen. »Du brauchst es nicht abzustreiten. Jeder weiß es, jeder sieht es. Und ich möchte jetzt von dir wissen, was genau es ist!«

Sie schaute mich mit einem Blick an, den ich nur als eine Mischung aus Unglauben und Entsetzen beschreiben konnte. Dann schüttelte sie kaum merklich den Kopf.

Wir gingen den breiten Gang der Mall entlang. Unmengen Shoppingwütige kamen uns entgegen, vollbepackte Mädchengruppen tratschten und lachten lautstark, sodass sie alle Besucher mit ihren Geschichten unterhielten. Vorsichtig stupste ich Zara den Ellbogen in die Seite.

Sie zuckte mit den Schultern. »Ich weiß es *ehrlich* nicht«, gab sie zu. Stirnrunzelnd wartete ich, ob sie weitersprechen würde. Zara atmete tief durch. »Es hat beim Baseballspiel angefangen, als Amy gesagt hat, Jack und ich wären ein Traumpaar. Ich bin nicht blöd, ich habe natürlich selbst bemerkt, wie er mich daraufhin angesehen hat. Ich glaube auch, Amy hat das gesagt, weil sie mehr weiß, als sie zugibt. Seit diesem Tag ist Jack … anders.«

Ich schaute Zara abwartend an. »Inwiefern?«

»Er ist … nett. Und aufmerksam. Er will sich kaum noch streiten, sondern sich mit mir unterhalten. Das macht mir Angst.«

Ich konnte mir das Lachen nicht verkneifen. Meine Freundin funkelte mich so wütend an, als hätte ich ihr eben gestanden, eine Affäre mit Benedict Cumberbatch zu haben.

»Ach, Zara. Es ist doch schön, wenn ihr endlich aufhört, euch zu streiten!« Und das meinte ich ernst. Die Highschool näherte sich dem Ende, jeder von uns würde einen anderen Weg einschlagen. Da wäre es fantastisch, sich wenigstens die verbliebenen Wochen nicht in die Wolle zu kriegen.

»Du verstehst das nicht, Alice«, zischte sie, ließ jedoch sofort danach die Schultern hängen. »Tut mir leid. Es ist nur, dass ich es irgendwie mag, mich mit ihm zu streiten.«

»Wie kann man es mögen, sich zu streiten?« Ich musterte sie mit hochgezogener Augenbraue.

»Du weißt, wie es bei mir zu Hause ist. Ich habe so viel Wut in mir, die rausmuss. Jackson ist quasi mein Ventil.«

Das ergab auf eine ziemlich verquere Art und Weise sogar Sinn. »Vielleicht meldest du dich lieber beim Boxen oder so an?«, schlug ich stattdessen vor.

»Ich will mich nicht prügeln, ich will nur Frust rauslassen und schreien«, sagte sie leicht gequält. »Und Jack ist der perfekte Kandidat dafür.«

»Aber wieso? Was hat er dir getan?« Diese Frage hatte ich ihr über die Jahre immer wieder gestellt, doch nie eine zufriedenstellende Antwort bekommen. Vielleicht würde sich das ja heute ändern.

Zara schaute über ihre Schulter, als suchte sie die Menge nach unseren Mitschülern ab, von denen sich heute bestimmt einige in der Mall herumtrieben. Dann presste sie die Lippen zusammen, packte unsanft meinen Arm und schleifte mich in einen weniger vollen Gang.

»Was möchtest du mir sagen?«

Kopfnickend deutete Zara auf eine Bank, von der aus wir einen guten Blick auf den kleinen Springbrunnen hatten, der mit seinem Plätschern dafür sorgen würde, dass unsere Wörter verschluckt wurden, bevor jemand anderes sie hören konnte.

Als wir uns setzten, verschränkte Zara die Finger ineinander und fixierte ihren abgeblätterten Nagellack. »Erinnerst du dich daran, dass ich in den ersten Freshman-Wochen *normal* aussah?«

Ich nickte, obwohl ich mich fragte, wer das Wort *normal* definierte. Für mich war Zara einfach Zara. Dabei war es mir egal, ob sie in teuren Kleidern von Chanel und Louboutins neben mir herstöckelte, ausgewaschene Jogginghosen und Sneaker, oder meinetwegen auch gar nichts trug. Sie sollte herumlaufen, wie sie wollte. Ihre Wahl war auf den punkigen Stil mit Dreadlocks und Piercings gefallen und diesen trug sie mit Stolz.

Zara fuhr fort. »Damals wollte ich noch meinen Eltern gefallen, habe aber irgendwann gemerkt, dass ich meinen eigenen Weg finden muss. Also bin ich zum nächsten Friseur gegangen, um mir meine Zöpfe machen zu lassen, und habe mir neue

Klamotten gekauft. Die Moralpredigt meiner Eltern war mir egal.« Sie machte eine kurze Pause, um ihre Gedanken zu sortieren. »Am Montag danach habe ich mich zum ersten Mal in der Schule so blicken lassen. Dass es Getuschel geben würde, wusste ich. Aber immerhin hatte ich ja meine beste Freundin an meiner Seite.«

Sie lächelte mich breit an, was ich erwiderte. Seit Zara zum Leidwesen ihrer Eltern von einer Privatschule auf die Georgeville High gewechselt war, waren wir unzertrennlich gewesen. Und das, obwohl wir aus zwei verschiedenen Welten kamen. »Was hat das alles mit Jackson zu tun?«

»Dazu komme ich noch.« Sie schob sich ein paar der Dreads vors Gesicht, das nun in deren Schatten verborgen lag. »Schon am ersten Schultag habe ich mich irgendwie in Jackson verknallt.«

Ich atmete laut hörbar ein – ich wäre nie darauf gekommen, dass sie etwas für Jack empfand.

»Schau mich nicht so entsetzt an«, sagte Zara. »Keine Ahnung, er war einfach der gut aussehende Sportler mit dem süßen Lächeln. Und damals war ich noch naiv und nicht immun gegen seinen Charme. Dass Tyler und du beste Freunde seid, kam mir gelegen. So kam ich unauffällig näher an Jackson heran und konnte hoffen, dass aus uns mehr wird.«

Diese Offenbarung war zwar schockierend, aber trotzdem irgendwie herzerwärmend. Zara hatte in den letzten Jahren ein paar Dates gehabt, aber nie hatte es gefunkt. Das lag sicher daran, dass es sich dabei meistens um reiche Schnösel gehandelt hatte, die in den Augen der O'Brians den perfekten Schwiegersohn abgaben. Sie selbst hatte sich fast nie jemanden gesucht. Ich hatte das immer damit verbunden, dass sie stark und unabhängig war und keinen Kerl an ihrer Seite brauchte. Nun wusste ich, dass noch etwas anderes dahintersteckte. Oder eher *jemand* anderes. Zwar kam auch Jackson aus einer angesehenen Familie, aber bis auf seine Vorliebe für Markenkleidung, verhielt er sich nicht so abgehoben wie die anderen Snobs – zumindest gab er sich alle Mühe. Vielleicht war es genau das, was Zara an ihm mochte.

»Und warum habt ihr euch dann zerstritten?« Jetzt da Zara es erwähnt hatte, erinnerte ich mich wieder daran, dass es eine Zeit gegeben hatte, in der sie und Jack sich gut verstanden hatten und einander nicht an die Gurgel gegangen waren. Doch das lag so viele Jahre zurück, dass ich es beinahe vergessen hätte.

Ihre Gesichtszüge verhärteten sich. »Ty und du wart mit eurem Geschichtskurs im Museum. Ich war in der Pause also auf mich allein gestellt. Aber ich dachte, dass ich mich einfach zu Jack und seinen Freunden setzen könnte. Also bin ich zu seinem Tisch gegangen. Er saß mit dem Rücken zu mir und kurz bevor ich ihn begrüßen wollte, haben die anderen Jungs angefangen über mich herzuziehen.« Ich konnte Zaras Gesicht zwar nicht sehen, doch ihr Schniefen und das leichte Zittern in ihrer Stimme versetzten mir einen Stich.

»Du musst nicht weitersprechen.« Ich griff nach ihrer Hand und drückte sie. Es tat mir in der Seele weh, sie leiden zu sehen, und es schockierte mich ehrlich, in welche Richtung sich ihre Geschichte entwickelt hatte. Nie hatte ich damit gerechnet, dass es einen *wirklich guten* Grund gab, weshalb sie Jack hasste.

Zara hob langsam den Kopf. »Doch, jetzt habe ich schon angefangen … Sonst bringe ich es nie zu Ende.« Ich wartete so lange, bis sie sich bereit fühlte, weiterzusprechen. »Connor hat über meinen Aufzug gelästert und den anderen Jungs aus dem Baseball-Team fünfzig Dollar für denjenigen geboten, der mich zuerst flachlegt. So abartige Wetten können auch nur von so eingebildeten Sackgesichtern kommen … Jedenfalls haben die anderen gelacht. Ein paar von ihnen haben gegrölt, dass sie nicht mal für eintausend Dollar einlochen würden. Und Jackson … am Anfang war er ruhig geblieben und hatte gar nichts gesagt. Dann hat Connor mit dem Fünfziger vor Jacks Gesicht herumgewedelt, der auch angefangen hat zu lachen. Und Jack hat etwas gesagt, das ich nie wieder vergessen werde: *Kein Geld der Welt würde mich dazu bringen, bei ihr einzulochen. Nicht, dass ich mir noch eine der Geschlechtskrankheiten hole, die sie sich bei einem der Obdachlosen eingefangen hat, mit denen sie rumhängt.*«

Entsetzt schlug ich mir die Hand vor den Mund. »Das hat er nicht gesagt?!«

Dicke Tränen rannen Zaras Gesicht hinunter und verschmierten ihre Mascara. »Doch, hat er. Ich habe mein Tablett fallen gelassen und bin heulend aus der Kantine gerannt. Jack hat mir irgendetwas hinterhergerufen und die anderen Jungs haben einfach weitergelacht. Den restlichen Tag habe ich geschwänzt und mir geschworen, nie wieder eine einzige Träne wegen eines Jungen zu vergießen. Und jetzt …« Halb lachend deutete sie auf ihr Gesicht. »Jetzt sitze ich hier und heule wieder wie ein Baby.«

Ich lachte leise mit ihr, es lockerte die Stimmung ein wenig auf. Was ich aber nicht verstand, war, wieso Jack so etwas Furchtbares überhaupt gesagt hatte. Wollte er vor seinen Freunden cool wirken oder hatte er das ernst gemeint? Ich konnte nicht glauben, dass er so verletzende Dinge von sich gab.

Zara schien zu bemerken, dass meine Gedanken ratterten. »Er hat sich ein paarmal entschuldigt, aber ich konnte ihm nie wirklich verzeihen.« Sie zuckte mit den Schultern. »Heute sind wir älter. Ich weiß, dass es bescheuert ist, deswegen immer noch wütend zu sein. Normalerweise bin ich auch nicht so nachtragend, aber ich hatte Angst davor, ihm zu vergeben. Ich dachte, dass dann vielleicht auch meine Gefühle für Jackson wiederkommen würden. Und er mich wieder verletzen würde.«

»Und deshalb bist du auf Konfrontationskurs gegangen«, schlussfolgerte ich.

»Du hast es erfasst.«

»Und, was hat sich jetzt geändert?«

Zara überlegte kurz, ehe sie antwortete. »Ich weiß es nicht und da liegt das Problem. Ich habe Angst, dass Amys Worte bedeuten, dass Jackson eigentlich gar kein Problem mit mir hat. Und ob ich immer noch eins mit ihm habe, weiß ich nicht mal selbst so genau. So lange, wie ich mit ihm nach Streit gesucht habe, bin ich nicht sicher, ob sich überhaupt etwas von meiner Wut gegen ihn als Person gerichtet hat. Es verschwimmt alles miteinander. Und wenn ich ihn jetzt noch als Begleiter mit auf den Ball schleppen würde … daran will ich lieber gar nicht denken!«

Ein müdes Lächeln legte sich auf mein Gesicht. Ich wusste nicht recht, wie ich reagieren sollte. Ja, Zara hatte mir nun von ihrem Problem mit Jackson erzählt. Aber ich hatte gedacht, wir wären beste Freunde. Hatte sie mir in den vergangenen vier Jahren nicht genügend vertraut, oder warum hatte sie das all die Zeit in sich hineingefressen? Ich hätte ihr doch zur Seite stehen können!

Es gab so viel, das ich sie noch fragen wollte, doch ich schluckte es hinunter. Es war nicht die richtige Zeit und auch nicht der richtige Ort dafür – im Moment ging es nur um Zara.

Wir blieben noch eine Weile sitzen. Zara hatte mittlerweile aufgehört zu weinen und beobachtete die anderen Einkaufenden. Mir schien, als wäre ihr eine Last von den Schultern gefallen, nun da sie endlich ihre Geschichte geteilt hatte.

»Gehen wir jetzt endlich shoppen?«, fragte Zara nach einigen Minuten, wieder ganz sie selbst.

Ich lächelte. »Wollen wir erst ein Eis essen?«, schlug ich völlig uneigennützig vor. Schließlich musste ich meinen viel zu früh von uns gegangenen Eiskaffee noch ersetzen!

Zara grinste zurück und nickte. »Da bin ich dabei!«

Wir standen auf und schlenderten Richtung Food Court. Niemand konnte sich vorstellen, wie glücklich ich darüber war, der Shoppingtour, oder eher *Shoppingtortur*, eine halbe Stunde länger zu entgehen. Nur Zara zuliebe ließ ich das Einkaufen überhaupt über mich ergehen.

Kopfschüttelnd verdrängte ich den Gedanken, was heute noch auf mich zukommen würde und überlegte stattdessen, mit welchem Sirup ich meinen Kaffee verfeinern wollte.

Während ich im Kopf die Geschmacksrichtungen durchging, plauderte Zara drauflos, als hätte es die vergangenen zwanzig Minuten nie gegeben.

Name: Alice Wright
Versuchsperson: Tyler Bennett

Macke/Eigenart: Mr Bennett hat Probleme damit, Klartext zu reden.

Ausgelöste Gefühle:
Die Bilder von Miss O'Brian waren der Beweis dafür, dass Mr Bennett nicht mehr glücklich ist, auch wenn er es nicht zugeben will. Vielleicht ist es unverschämt, der Meinung zu sein, es besser zu wissen. Aber ich lehne mich nun so weit aus dem Fenster und sage: Ich weiß es besser. Ich kenne Mr Bennett schon lange genug, um in seinem Blick lesen zu können. Und die Blicke, die er seiner Freundin zuwirft, sprühen nicht vor so viel Glück, wie sie es sollten.

Doch Mr Bennett fällt es schwer, offen und ehrlich mit anderen zu sprechen. Er hat Angst, dass seine Worte Schaden anrichten könnten. Das mag dem Punkt widersprechen, dass Mr Bennett zu direkt ist. Doch es ist personenbedingt. Mal ist er so, mal so. Manchmal habe ich das Gefühl, dass er mir gegenüber direkter ist, weil er sich weniger Sorgen machen muss, ob unsere Freundschaft das aushält, schließlich haben wir schon viel miteinander durchgemacht. Wenn es allerdings um seine Beziehung geht, dann benimmt er sich ganz anders. So als versuche er krampfhaft, Streit aus dem Weg zu gehen, obwohl es besser wäre, Klartext zu reden.

Ja, Mr Bennett ist ein harmoniebedürftiger Mensch. Aber man möchte doch auch glücklich sein, oder nicht? Sollte man dann nicht den Mut aufbringen, Probleme anzusprechen, anstatt sie wortlos hinunterzuschlucken, auch wenn das zu Diskussionen führen kann? Alles Negative in sich hineinzufressen ist nicht gesund.

KAPITEL 11

Mit einem Bleistift tippte ich auf die Pro-und-Kontra-Liste, die ich vor gefühlten Stunden angefangen hatte.

Ich hatte versucht, möglichst viele Gründe zu finden, die dafür oder dagegen sprachen, mich bei Adrian zu melden. Natürlich stand als Erstes in der Pro-Spalte: *Muss ihm seine Jacke zurückgeben.* Auf der Kontra-Seite hingegen stand: *Muss ihm seine Jacke zurückgeben, obwohl ich sie am liebsten behalten würde.* Es war also nicht gerade leicht, sich zu entscheiden.

Die Nummer von meinem Unterarm zu waschen war ebenfalls eine Herausforderung gewesen. Der Edding hatte sich wie die kleine Raupe Nimmersatt durch sämtliche meiner Hautschichten gefressen. Auch heute, drei Tage später, konnte man die Schrift noch durch die gerötete Hautpartie durchschimmern sehen.

Ich schrieb weiter. *Er sieht unverschämt gut aus* versus *das Daten kotzt mich – im wahrsten Sinne des Wortes – an.* So würde ich niemals weiterkommen. Schnaubend warf ich den Stift auf den Tisch und vergrub mein Gesicht in den Händen.

Wieso konnte das Leben nicht sein wie im Film? Man begegnete sich auf der Straße, die Funken sprühten, man verliebte sich und war glücklich bis ans Ende aller Tage, ohne dass es unnötig kompliziert wurde. Warum funktionierte das nicht?

Seufzend stand ich vom Schreibtisch auf und warf mich aufs Bett. Das Gesicht vergrub ich im Kopfkissen und schrie all meinen Frust heraus.

Ding. Ding.

Das Piepen meines Handys ließ mich zusammenfahren.

Alice! Mein altes Handy hat den Geist aufgegeben. Kannst du mir kurz Amys Nummer schicken?

Wenn es um Handys ging, dann war Zara der größte Tollpatsch, deswegen konnte es eigentlich nur sie sein, die sich jetzt von einer unbekannten Nummer aus meldete. Das war mittlerweile das dritte in zwei Jahren, das ihr bestimmt auf mysteriöse Weise wie die anderen beiden kaputtgegangen war. Kopfschüttelnd ging ich meine Kontakte durch und scrollte mich durch das A. An einem Namen blieb ich hängen: *Adrian*. Ein zaghaftes Lächeln stahl sich auf meine Lippen und ich spürte ein Flattern in der Magengegend. Ich hatte diesen Jungen nur ein paar Minuten gesehen, zwei Sätze mit ihm gewechselt und trotzdem ging er mir nicht mehr aus dem Kopf. Scheinbar hatte ich in den letzten Wochen absolut nichts dazugelernt. Und ich hatte mich immer für klüger gehalten als all die anderen Mädchen, die sich andauernd das Herz brechen ließen, nur um sich einen Tag später in das nächste Liebesabenteuer zu stürzen. Ich war wohl doch genauso naiv wie diese Mädchen, über die ich mich immer lustig machte.

Ich sendete Zara Amys Nummer und ging dann zurück zu meiner Kontaktliste. Meine Finger glitten über Adrians Namen und öffneten das Chatfenster. Ich biss mir auf die Unterlippe und überlegte krampfhaft, ob und wenn ja, was ich schreiben sollte. Doch bevor ich eine Entscheidung getroffen hatte, rief Mary aus der Küche nach mir.

»Alice! Essen ist fertig!«

Stirnrunzelnd hob ich den Kopf. Ich hatte doch überhaupt nicht gekocht und Wendy sollte noch nicht alleine am Gasherd herumspielen. Er litt an Altersschwäche, weshalb gerne mal eine Stichflamme entstand, die das ganze Haus in die Luft jagen konnte, wenn man nicht richtig aufpasste.

Schnell sprang ich vom Bett und stürmte die Treppe hinunter. Schnüffelnd wie ein Jagdhund ging ich in die Küche, konnte allerdings keinen Gasgeruch wahrnehmen. Mein Blick glitt über die kleine Anrichte, die Barhocker, die am Tresen standen, hinüber zu meinen breit grinsenden Schwestern und schließlich zu unserem Vater am Herd, der gerade ein saftiges Steak in der Pfanne brutzelte.

Allein die Tatsache, dass Dad um diese Uhrzeit schon hier war *und* kochte, war schon surreal, aber es wurde noch skurriler, als ich feststellte, dass er *summte.*

Ich fing den Blick von Wendy und Mary auf, die beide ahnungslos ihre Schultern hoben.

Ich räusperte mich. »Dad, ist alles in Ordnung?«

Er drehte sich zu mir um und winkte mit dem Pfannenwender. »Alice, Liebling, deck doch schon mal den Tisch. Essen ist gleich fertig.« Anschließend wandte er sich an meine Schwestern. »Ihr könnt die Beilagen aus dem Kühlschrank holen.«

Im Hause Wright stimmte etwas ganz gewaltig nicht. Normalerweise hatte Dad nicht so gute Laune. Ich musste an mein Date mit Colin zurückdenken. Er war der Meinung gewesen, die Erde würde wegen einer Alieninvasion untergehen, wobei ich das bezweifelt hatte. Ob dies der Anfang vom Ende war?

Vermutlich hatten die Außerirdischen den Körper meines Vaters eingenommen. Das war die einzig logische Erklärung. Gab es eine Möglichkeit, zu testen, ob Dad noch Dad war? Knoblauch und Weihwasser halfen sicher nur bei Vampiren, oder? Colin wüsste bestimmt weiter.

»Alice, Tisch decken, los«, ermahnte Dad mich erneut. Auf seinem Gesicht zeichnete sich Belustigung ab.

Nachdem wir alles fürs Essen bereitgestellt hatten, setzten Wendy, Mary und ich uns und warteten auf Dad.

»Was ist hier los?«, fragte Mary leise.

Wendy zuckte mit den Schultern und lächelte. »Vielleicht hat Dad jemanden kennengelernt?«

»Oh, wie toll!« Marys Augen glitzerten vor Freude. Ich wusste, wie sehr sie sich immer eine Mutter gewünscht hatte. Auch wenn ich einen halbwegs guten Ersatz ablieferte, war es doch etwas anderes. Es würde mich für Dad und meine Schwestern freuen, vor allem weil ich vielleicht bald nicht mehr hier war. Trotzdem konnte ich mir nicht vorstellen, dass Wendy recht hatte.

In den vergangenen sieben Jahren hatte unser Vater nicht ein einziges Mal von einer anderen Frau gesprochen. Noch vor wenigen Wochen hatte ich ihn beobachtet, wie er in alten Fotoalben geblättert und sich mit Tränen in den Augen Bilder von Mom angeschaut hatte.

Mit den Steaks auf einem Teller angerichtet, kam Dad noch immer summend zu uns. Wie in Zeitlupe setzte er sich. Dabei schabte der Stuhl unangenehm laut über die Fliesen, während er ihn sich zurechtrückte und sich dann an den Beilagen bediente. Skeptisch zog ich eine Braue in die Höhe. Meine Schwestern schauten ebenso verwirrt.

»Hey!«

All unsere Köpfe schnellten zeitgleich in die Richtung, aus der die kratzige Stimme gekommen war. Ich hatte recht mit der Alieninvasion. Hätte ich mein Handy nicht auf dem Bett liegen gelassen, würde ich Colin eine Warnung schicken, dass das Ende nah war.

»Will?«, fragte ich zögernd.

Er lachte. »Wer sonst, Schwesterchen?« Mein Bruder schmiss seinen Rucksack in die nächste Ecke und schwang sich auf den freien Stuhl neben meinem. Er sah gut aus. Seine Haut leuchtete förmlich, die schwarzen Haare hatte er kurz geschoren und seine dunklen Augen glitzerten beim Anblick der Steaks auf dem Tisch.

»Esst, solange es warm ist«, sagte Dad und zwinkerte uns fröhlich zu.

Zuletzt war Dad so glücklich gewesen, als Mom und er ihren fünfzehnten Hochzeitstag gefeiert hatten. Sie hatten ausgelassen getanzt, hemmungslos gelacht und sich komplett fallen gelassen. Das war kurz nach Marys Geburt gewesen und nur wenige Wochen bevor Mom uns verlassen hatte.

»Ich dachte, du kommst erst in einer Woche wieder. Wie geht es dir, Will?« Ich konnte es noch immer nicht glauben, dass wir alle gemeinsam am Tisch saßen.

Er schob sich die Gabel in den Mund. »Super. Ich werde demnächst auf Wohnungssuche gehen«, verkündete er.

»Du gehst weg?«, fragte Mary mit einem Wimmern in der Stimme. Ich hatte Will in den vergangenen Monaten kaum zu Gesicht bekommen, von daher würde mir sein Auszug vermutlich nicht mal auffallen. Trotzdem war es schade, dass wir nun nach und nach unser Zuhause hinter uns lassen würden.

»Euer Bruder hat eine Zusage für die Riviera State University erhalten.«

Will lehnte sich lässig in seinem Stuhl zurück und streckte die Beine aus, sodass mein Blick auf seine auf Hochglanz polierten Jordans fiel. »Was Dad sagt.«

»Und was studierst du?«, fragte Wendy.

»Sportwissenschaften.« Das erklärte wohl die Schuhe. Wir beglückwünschten Will, dem so viel Aufmerksamkeit sichtlich unangenehm war. Darin waren wir uns ähnlich.

»Machen wir heute noch was?« Mary schaute Dad mit ihren großen dunklen Kulleraugen an. Den Dackelblick hatte sie über die Jahre perfektioniert. Während ich mittlerweile abgehärtet war, fiel es Dad deutlich schwerer, dagegen anzukämpfen.

Man konnte sehen, wie er mit sich rang, während Mary die Augen immer weiter aufriss. Die Niedlichkeitsoffensive wurde zusätzlich von den zwei geflochtenen Zöpfen untermauert, die rechts und links neben ihrem Gesicht baumelten.

Seufzend lehnte Dad sich nach vorne und strich ihr mit der Hand über den Schopf. »Na schön. Was möchtest du gerne machen?«

Sie quietschte laut los. In wenigen Sekunden würde Dad seine Zusage bereuen, denn ich wusste schon jetzt, was Mary unternehmen wollte. Sie grinste breit und entblößte dabei eine kleine Lücke an der Stelle, wo sie vor wenigen Tagen den rechten Schneidezahn verloren hatte.

»Ich will den neuen Feenprinzessinnenfilm im Kino gucken! Bitte, bitte, bitte!«

Dad blickte Hilfe suchend erst zu mir, doch ich schüttelte den Kopf. Dann fing er Wendys Blick auf, die schon ihre Hände in Abwehrhaltung hob: »Nur über meine Leiche.«

Ich grinste. Verübeln konnte ich es ihr nicht. In wenigen Wochen war ihr dreizehnter Geburtstag und nach dem Sommer kam sie auf die Highschool. Es schien erst gestern gewesen zu sein, als sie ihren ersten Tag an der Middle School gehabt und vor Nervosität beinahe geweint hätte. Für mich war es ein genauso nervenaufreibender Tag gewesen, denn ich war als Freshman an die Georgeville High gekommen. Ich hatte Wendy Mut gemacht und ihr gesagt, dass alles gut werden würde, obwohl mir selbst die Knie gezittert hatten. Einer von uns musste schließlich die Fassung bewahren – und das war ich.

»Alice?« Dads Stimme holte mich zurück ins Hier und Jetzt. Er lächelte sanft und räusperte sich. »Ich würde gerne noch über etwas anderes mit euch sprechen.«

Da hatten wir es also. Wills Collegezusage konnte nicht der einzige Grund sein, weshalb Dad so gute Laune und für uns gekocht hatte. Das Fleisch schmeckte zwar nach alter Schuhsohle und ließ sich kaum kauen, aber er hatte sich wirklich Mühe gegeben, um uns eine Freude zu bereiten.

Wie einstudiert ließen Wendy, Mary und ich unser Besteck auf die Teller fallen und stützten unsere Ellbogen erwartungsvoll auf die Tischplatte. Spätestens in diesem Augenblick hätte jeder gewusst, dass wir Geschwister waren. Dad und Will beobachteten uns amüsiert dabei.

Dann tupfte Dad sich die Soßenreste von den Lippen, faltete die Serviette und legte sie neben seinen Teller, als wollte er uns voller Absicht auf die Folter spannen.

»Es ist schon lange her, dass eure Mutter uns verlassen hat. Daher dachte ich, es wäre an der Zeit, endlich mal wieder auf die Piste zu gehen.«

Auf die Piste zu gehen? Ich schnitt eine Grimasse.

»Eine Dame kennenzulernen?«, versuchte Dad es erneut.

Ich schüttelte den Kopf.

Aber Will war sofort mit Hilfe zur Stelle: »Du willst also eine aufreißen gehen, ja?«

Es schmerzte, so sehr biss ich mir auf die Unterlippe, um nicht in lautes Lachen auszubrechen. Dad schaute meinen Bruder entsetzt an, meine Schwestern kicherten.

Tief durchatmend schüttelte Dad den Kopf. »Jedenfalls habe ich mir so eine App auf dem Handy installiert. Ein paar Kollegen haben davon erzählt und ich dachte mir, ausprobieren schadet nicht. Natürlich werde ich mich mit keiner Frau treffen, wenn ihr etwas dagegen habt. Und natürlich möchte ich auch nicht, dass jemand eure Mutter ersetzt, das wäre auch gar nicht möglich. Aber es gibt da eine sehr nette Frau, mit der ich schreibe. Ihr Name ist Claudia und sie lebt in Plain View. Und nun ja, ich dachte …« Er seufzte. »… dass ich sie vielleicht mal zum Essen einlade. Und wer weiß, vielleicht finde ich doch noch mal die Liebe. Ist das in Ordnung für euch?«

Mary und Wendy freuten sich und plapperten aufgeregt durcheinander. Und auch ich fand, dass es für Dad an der Zeit war, *wieder auf die Piste zu gehen*. Aber die Tatsache, dass er sich wie ein Teenager eine Dating-App installiert hatte, war irgendwie merkwürdig.

»Wie heißt diese App, Dad?«

»*Perfect Match*, wieso?« Dad zog fragend eine Braue in die Höhe.

Ich versuchte, mir nichts anmerken zu lassen, und zuckte mit den Schultern. »Ach, nur so.«

Dad schien nicht überzeugt. »Du bist eine wunderschöne junge Frau, Alice. Es gibt viele Möglichkeiten, einen netten jungen Mann zu finden. Das Internet brauchst du dafür nicht.« Ein stolzes Lächeln breitete sich auf seinem Gesicht aus.

Will legte sich die Hand auf den Mund, um nicht loszuprusten, woraufhin er von mir einen Tritt unterm Tisch kassierte. Er stöhnte auf, rieb sich das schmerzende Schienbein und trat zurück. Wir waren wohl wieder im Kindergarten angekommen. Jetzt fehlte es nur noch, dass wir einander mit Essen bewarfen.

»Und außerdem heiratet Alice doch eh irgendwann Tyler«, warf Mary kichernd in den Raum. Ich erstarrte, Wendy lachte, Dad verschluckte sich an seinem Wasser und Will kriegte sich überhaupt nicht mehr ein.

»So ein Blödsinn, wie kommst du denn darauf?«, fragte ich entsetzt. Doch ein anderes Gefühl, das ich nicht zuordnen konnte, machte sich in mir breit.

Wendy grinste. »So schmachtend, wie er dich immer anglotzt, würde mich das auch nicht wundern!«

Ich verschränkte die Arme vor der Brust, spürte aber, wie ich rot wurde. Tyler schaute mich doch nicht schmachtend an, oder? Nein, das war verrückt. Wendy musste sich das in ihrem verwirrten präpubertären Hirn einbilden. Sie wusste sicher nicht mal, wie ein schmachtender Blick aussah.

Schnell schüttelte ich den Kopf. »Ihr spinnt alle total!«

Auch Dad konnte sich das Grinsen mittlerweile nicht mehr verkneifen. »Habe ich euch schon mal die Geschichte von Alices und Tylers Verlobung erzählt?«

»Nein!«, riefen Wendy und Mary gleichzeitig. Wie gerne hätte ich mich in diesem Augenblick in Luft aufgelöst.

»Das muss dir nicht peinlich sein, Schwesti. Wir alle lieben Tyler.« Seinen Sarkasmus konnte Will sich sparen. Ich vergrub das Gesicht in meinen Händen, als das erlösende Läuten der Türklingel ertönte.

»Ich gehe schon. Du kannst die Geschichte in meiner Abwesenheit erzählen, das macht mir nichts aus!«

»Das hättest du wohl gerne!«, konterte Dad.

Wenn man vom Teufel sprach. Als ich die Tür öffnete, stand Tyler davor, wartete aber nicht, dass ich ihn hineinbat, sondern stürmte einfach an mir vorbei.

»Ähm, ja?«

Anstatt zu antworten, hob Tyler den Kopf und schnüffelte. »Du hast Steaks gemacht und mich nicht eingeladen?«

Ich wollte etwas erwidern, doch da war er schon aus meinem Blickfeld verschwunden und in die Küche gehechtet. Schnell lief ich ihm nach, um ihn davon abzuhalten über die Schwelle durch das Tor der Hölle zu marschieren, aber ich kam zu spät.

»Ty!«, quietschte Mary und sprang ihm in die Arme. Von ihrem Gewicht leicht strauchelnd, fing Tyler meine kleine Schwester auf und wirbelte sie herum. »Wir haben gerade von dir gesprochen.«

Er warf mir einen Blick über die Schulter zu. »Hoffentlich nur Gutes?« Dann setzte er Mary ab und wandte sich Dad zu. »Hi, Elliot.«

Dad stand auf und umarmte Tyler. »Komm, setz dich, es ist noch genug da.«

Bevor Tyler dieser Bitte nachkommen konnte, fiel sein Blick auf den seltenen Gast an unserem Tisch. Er riss die Augen auf. »Will?«

»Was seid ihr alle so erstaunt, mich zu sehen? Ich wohne hier!« Mein Bruder lachte, stand auf und umarmte Ty ebenfalls.

Der nahm sich einen Teller und lehnte sich gegen die Anrichte. »Und, worüber habt ihr gesprochen?«, fragte er mit vollem Mund.

Wendy grinste schief. »Dad wollte uns eben die Geschichte erzählen, wie Alice und du euch verlobt habt.«

Tyler brach in Gelächter aus, wobei er sein halbes Steak wieder ausspuckte. Ekelhaft! Dabei war die Geschichte alles andere als witzig, sie war eher traurig und erbärmlich und nichts, worüber man jemals reden sollte. Ich hatte immer versucht, diesen peinlichen Tag zu vergessen, auch wenn ich mir eingestehen musste, dass Tyler bereits im zarten Alter von sechs Jahren ein kleiner Charmeur gewesen war.

»Los, erzählt es uns!«, flehte Mary.

»Tyler, möchtest du nicht die Geschichte erzählen? Du kannst das sicher viel besser«, fragte Dad und warf mir kurz darauf einen wissenden Blick zu, für den ich ihm am liebsten den Hals umgedreht hätte.

Tyler schluckte das letzte Stück Fleisch herunter und wischte sich über den Mund. »Na gut«, begann er. »Es war der Sommer vor zehn Jahren, in dem wir gelernt hatten, ohne Stützräder Fahrrad zu fahren. Wir hatten so viel Spaß und sind die Straße hoch- und runtergefahren.« Er machte eine kurze Kunstpause, nahm sich ein Glas Saft und trank einen Schluck. »Alice war aber viel zu schnell. Ich habe ihr zugerufen, dass sie langsamer fahren soll, aber es war ihr egal. Immer wieder hat sie gerufen, dass sie sich frei wie ein Vogel fühlt.« Tyler schaute mich an, hielt meinem gequälten Blick stand und lächelte. Dann setzte er seine Erzählung fort. »Ich weiß noch, dass ich es toll fand, wie enthusiastisch und sorglos Alice damals war. Und als sie ihren Lenker losgelassen, die Arme ausgestreckt und den Kopf in den Nacken gelegt hatte, war ich sicher, dass sie gleich wirklich davonfliegen würde.«

»Aber?«, wollte Mary wissen, die aufgeregt auf ihrem Stuhl hin und her rutschte.

Tyler verzog den Mund und seufzte melodramatisch. »Stattdessen ist ihr Vorderreifen weggerutscht und sie ist mit dem Gesicht voran vom Rad geflogen.«

Als wären sie ein und dieselbe Person atmeten meine Schwestern erschrocken auf, was Dad, Will und mir ein Kichern entlockte. Tyler nickte gespielt betroffen. »Ich bin von meinem Rad abgesprungen und zu ihr gerannt. Sie hat geweint und geschrien wie am Spieß. Ich hatte nie in meinem Leben so viel Angst wie in diesem Moment.« Tyler stand vom Barhocker auf und kam auf mich zu, während er weitersprach. »Ich packte die kleine Alice.« Mit einem Satz griff er nach mir und beförderte mich auf seine Arme. Halb schreiend, halb lachend befahl ich Tyler, mich runterzulassen. Stattdessen ging er aber mit mir im Arm durch den offenen Essbereich. »Und trug sie so schnell ich konnte nach Hause. Ich habe sie auf der Veranda abgesetzt«, er setzte mich auf den freien Barhocker, »und wie verrückt an die Tür geklopft, aber niemand hat aufgemacht. Und Alice hat immer noch geschrien und geweint. Ich wusste nicht, was ich tun sollte.« Tyler stand direkt vor mir und schaute mich übertrieben verzweifelt an. So ein Schauspieler! Aber meine Schwestern lauschten seinen Worten ganz gebannt. »Ich wollte nichts mehr, als dass ihr Schmerz aufhört.« Tyler griff nach meiner Hand. »Ich habe mich zu ihr auf die Veranda gesetzt und ihren Kopf in meinen Schoß gebettet.« Er strich mir eine Strähne hinters Ohr. »*Weine nicht, Alice, alles wird gut. Der Schmerz geht vorüber, auch wenn die Narben bleiben. Ich bin hier und werde nie von deiner Seite weichen.* Alice hat sich ein wenig beruhigt, aber ihr kleiner Körper hat immer noch in meinen Armen gezittert. Also habe ich einen Grashalm aus dem Rasen gerissen, ihre Hand genommen und den Grashalm um ihren Ringfinger gewickelt. Der Knoten saß so locker, dass er immer wieder abgerutscht ist.«

Tyler lachte dumpf und ich schüttelte grinsend den Kopf. Ganz so war es natürlich nicht abgelaufen. Schließlich waren wir gerade einmal sechs Jahre alt gewesen. Wendy und Mary schauten Tyler allerdings so verträumt an und hingen quasi an seinen Lippen, dass ein bisschen kitschige Dramatik der Geschichte nicht schaden konnte.

»*In fünfzehn Jahren, wenn wir groß sind, dann werde ich dich heiraten. Und dann wird dein Schmerz auch meiner sein, sodass du nie wieder damit allein sein wirst. Ich werde keinen Tag von deiner Seite weichen, bis wir alt und schrumpelig sind.*« Tyler lachte und ich stimmte mit ein. Auch wenn seine Darstellung der Ereignisse sehr übertrieben war, war es doch bemerkenswert, wie gut er sich noch an diesen Tag erinnerte.

Mary und Wendy machten gleichzeitig ein lang gezogenes »Awwwwwwwwwww!«, das mich die Augen verdrehen ließ. Dad schwieg und was Will von der ganzen Geschichte hielt, wusste ich, auch ohne dass er etwas sagen musste. Er hatte mich schon vor Jahren dazu überreden wollen, mit Tyler auszugehen, was ich allerdings immer kopfschüttelnd abgewunken hatte.

Ty und ich hatten uns nicht von der Stelle bewegt. Ich saß auf dem Stuhl, er stand vor mir und schaute mit einem breiten Grinsen zu mir herunter. In seinen Augen war ein Funkeln zu sehen, das mich an Wendys Worte von vorhin denken ließ.

Aber der Ausdruck war nicht schmachtend, nur glücklich. Er schaute mich so an, wie auf den Bildern, die Zara heimlich von uns geknipst hatte.

»Also habe ich recht. Du wirst Tyler irgendwann heiraten!«, sagte Mary aufgeregt.

Ich schnaubte lachend. »Nie im Leben! Ihr spinnt doch alle!« Es ging hier nur um eine Kinderfantasie, mehr nicht!

Ruckartig zog Tyler seine Hand weg und trat einen Schritt zurück. Das Funkeln in seinen Augen verblasste und seine Mundwinkel senkten sich.

»Ach, Mary«, sagte Dad, »du weißt doch, dass Amelia Tylers Freundin ist.«

Tyler nickte. »Genau.« Er zuckte mit den Schultern. »Vielleicht werde ich ja Amy eines Tages heiraten, wer weiß?« Ein spöttischer Tonfall lag in seiner Stimme. Wieso benahm er sich denn jetzt so seltsam? »Ich muss dann mal wieder gehen. Es hat mich gefreut. Und danke fürs Essen.«

Ich sprang auf und lief hinter Tyler her. Mit gesenkten Schultern öffnete er die Haustür, hielt aber einen Augenblick inne, als ich fragte: »Wolltest du nicht über irgendetwas sprechen?«

Er nickte, dann schüttelte er den Kopf und drehte sich langsam zu mir um. »Nein, ich wollte nur meine beste Freundin besuchen«, sagte er leise, bevor er das Haus verließ.

Mit offenem Mund blieb ich zurück und wusste nicht, was eben geschehen war. Das Herz polterte in meiner Brust, in der sich ein stechender Schmerz festgesetzt hatte. Hinter meinen Lidern brannte es und ich spürte, wie sich Tränen in meinen Augen sammelten, ohne dass ich genau wusste, warum.

Ich ging in mein Zimmer und öffnete das Fenster, um Tyler

auf mich aufmerksam zu machen, aber er hatte den Vorhang zugezogen. Das tat er normalerweise nicht mal nachts.

Ich konnte mir auf die ganze Situation keinen Reim machen. Eben waren wir noch ausgelassen gewesen und dann hatte sich seine Laune schlagartig verändert. Ich rief mir die Ereignisse noch einmal in Erinnerung. Hatte ich ihn etwa verletzt, als ich gesagt hatte, ich würde ihn nie im Leben heiraten? Er musste doch wissen, wie das gemeint gewesen war, schließlich hatten wir die ganze Zeit nur rumgealbert.

Seufzend warf ich mich aufs Bett, griff nach meinem Handy und wählte Tylers Nummer. Ich wurde sofort an die Mailbox weitergeleitet. Na gut, dann wollte er eben nicht reden. Vielleicht hatte er einfach einen schlechten Tag? Ja, so musste es sein. Morgen sah die Welt sicher wieder ganz anders aus.

Weiter darüber nachzudenken, brachte mich jetzt auch nicht weiter. Also scrollte ich durch meine Kontaktliste, öffnete den Chat und schrieb Adrian eine Nachricht.

Name: Alice Wright
Versuchsperson: Tyler Bennett

Macke/Eigenart: Manchmal leidet Mr Bennett unter Gefühlsschwankungen, bei denen keiner mehr mitkommt.

Ausgelöste Gefühle:
Wut. Trauer. Verwirrung. Angst.

Ich weiß es nicht. Es ist eine Mischung aus sämtlichen Gefühlen, die in meinem Körper herumschwirren und mich durcheinanderbringen. Ich verstehe es nicht. Haben manche Menschen einen Schalter in ihrem Kopf, den sie nach Belieben einfach umlegen und ihre Gefühle ändern können?

In einem Moment ist Mr Bennett noch fröhlich, erzählt Kindheitsgeschichten und teilt Erinnerungen mit mir. Er lacht und ist liebenswert, sodass man ihn in den Arm nehmen möchte, um gemeinsam mit ihm in der Vergangenheit zu schwelgen.

Doch im nächsten Augenblick schlägt seine Laune um – macht eine 180-Grad-Kehrtwende – und er geht. Lässt mich einfach stehen mit all meinen Empfindungen.

Wütend. Traurig. Verwirrt. Ängstlich.

KAPITEL 12

»Und ihr habt euch schon getroffen?« Zaras Augen wurden immer größer, während ich ihr von Adrian erzählte. Um das Glück nicht herauszufordern, hatte ich es ein paar Tage für mich behalten, doch ich war mittlerweile kurz vorm Platzen, weshalb Zara Verdacht geschöpft hatte. Und genau deshalb saßen wir nun hier und die Worte sprudelten aus mir heraus.

Bei unserer ersten Verabredung hatten Adrian und ich uns im Café unten am Pier getroffen, wo er mich zu einem Eiskaffee eingeladen hatte. Und zwar nicht zu irgendeinem. Es war genau die Sorte, der ich nach unserem Zusammenstoß hinterhergetrauert hatte. Dass er unser Date gerade an diesem Ort haben wollte, fand ich ziemlich romantisch.

Es war auch nicht bei dem einen Treffen geblieben, denn wir waren gestern nach der Schule kurz spazieren gewesen. Leider hatte ich nicht so viel Zeit gehabt, weshalb wir uns früh voneinander verabschiedet hatten. Trotzdem war unser zweites Date deswegen nicht weniger schön gewesen. Dabei war Adrian ein vollkommener Gentleman gewesen und ich hoffte, dass mich meine Gefühle nicht wieder täuschen würden.

Heute Abend stand bereits das dritte Date an. Das Date, vor dem ich besonders aufgeregt war.

»Und heute sehen wir uns wieder«, beendete ich meine Zusammenfassung.

Zara lehnte sich verschwörerisch zu mir herüber. »Habt ihr euch schon geküsst?«, fragte sie mit gesenkter Stimme.

»Noch nicht«, gestand ich. »Aber ich denke, dass es heute so weit sein wird.« Ich biss mir auf die Unterlippe, um nicht vor Nervosität laut zu schreien. Ich konnte immer noch nicht glauben, dass ich mich wie ein verliebter Teenager in einem Film aufführte. Nach den Katastrophen der letzten Wochen hatte ich nicht damit gerechnet, mich so schnell wieder bereitwillig mit jemandem zu treffen, nachdem jetzt auch die Wette abgeblasen war.

Und dann war Adrian in mein Leben gestolpert. Nun gut, er war in mein Leben gefahren und hätte mich theoretisch umbringen können, aber das war nebensächlich.

Als ich hochsah und meinen Blick über die Menge schweifen ließ, blieb mein Blick an Tyler hängen. Als hätte er das gespürt, hob er den Kopf. Seine Mundwinkel zuckten zwar, aber er konnte sich kein ehrliches Lächeln abringen. Seit er mich besucht und die Geschichte unserer vermeintlichen Verlobung erzählt hatte, verhielt er sich merkwürdig. Ich hatte mich sogar bei ihm entschuldigt und er hatte mir versichert, dass alles in Ordnung sei. Den Anschein machte er aber nicht.

»Ist alles okay zwischen euch beiden?«, wollte Zara wissen. »Ihr benehmt euch seltsam.«

Ich seufzte. »Keine Ahnung, was mit ihm los ist.« Schulterzuckend schaute ich sie an und versuchte mich an einem Lächeln. »Vielleicht hat er Stress mit Amy oder so, wer weiß?«

Zara nickte. »Das ist gut möglich. Sie ist auch schon seit einer Weile etwas komisch drauf.«

»Inwiefern?« Überrascht hob ich die Augenbrauen.

»Irgendwie sehr ruhig und nachdenklich.«

Noch einmal schaute ich zu Tyler, doch dieses Mal hob er den Kopf nicht. Bei genauerer Betrachtung fielen mir die dunklen Schatten unter seinen Augen auf. Wieso hatte ich das vorhin im Auto nicht bemerkt?

Ein Anflug von schlechtem Gewissen durchzuckte mich. Mir wurde klar, dass ich im Moment mit den Gedanken nur bei meinen eigenen Angelegenheiten war. Letzte Woche wollte Tyler über irgendetwas mit mir sprechen, aber anstatt weiter nachzuhaken, hatte ich es auf sich beruhen lassen. Es war offensichtlich, dass ihm etwas zu schaffen machte.

»Hörst du mir überhaupt zu?«

»Hey!« Ich rieb mir die Stirn, an die Zara eben eine Traube geworfen hatte. Warum mussten meine Freunde nur immer Essen verschwenden, um auf sich aufmerksam zu machen? »Was ist?«

»Was du nachher anziehst, habe ich dich gefragt.«

Ich stöhnte auf. »Weiß ich nicht. Darüber habe ich noch nicht nachgedacht.« Das war gelogen, aber so eine Zara-Aktion wie vor dem Date mit Colin konnte ich heute nicht gebrauchen.

»Ladys!« Jackson warf sich neben mich auf den freien Stuhl und ich war ihm dankbar, dass er genau im richtigen Moment in unsere Frauenunterhaltung hineingeplatzt war. Auch wenn ich ihn seit dem Gespräch mit Zara in der Mall mit ganz anderen Augen sah. Ich versuchte noch immer zu verstehen, was damals in seinem Kopf vorgegangen war, dass er so etwas Schlimmes über Zara hatte sagen können. Jedenfalls wunderte es mich nicht mehr im Geringsten, weshalb sie sich andauernd mit ihm stritt. Vermutlich würde ich ihm in ihrer Lage auch einen dummen Spruch nach dem anderen an den Kopf knallen. Da fiel mir auf …

Ich schaute hoch und auch Jackson schaute Zara verwirrt an. Normalerweise hätte sie schon irgendwas Pampiges erwidert, noch bevor sein Hinterteil den Stuhl berührt hätte. Doch stattdessen starrte sie ihn bloß an und ich fragte mich, ob ihre Wangen wirklich etwas rot wurden oder ich mir das nur einbildete, weil ich jetzt ihr Geheimnis kannte.

»Zara?« Jackson musterte sie besorgt.

»Hat dir jemand erlaubt, uns hier die Luft wegzuatmen?«, fuhr sie ihn an und kniff die Augen zusammen. Gott sei Dank, meine beste Freundin hatte keinen plötzlichen Herzstillstand erlitten.

Jackson lachte, griff über den Tisch und nahm sich einen Stängel Weintrauben von Zaras Teller. Sie protestierte zwar wortreich, aber das interessierte ihn herzlich wenig.

»Weißt du, was mit Tyler los ist?« Es wunderte mich gar nicht, dass Zara gleich mit der Tür ins Haus fiel, anstatt sich langsam an das sensible Thema heranzutasten, wie jeder andere Mensch es tun würde.

Jackson schüttelte den Kopf und wandte sich an mich. »Ich dachte eigentlich, dass du vielleicht mehr weißt, immerhin hängt ihr doch aneinander wie siamesische Zwillinge.«

»Leider weiß ich genauso wenig«, sagte ich leise. Immer wieder erwischte ich mich dabei, wie ich versuchte, Tylers Blick aufzufangen. Doch sein ganzer Körper war angespannt und er starrte verkrampft auf sein Tablett. Als könnte es ihm körperliche Schmerzen zufügen hochzuschauen.

Nur mit halbem Ohr hörte ich Jackson zu, der irgendetwas von den anstehenden Prüfungen erzählte. Die hatte ich bisher gekonnt verdrängt, auch wenn ich mich demnächst hinsetzen und wirklich lernen musste. Ich ging zwar zwischendurch meine Notizen durch, aber das würde für die Abschlussprüfungen nicht ausreichen. Eigentlich wollten Tyler und ich eine Lerngruppe bilden, aber jetzt war wohl nicht der beste Zeitpunkt, das Thema anzusprechen.

»Alice hat heute Abend ein Date«, verkündete Zara gerade lautstark, womit sie nicht nur mich aus meiner Starre riss, sondern auch Tyler, dessen Kopf ruckartig in die Höhe schnellte. Mit einem ohrenbetäubenden Laut ließ er seinen Stuhl nach hinten gleiten, nahm sein Tablett und kam zu unserem Tisch gesprintet. Ohne ein Wort zu sagen, ließ er sich auf den freien Stuhl neben Jackson fallen und ignorierte dessen »Hey, Mann, was ist los?«.

»Ich dachte, du hättest das Daten aufgegeben?« Tyler verschränkte die Finger ineinander und stützte die Ellbogen auf den dreckigen Tisch. Ich sagte ihm nicht, dass er sich gerade in Bolognesesoße gestützt hatte. Er fokussierte mich. In seinen sonst so hellen Augen tobte ein düsterer Sturm, der sowohl ein wenig angsteinflößend als auch einnehmend war.

»Habe ich auch.« Ich hielt seinem Blick stand. »Eigentlich.«

Tyler schnaubte. »Du lernst es wohl nicht.«

»Wie bitte?« Diese Aussage entsetzte sogar Zara, was nicht leicht war.

»Egal«, sagte Tyler, stand auf und verließ den Tisch wieder. Wir anderen starrten ihm fassungslos hinterher.

Jackson war der Erste, der seine Sprache wiederfand. »Keine Ahnung, was bei ihm falsch läuft. Nimm es nicht persönlich, Alice.«

Das war einfacher gesagt als getan. Tylers Worte hatten mich mehr getroffen, als ich es mir eingestehen wollte. Ich war nicht gewohnt, dass er so mit mir sprach, und es gefiel mir auch ganz und gar nicht. Es war eine Sache, schlechte Laune zu haben, aber eine andere, sie an mir auszulassen, obwohl ich der letzte Mensch war, der etwas für seine Stimmungsschwankungen konnte. Oder? War ich vielleicht doch schuld daran und Tyler nahm mir übel, was ich letzte Woche gesagt hatte?

Ich vertrieb den Gedanken schleunigst wieder. Das war doch lächerlich, so nachtragend konnte er nicht sein. Und wenn, war das noch lange kein Grund, sich mir gegenüber zu verhalten wie der letzte Arsch. Sollte er ein Problem haben, dann konnte er genauso gut mit mir darüber reden.

»Also, dann lass mal hören. Wer ist denn der Glückliche, der heute Abend dein Date sein darf?« Jack lächelte mich so ehrlich an, dass ich gar nicht anders konnte, als ebenfalls zu schmunzeln und ihm alles zu erzählen. Ich verschwendete dabei keinen weiteren Gedanken an Tyler. Zumindest versuchte ich mir das einzureden …

Es war angenehm warm, obwohl der Abend bereits angebrochen war. Die Sonne war am Horizont nur noch als kleiner flimmernder Feuerball zu erkennen, der in den nächsten Minuten von der Dunkelheit verschluckt werden würde.

Als Adrian sah, dass ich eine Gänsehaut bekam, legte er seine Lederjacke um meine Schultern. Es war die Jacke, die er mir auch am Tag unseres Zusammenstoßes gegeben hatte. »Hier.«

Ich schmiegte mich an das weiche Leder, sodass Adrians Duft mir wie eine Sommerbrise in der Nase kitzelte. Anstatt seinen Arm wieder zurückzuziehen, ließ Adrian ihn auf meiner Schulter liegen und zog mich näher an sich heran.

Seufzend vergrub ich meinen Kopf in seiner Armbeuge und

lauschte dem rhythmischen Klang seines Herzens. Adrian war wirklich ein Gentleman, ich hatte es mir nicht nur eingebildet. Er hielt mir bei jeder Gelegenheit die Tür auf, schob meinen Stuhl zurecht und jetzt reichte er mir seine Jacke, weil er dachte, dass mir kalt geworden war. Doch es war kein Kälteschauer, der sich über meine Haut gelegt hatte, sondern seine Nähe, die mich nervös machte. Auf eine angenehme Art und Weise.

»Ich habe noch eine Überraschung für dich.« Adrian nahm seinen Arm von meiner Schulter und wandte sich mir zu. Seine tiefen Grübchen ließen ihn jugendlich aussehen, obwohl seine restliche Statur sehr männlich wirkte. Ein Kontrast, der mir gefiel.

»Was für eine?«, fragte ich neugierig. Ich konnte mir wirklich nicht vorstellen, was er noch vorhatte. Wir waren schon seit mehreren Stunden unterwegs. Erst hatten wir in einem schicken Hafenlokal gegessen. Adrian hatte uns dort verschiedenste Leckereien bestellt und mir nicht erlaubt, auch nur einen Blick in die Karte zu werfen. Vermutlich, weil ich sonst darauf bestanden hätte, meinen Anteil selbst zu zahlen. Doch Adrian hatte ohne Diskussion die Rechnung übernommen, obwohl das Essen sicher nicht billig gewesen war.

Anschließend waren wir am Meer gewesen und hatten den Wellen gelauscht, uns unterhalten und die Zweisamkeit genossen. Nun schlenderten wir die Promenade entlang. Das Eis, das wir uns für unterwegs geholt hatten, war mittlerweile auch aufgegessen.

Der Tag war so perfekt gewesen, dass ich nicht wusste, wie Adrian noch eine Schippe drauflegen wollte. Und ehrlich gesagt wusste ich auch nicht, weshalb er das alles für mich tat.

Schon seit Stunden spürte ich die vor Neid erblassenden Blicke von fremden Mädchen hinter meinem Rücken. Adrian schien das entweder nicht zu bemerken oder einfach zu ignorieren. Vermutlich war er es gewohnt, von allen Seiten angestarrt zu werden. Kein Wunder, wenn man aussah wie ein Unterwäschemodel.

»Komm.« Er streckte mir die Hand entgegen und als unsere Finger sich ineinander verschränkten, machte mein Herz einen Satz. Lachend ließ ich mich mitziehen, ohne zu wissen, wohin er mich führen würde.

Die Promenade war trotz der Uhrzeit noch gut besucht. Besonders Gruppen und Pärchen waren unterwegs, schlenderten den breiten Weg entlang, unterhielten sich und lachten miteinander. Ich liebte die Atmosphäre. Jeder hier schien glücklich zu sein.

Als Adrian rechts abbog und einen steilen Hügel hinaufrannte, hatte ich eine Ahnung, wohin er mich bringen wollte.

»Oh nein, das meinst du nicht ernst!« Er ließ mich keine Sekunde lang los und schleifte mich mit nach oben. Nun lachten wir beide, während wir den Hügel stürmten. Er warf mir über die Schulter ein verschmitztes Grinsen zu. Verflucht – wie konnte man nur so gut aussehen? Das war unfair! Aus welchem Grund auch immer sprangen meine Gedanken schlagartig zu Tyler, über den ich noch vor wenigen Tagen das Gleiche gedacht hatte. Ich hätte mir selbst eine verpassen können, weil ich an meinen besten Freund denken musste, der sich momentan aufführte wie ein totaler Kotzbrocken, anstatt mich auf Adrian zu konzentrieren.

Tyler hatte sich im Laufe des Tages mit einer Nachricht für sein unmögliches Verhalten entschuldigt und mir versichert, dass es nicht meine Schuld gewesen sei und er seine Laune nicht bei mir hatte abladen wollen. Das hatte allerdings nichts daran geändert, dass ich wütend war und Abstand brauchte. Deswegen war ich ausnahmsweise auch mit dem Bus nach Hause gefahren, anstatt mich von Tyler kutschieren zu lassen. Sein trauriger Blick, als ich ihm auf dem Parkplatz den Rücken gekehrt hatte, hatte sich in mein Gehirn eingebrannt. Auch auf die Nachrichten, die er mir noch geschickt hatte, und die Steinchen, die er an meine Fensterscheibe geworfen hatte, hatte ich nicht reagiert. Es würde sowieso nicht lange anhalten, dass ich wütend auf ihn war – da konnte er ruhig noch ein bisschen schmoren. Normalerweise versöhnten wir uns am selben oder spätestens am nächsten Tag. Wobei ich mir dieses Mal nicht sicher war …

»Alice?« Verdammt, ich war so in Gedanken gewesen, dass ich nicht mitbekommen hatte, wie Adrian angehalten hatte. Bevor ich ihn umrennen konnte, griff er mir um die Hüfte, damit ich nicht ins Straucheln geriet. Unsere Körper waren so eng aneinandergepresst, dass mir heiß und kalt zugleich wurde und die Schmetterlinge in meinem Bauch Purzelbäume schlugen.

»Hoppla«, flüsterte Adrian. Er war meinem Gesicht so nah, dass ich seinen warmen Atem auf der Haut spüren und den Duft des Minzbonbons in seinem Mund riechen konnte.

»Hoppla«, sagte auch ich. Mir entging nicht, wie zittrig meine Stimme war. Ich fühlte, wie mein Mund plötzlich austrocknete, weshalb ich meine Zunge über die Lippen gleiten ließ, um sie zu befeuchten. Adrian senkte den Blick, sein Atem beschleunigte sich und sein Adamsapfel trat hervor. Dann legte er seine freie Hand an mein Kinn und hob es an. Ich wusste, was als Nächstes passieren würde und doch war es, als würde ich träumen. Ohne mein Zutun presste sich mein Körper näher an seinen, sodass nicht mal mehr ein Blatt zwischen uns gepasst hätte. Ein leises Seufzen entfuhr ihm, als er sich hinunterbeugte und seine Lippen auf meine presste. Mir wurde heiß. Wie einstudiert gingen unsere Hände auf Wanderschaft und ich hielt erst inne, als ich meine Finger um seinen Hals und in seinem dichten Haar vergrub. Ich krallte mich regelrecht an ihm fest. Hätte ich das nicht getan, wären meine Knie vermutlich einfach weggeknickt. Ein tiefer Laut kam aus seiner Kehle. Als wir Minuten später voneinander abließen, atmeten wir beide stoßweise ein und aus, während wir lächelten.

»Wow«, keuchte Adrian.

»Wow.« Ich musste ihm zustimmen, das war der Wahnsinn gewesen. Besser, als ich mir meinen ersten *richtigen* Kuss jemals hätte erträumen können.

Ich wusste nicht, wie lange wir noch auf dem Hügel standen, uns anschauten und dabei ein so breites Grinsen auf den Lippen hatten, dass es der Katze aus *Alice im Wunderland* Konkurrenz machte.

»Komm, lass uns reingehen.« Erneut griff Adrian nach meiner Hand und wieder überzog mich eine Gänsehaut, als unsere Haut sich berührte. Ob ich mich jemals an dieses Gefühl gewöhnen würde? Ich bezweifelte es.

»Muss das wirklich sein?«, fragte ich und betrachtete naserümpfend das Schild über dem Eingang der großen Minigolfanlage.

Adrian wandte sich mir zu und sah mich mit einem traurigen Welpenblick an. Am liebsten hätte ich ihn sofort in den Arm genommen. »Es gefällt dir nicht«, stellte er fest und zog die Mundwinkel schmollend hinunter.

»Nein, doch, so ist das nicht«, versuchte ich mich herauszureden. »Ich bin einfach nur eine absolute Niete in Minigolf!«

Er lächelte frech. »Dann machen wir ein Spiel daraus«, schlug Adrian vor. »Inzwischen weiß ich ja, dass du keine Herausforderung ausschlagen kannst. Also würde ich sagen, jedes Mal, wenn der Ball nicht ins Loch geht, darf der Gegner eine Frage stellen, die ehrlich beantwortet werden muss.«

Ich ließ mir seine Worte durch den Kopf gehen. Das war eine Herausforderung, der ich gewachsen war, denn ich hatte nichts zu verbergen. Und es war eine einmalige Gelegenheit, mehr über Adrian zu erfahren. Ich streckte ihm die Hand entgegen. »Deal.« Anstatt sie allerdings zu ergreifen, legte Adrian einen Arm um meine Taille, zog mich an sich und streifte meine Lippen in einem sanften Kuss. »Deal.«

Adrian trieb mich durch den Eingang auf den Freiluftplatz. Hier hatten sich zahlreiche Paare wie an einem geheimen Treffpunkt versammelt, die eng umschlungen die Schläger hielten, die Körper aneinandergepresst. Hm, vielleicht war Minigolf doch nicht so verkehrt, denn ich musste mir eingestehen, dass ich es kaum erwarten konnte, Adrian erneut so nah zu sein.

Er meldete uns an und holte unsere Ausrüstung, während ich mich umsah. Es gab fünfzehn Bahnen mit unterschiedlichen Schwierigkeitsgraden. Vor jedem Loch stand mindestens ein wartendes Paar oder eine Gruppe, die als Nächstes den Ball schlagen wollte. An der sechsten Bahn versuchte ein Mädchen in meinem Alter, den Ball zwischen den Flügeln einer Windmühle zu versenken, doch sie scheiterte kläglich. Ich schluckte. Vermutlich würde ich mich genauso blöd anstellen. Ich war in meinem ganzen Leben erst einmal Minigolf spielen gewesen und hatte komplett versagt. Das war der Tag gewesen, an dem ich mir geschworen hatte, es nie wieder zu versuchen. Aber nun hatte Adrian mich hierher verschleppt und mir blieb nichts anderes übrig, als mich meinem Schicksal zu beugen. Mit unserer spielerischen Herausforderung hatte ich nun allerdings genügend Motivation, um mein Bestes zu geben. Und vielleicht würde ich diesen Abend sogar als Sieger beenden.

Gerade als ich die ganze Anlage unter die Lupe genommen hatte, kam Adrian wieder auf mich zu. Sein Haar war zerzaust und sein lockeres T-Shirt saß schief. Ich freute mich innerlich darüber, dass das mein Verdienst war.

»Hier.« Er reichte mir Schläger und Ball und führte mich zur ersten Bahn, die frei wurde – eine gerade Strecke mit einem kleinen Hügel in der Mitte, über den der Ball geführt werden musste. Das sollte selbst ich schaffen. »Ladys first.«

Ich atmete einmal tief durch, legte meine Hände um den Griff und visierte den kleinen Ball an, den Adrian in der dafür vorgesehenen Kuhle platzierte. Dann trat er zurück und heraus aus meinem Sichtfeld. Ich musste mich wirklich stark konzentrieren, um meinen Puls zu verlangsamen und mich zu fokussieren. Ich spürte Adrians warmen Atem an meinem Hals gerade, als ich viel zu weit ausholte. Aus einem Reflex heraus zuckte ich so ungünstig, dass ich mit dem Schläger ein Hindernis traf.

»Oh, verdammt«, stöhnte Adrian. Ich drehte mich zu ihm um und schaute in sein schmerzverzerrtes Gesicht, während er sich krümmend die Weichteile hielt.

Ich schlug mir die Hände vor den Mund und sprang auf ihn zu. »Oh, mein Gott! Das tut mir so unendlich leid!« Scheiße, ich hatte meinem Date gerade allen Ernstes einen Golfschläger in die Eier gerammt! Wie viel Pech konnte ein Mensch haben?!

»Schon okay«, fiepte Adrian. Die Tränen, die in seinen Augen schimmerten, ließen aber etwas anderes vermuten. »Das habe ich wohl verdient.«

»Wie bitte?«

»Immerhin habe ich dich mit meinem Rad angefahren, da kannst du mich ruhig kastrieren. Ich hoffe aber, wir sind jetzt quitt.« Ein heiseres Lachen entfuhr ihm, in das ich mit einstimmte. Dann griff ich nach seinem Arm und half ihm dabei, sich wieder aufzurichten.

»Geht es?«, fragte ich schuldbewusst.

Er winkte ab. »Alles in Ordnung, lass uns weiterspielen. Aber ich gebe dir einen kleinen Tipp: Das hier ist Minigolf, die Betonung liegt auf *mini*. Du musst nicht so weit ausholen.« Adrian grinste.

»Ich habe dich gewarnt, dass ich schlecht bin«, erwiderte ich und machte mich für meinen nächsten Versuch bereit. Ich war erleichtert, dass er mir diesen kleinen, unbeabsichtigten Anschlag nicht übel nahm. Nach diesem wunderschönen Abend hätte ich es mir nie verziehen, wenn ich ihn mit so einer blöden Aktion verbockt hätte.

Dieses Mal konzentrierte ich mich darauf, nur den Ball zu treffen und nicht den Schritt meines Dates. Adrian stand neben mir und beobachtete jede meiner Bewegungen genau. Das machte mich nur noch nervöser. Ich holte aus und … er pikste mir in die Seite, weshalb ich den Ball zwar traf, dieser das Loch aber meilenweit verfehlte.

»Ey, das zählt nicht!« Ich warf Adrian einen finsteren Blick zu, doch er hob abwehrend die Hände.

»Ich habe nichts gemacht!«, beteuerte er mit einem leichten Lachen in der Stimme. Ich presste die Lippen aufeinander.

»Du spielst mit unfairen Mitteln, das wirst du mir büßen«, erwiderte ich.

»Ach, ich weiß gar nicht, wovon du redest. Aber ich weiß, dass ich dir jetzt eine Frage stellen darf.« Er tippte sich dreimal mit dem Zeigefinger ans Kinn. In Gedanken ging ich schon mal die Möglichkeiten durch, wie ich es Adrian in der nächsten Runde würde heimzahlen können. Wenn er es auf die harte Tour haben wollte, dann sollte er es auch auf die harte Tour bekommen! »Gibt es etwas, das du so gar nicht isst?«, fragte er schließlich.

»Rosenkohl.« Angewidert verzog ich den Mund.

»Wow.« Adrian lachte. »Das kam wie aus der Pistole geschossen. Kann ich aber gut verstehen, ich finde Rosenkohl auch ekelhaft!«

Beim zweiten Schlag traf ich das Loch und Adrian war an der Reihe. Doch er verfehlte, als ich Feuer mit Feuer bekämpfte und ihn ebenfalls pikte. »Aua!«

»Ich schätze, ich bin dann mit Fragen an der Reihe.« Vielleicht hätte ich mir vorher überlegen sollen, was ich überhaupt fragen wollte, denn plötzlich geriet ich ins Straucheln, da mir partout nichts einfallen wollte. Was vielleicht daran lag, dass Adrians braune Augen mich anfunkelten, als gäbe es nur uns beide auf der Welt. Peinlich berührt räusperte ich mich. »Lieblingsmusiker?«

Er setzte an, schloss den Mund dann aber wieder, um doch noch einen Moment zu überlegen. »*System of a down*, schätze ich.«

Ich kannte die Band, für mich war das aber eher Krach als Musik. Das behielt ich allerdings lieber für mich und nickte stattdessen.

So ging es eine Weile hin und her. Wir bombardierten uns gegenseitig mit Fragen, von lustig bis peinlich war alles mit dabei.

Ich fand heraus, dass Adrian bisher keine ernsthafte Beziehung, sondern nur einige Dates gehabt hatte, doch bei keiner war der Funke je übergesprungen. »Bis heute Abend«, hatte er in mein Ohr gehaucht, was zum wiederholten Male dazu geführt hatte, dass meine Knie weich wurden.

Adrian verbrachte viel Zeit am Strand und surfte unglaublich gern. Sein Dad besaß eine Surfschule in Miami Beach, zu der er Adrian als kleinen Jungen oft mitgenommen hatte.

Außerdem fand ich heraus, dass Adrian neunzehn war und gerade einige Nebenjobs hatte, um ein wenig Geld zu sparen, bis er im Herbst aufs Bradford Community College gehen würde. Es lag eine Dreiviertelstunde südlich der Dartmouth University. Ich ertappte mich dabei, mir eine Zukunft an Adrians Seite vorzustellen. Sollte ich es auf meine Wunschuni schaffen – träumen durfte man ja schließlich, oder? –, dann konnte eine Beziehung mit Adrian funktionieren. Schon allein der Gedanke daran ließ mich lächeln.

Während wir spielten und einander ausfragten, vergaß ich komplett die Zeit. Als wir den Minigolfplatz verließen, funkelten die Sterne bereits am Firmament. Es war ein traumhaft schöner Anblick, der mich davon ablenkte, wie haushoch ich das Spiel verloren hatte.

Hand in Hand gingen wir den Hügel hinunter zurück zur Promenade, wo wir unsere Fahrräder abgestellt hatten.

»Es war ein unglaublicher Abend.« Adrian legte seine Hände um meine Taille, als wir bei meinem Rad angekommen waren. Am liebsten wäre ich noch Stunden den Strand rauf- und runtergelaufen, hätte in den Sternenhimmel geschaut und über Gott und die Welt philosophiert. Aber es war wirklich spät.

»Finde ich auch«, erwiderte ich und hob mein Kinn, um Adrian besser anzusehen. Seine Augen waren so verdammt schön. Ob er wusste, dass er mit einem dieser intensiven Blicke wohl jedes Mädchen um den Verstand bringen konnte?

Noch ein letztes Mal am heutigen Abend gab er mir einen sanften Kuss, der mich dahinschmelzen ließ. »Gute Nacht, Alice.«

»Gute Nacht, Adrian.« Seine Hand ruhte einen Moment auf meinem unteren Rücken, bevor ich mich von ihm abwandte und auf mein Fahrrad stieg. Ich warf ihm einen letzten Blick zu und fuhr nach Hause.

Mein Herz pochte nicht nur ungewöhnlich schnell, sondern auch ungewöhnlich laut. Während der Wind mir die Haare aufwirbelte, fing ich plötzlich aus vollem Hals zu lachen an. Das war alles verrückt! Die ganze Situation war so unglaublich. Vor wenigen Wochen hatte ich noch geglaubt, vom Pech verfolgt zu werden, und nun hatte ich jemanden wie Adrian kennengelernt.

Als ich in Richtung Stadt fuhr, kam mir ein Gedanke: Was waren Adrian und ich jetzt? War er mein fester Freund? Ich schämte mich fast dafür, so wenig Ahnung von solchen Dingen zu haben. Aber ich konnte ihn auch schlecht fragen, immerhin waren wir nicht mehr im Kindergarten, wo man auf Zettelchen schrieb: *Willst du mit mir gehen?* Und man dann ein Häkchen bei *ja, nein* oder *vielleicht* setzen musste. Früher oder später würde sich das schon einpendeln und unsere Beziehung würde sich von selbst definieren. Aber es schadete nichts, mit Zara darüber zu sprechen. Sie war in Jungsangelegenheiten zumindest etwas bewanderter als ich.

Als ich in meine Straße einbog, hatte mein Puls sich wieder normalisiert. Ich ging den Abend in Gedanken noch einmal durch und konnte es kaum erwarten, da weiterzumachen, wo Adrian und ich heute aufgehört hatten.

Ich schob mein Rad in die Garage und ging die Stufen zur Veranda hoch. Stirnrunzelnd betrachtete ich das kleine Paket, das vor unserer Haustür stand.

An der Seite baumelte eine kleine, lilafarbene Karte, auf der mein Name stand. Ich klappte sie auf und sah einen Comic, der Tyler und mich zeigte, unseren Streit und wie er sich entschuldigte. Auf dem letzten Bild war ich auf der Veranda zu sehen, das Paket in der Hand, während Tyler an seinem Fenster stand und zu mir hinunterschaute.

Ich wirbelte herum und sah hoch. Ich war mir sicher, dass er mich in der Dunkelheit beobachtete und sich ein Loch in den Bauch freute. Kopfschüttelnd setzte ich mich mit dem Paket auf einen der hölzernen Stühle auf der Veranda.

Als ich den Karton öffnete und das Innere sah, konnte ich ein Prusten nicht unterdrücken. Wäre mir nicht schon wegen der Karte klar gewesen, dass Tyler mir dieses Paket vor die Tür gelegt hatte, dann wäre es spätestens jetzt so weit gewesen.

Mehrere Tafeln meiner Lieblingsschokolade stapelten sich in dem Paket. Schon bei dem Anblick bekam ich einen Zuckerschock. Auf der Schokolade lag ein Briefumschlag, den ich mit leicht zittrigen Fingern öffnete. Tyler schrieb keine Briefe oder Karten. Nicht mal zu Geburtstagen, Weihnachten oder am Valentinstag. Er war einfach nicht der Typ für Handgeschriebenes. Cartoons waren das höchste der Gefühle. Trotzdem hatte er mir einen Brief geschrieben und es war eindeutig seine Handschrift – die würde ich unter Tausenden wiedererkennen.

Mein Herz hämmerte unaufhörlich gegen meine Brust. Ein Wunder, dass ich noch keinen Infarkt erlitten hatte, so oft wie das in letzter Zeit vorkam.

Liebe Alice,
es tut mir leid, dass ich dir deine Schokolade weggegessen habe.

Es tut mir leid, dass ich mich dir gegenüber wie der letzte Arsch verhalten habe.

Es tut mir leid, dass ich momentan oft schlecht drauf bin und meine Launen an dir auslasse.

Das alles verdienst du nicht und ich hoffe sehr, dass du mir verzeihen kannst. Als Wiedergutmachung habe ich dir eine Kiste mit 10.500 Kalorien gepackt - futter sie nicht alle auf einmal, ich habe keine Lust, dich jeden Morgen zum Auto rollen zu müssen.

Ich hoffe, wir können den Streit vergessen und begraben. Du bist der wichtigste Mensch in meinem Leben und ich könnte es nicht ertragen, dich zu verlieren.

Alles Liebe,

Ty

Ich atmete tief durch, schloss die Augen und drückte den Brief an meine Brust. Dass Tyler sich so viel Mühe gemacht hatte, trieb mir die Tränen in die Augen und ich wusste das wirklich zu schätzen. Vollkommen egal, wie wütend ich auf ihn gewesen war, all dieser Zorn war verpufft, als hätte es ihn niemals gegeben. Ich hätte ihm früher oder später auch so verziehen, denn er war mein bester Freund, mein Seelenverwandter. Und er wusste das. Aber er hatte mir trotzdem diese Freude gemacht.

Ein leises Quietschen ertönte. Tyler hatte sich mit beiden Händen auf der Fensterbank abgestützt und lehnte sich nach vorne. Auch im schummrigen Mondlicht konnte ich das zaghafte Lächeln auf seinen Lippen und den entschuldigenden Ausdruck auf seinem Gesicht deutlich erkennen.

Ich stand auf, den Brief noch immer fest umklammert, lehnte mich an die Brüstung der Veranda und schaute zu meinem besten Freund hoch.

»Gute Nacht, Alice«, flüsterte Tyler in die Dunkelheit.

»Gute Nacht«, erwiderte ich, woraufhin er langsam das Fenster schloss und in seinem Zimmer verschwand.

Name: Alice Wright
Versuchsperson: Tyler Bennett

Macke/Eigenart: Manchmal lässt Mr Bennett seine Launen grundlos an anderen aus.

Ausgelöste Gefühle:
Ich war heute etwas genervt. Mr Bennett lässt manchmal seine schlechte Laune an anderen aus. Warum, weiß ich nicht. Wenn es einem schlecht geht, dann kann man gerne darüber sprechen. Aber muss man andere deswegen schlecht behandeln? Ja, jeder muss mal Dampf ablassen, aber dann powert man sich beim Sport aus oder geht in den Wald und schreit sich mal so richtig die Seele aus dem Leib. Oder meinetwegen verbarrikadiert man sich zu Hause im Bett und schaut sich tagelang Filme und Serien an.

Aber warum ist er zurzeit überhaupt so schlecht gelaunt? Manchmal würde ich gerne in seinen Kopf schauen.

Dennoch weiß ich es zu schätzen, dass Mr Bennett sich entschuldigt, wenn er einen Fehler gemacht hat. Unsere Freundschaft ist mir wichtig und deshalb bin ich froh, dass er mir einen Brief geschrieben hat, in dem er sein Fehlverhalten eingesehen und um Verzeihung gebeten hat. Also muss ihm unsere Freundschaft ebenfalls wichtig sein. Vielleicht sollte ich daher nicht so streng mit ihm sein.

KAPITEL 13

Es war merkwürdig, den roten Pick-up nicht in der Einfahrt zu sehen. Tyler hatte noch nie vergessen, mich morgens zur Schule mitzunehmen.

Ich schulterte meinen Rucksack und betrat das Nachbargrundstück. Das Haus der Bennetts wirkte wie ausgestorben. Hatte ich etwas verpasst? Tief durchatmend klopfte ich an die Tür, nur um mich selbst vor dem Geräusch zu erschrecken.

Im Inneren hörte ich tippelnde Schritte, die sich langsam der Tür näherten. Ein Kratzen auf Holz. Das musste Pumpkin sein, Catherines Katze.

Ich wartete noch kurz, bevor ich ein weiteres Mal klopfte. Die Tür wurde einen Spaltbreit geöffnet. Erst konnte ich niemanden sehen, aber dann tauchte der dunkelblonde Haarschopf von Tylers Mom auf. Mir fielen sofort das Taschentuch in ihrer Hand und ihre verquollenen Augen auf.

Wie in Trance machte ich einen Schritt auf sie zu und presste mich durch die Tür. Pumpkin streifte mich schnurrend mit ihrem getigerten Schwanz, ehe sie um die nächste Ecke verschwand.

»Was ist passiert? Wo ist Tyler? Geht es ihm gut?« Vor meinem geistigen Auge liefen unzählige Schreckensszenarien ab, eines grausamer als das andere.

Tylers Mom schaute mich entsetzt an, dann schüttelte sie

langsam den Kopf und schnäuzte in ihr Taschentuch. »Nein, Alice, nichts in der Art. Heute ist bloß kein schöner Tag.«

Als ich sie genauer betrachtete, fiel mir ihre schwarze Kleidung auf und da wurde mir bewusst, dass der siebte April war – Mr Bennetts Todestag. Mich überkam ein schlechtes Gewissen, weil ich nicht daran gedacht hatte.

»Es tut mir so leid«, flüsterte ich und zog Catherine in eine feste Umarmung. Dabei kullerten ihr ein paar Tränen aus den Augen und tropften mir auf die Schulter. Sie überragte mich zwar um einen Kopf, doch heute wirkte sie so zerbrechlich in meinen Armen.

Kurz darauf ließ sie mich los und lächelte zaghaft. »Tyler ist auf dem Friedhof. Er wird vergessen haben, dir Bescheid zu geben.«

Ich nickte. »Vielen Dank. Wenn du etwas brauchst, dann melde dich bitte, in Ordnung?«

»Du bist ein Engel, Alice.«

Ich verabschiedete mich, verließ das Haus und steuerte unsere Garage an, um mein Fahrrad zu holen. Die Schule war nicht allzu weit entfernt, trotzdem würde ich vermutlich zu spät zur ersten Stunde kommen.

Zögerlich stand ich am Straßenrand und überlegte, was ich tun sollte. Ich entschied mich, in die entgegengesetzte Richtung zu radeln. Tyler war mein bester Freund und befand sich in einer schwierigen Lage. Er brauchte mich.

Es dauerte zwanzig Minuten, bis ich am Friedhof angekommen war. Ich erschauderte, als ich vor dem eisernen Eingangstor stand. Bisher hatte ich das Glück gehabt, niemanden aus meiner Familie beerdigen zu müssen, deshalb hatte ich großen Respekt vor Friedhöfen. Irgendwie hatten sie immer eine unglaublich gruselige Atmosphäre, egal zu welcher Tageszeit. Es war früh am Morgen und trotzdem umgab mich das Gefühl, dass die Geister an jeder Ecke und hinter jedem Baum lauerten und mich beobachteten.

Ich schwang das Tor auf, das ein ohrenbetäubendes Quietschen von sich gab. Spätestens jetzt war ich mir der Aufmerksamkeit jeder ruhelosen Seele sicher.

Meine Beine trugen mich wie von selbst den Kieselsteinpfad entlang. Die Steinchen knirschten bei jedem Schritt unter den Sohlen meiner Sneakers. Das Grab lag auf einer wunderschön gepflegten Wiese, auf der die Polizisten des Ortes beerdigt wurden.

Schon von Weitem konnte ich Tyler ausmachen. Er hockte auf dem Rasen und hatte den Blick starr auf den marmorierten Grabstein gerichtet. Seine Lippen bewegten sich, weshalb ich mich in einiger Entfernung auf einer Bank niederließ und ihm seinen Freiraum gab.

Tyler sprach nicht sonderlich oft von seinem Dad und bisher hatte er das Grab nie während der Schulzeit besucht. Die beiden hatten aber ein großartiges Verhältnis zueinander gehabt. Tyler hatte seinen Vater immer bewundert und zu ihm aufgesehen. Ihn zu verlieren war das Schrecklichste gewesen, was ihm je passiert war. Es hatte viele Wochen gedauert, ehe Tylers Blick nicht mehr ins Leere gegangen und er wieder ansprechbar gewesen war. Ich würde diese Zeit niemals vergessen, denn es hatte sich angefühlt, als hätte man mit einer seelenlosen Hülle gesprochen.

Schweigend beobachtete ich, wie er zu seinem Dad sprach. Sollte er mich brauchen, dann wäre ich zur Stelle, um ihm den Halt zu geben, den er benötigte.

Eine Weile blieb es ruhig. Ich lauschte dem Rascheln der Blätter im Wind, atmete die frische Luft und genoss die Stille. Im Grunde musste man keine Angst vor Friedhöfen haben, denn alles war auf gespenstische Weise friedlich. Also lehnte ich mich zurück, schloss die Augen und wartete.

Erst als ich ein leises Wimmern hörte, öffnete ich sie wieder und schaute zu Tyler. Mit einer Hand zupfte er an dem frischgemähten Rasen und riss einzelne Halme heraus. Doch sein Blick war nicht mehr auf den Grabstein gerichtet, stattdessen hatte Tyler den Kopf in seinen angezogenen Knien vergraben. Ich entschied mich, dass es jetzt an der Zeit war, zu ihm hinüberzugehen. Ich wusste nicht, ob er meine Blicke vorher gespürt hatte, aber er zuckte nicht zusammen, als ich mich neben ihm fallen ließ und ihn an mich zog.

Tyler schlang seine Arme so fest um mich, dass mir die Luft wegblieb. Sein Schluchzen brach mir das Herz. Ich hatte ihn seit der Beerdigung nicht mehr weinen sehen. Ich hatte das Gefühl, dass ich seinen Schmerz in diesem Moment ebenso fühlen konnte.

»Er fehlt mir.« Tylers Worte waren kaum mehr als ein Flüstern und doch klang jedes einzelne davon gebrochen.

Ich ließ meine Hand durch seine Haare und über seinen Rücken gleiten. »Ich weiß«, sagte ich leise, da mir keine bessere Antwort einfiel. Denn egal, welche Worte auch immer ich wählen würde, sie würden nichts besser machen. Sie würden Tylers Dad nicht zurückholen und den Schmerz nicht leichter, den Verlust nicht erträglicher machen.

Wir blieben in dieser Position sitzen, bis seine Tränen getrocknet waren. Dann ließ Tyler mein T-Shirt los, in das er sich gekrallt hatte, und schaute mich mit geröteten Augen an.

»Tut mir leid«, flüsterte er. »Ich wollte nicht, dass mich irgendjemand so sieht. Ich schäme mich so sehr dafür.«

»Ty, du trauerst um deinen Dad. Es gibt nichts, wofür du dich schämen müsstest.«

Er schnaubte. »Sein Tod ist so lange her, ich müsste langsam darüber hinwegkommen.«

»Er war dein Vorbild, es ist normal, dass du auch Jahre später noch trauerst. Vor allem jetzt, wo so viele Wendepunkte in deinem Leben bevorstehen, die er nicht miterleben kann. Aber deine Erinnerung an ihn, auch wenn sie noch so traurig ist, hält ihn am Leben.« Ich lehnte mich vor und griff nach Tylers Hand. Sie war eiskalt und zitterte.

Ganz langsam hob er den Kopf und schaute mich durchdringend an. Dann schien ihm wieder einzufallen, dass heute ein Schultag war. »Wieso bist du hier?«

»Deine Mom hat mir gesagt, wo du bist, also bin ich auf mein Rad gestiegen und hierhergefahren. Ich wollte für dich da sein, falls du mich brauchst.«

»Das hättest du nicht tun müssen«, sagte er ruhig.

»Ich weiß, aber ich wollte es.« Sachte drückte ich seine Hand, dann zog Tyler mich so ruckartig an sich, dass ich beinahe das Gleichgewicht verlor. Doch seine starken Arme hielten mich.

Als er sprach, traf sein warmer Atem auf meine Haut, sodass sich sämtliche Härchen an meinem Körper aufstellten: »Ich weiß nicht, was ich ohne dich tun würde, Alice.«

»Vermutlich ziemlich verplant durchs Leben stolpern«, versuchte ich, die Situation mit einem Witz aufzulockern.

Tyler entfuhr ein leises Grunzen. »Vermutlich.«

Er hatte mich noch nie so lange gehalten. Seine Berührung

wirkte verzweifelt, als wäre ich der letzte Strohhalm, an den er sich klammern konnte.

»Wir sollten los, dann kommen wir zum zweiten Block an«, entschied Tyler und löste sich von mir.

Ich betrachtete ihn stirnrunzelnd. »Du willst in die Schule?«

»Klar, in fünf Wochen beginnen die Prüfungen, da sollten wir lieber nichts verpassen.« Diese Worte waren wie ein Schlag ins Gesicht. Er hatte verdammt recht. Die Prüfungen standen vor der Tür, aber ich war mit den Gedanken immer nur woanders, anstatt endlich richtig zu lernen. Dafür hätte ich mich ohrfeigen können.

Wir klopften uns den Schmutz von der Kleidung und gingen Richtung Tor. »Bye, Dad«, flüsterte Tyler, als er einen letzten Blick über die Schulter warf.

Vor dem Friedhof angekommen, wuchteten wir mein Rad hinten auf die Ladefläche des Pick-ups. Ich streckte meine Hand aus. »Schlüssel.«

»Auf keinen Fall!« Tyler drückte das Bund fest an den Körper und schüttelte den Kopf.

»Du bist nicht in der Verfassung, dich hinters Steuer zu setzen. Das weißt du.« Ich schaute zwischen meiner ausgestreckten Hand und dem Schlüssel mehrmals hin und her.

Tyler hasste es, jemand anderen hinter das Lenkrad seines heiß geliebten Wagens zu lassen. Ich durfte ihn bisher erst zweimal fahren – einmal, als Tyler krank war, und einmal, als er ein Bier auf einer Party getrunken und ich darauf bestanden hatte, zu fahren.

Genau deshalb wusste ich, wie schwer es ihm fiel, mir seufzend seine Schlüssel auszuhändigen. Innerlich machte ich jedoch einen Freudentanz. Weil Dad unser Auto für die Arbeit brauchte und wir uns kein zweites leisten konnten, fuhr ich eher selten. Deshalb nutzte ich jede sich mir bietende Gelegenheit, mich hinters Steuer zu klemmen.

Wie Gollum presste ich den Schlüssel an mich. Meine Augen mussten funkeln, als hielt ich den wertvollsten Schatz der Welt in den Händen.

»Fahr den Wagen bitte nicht zu Schrott«, sagte Tyler, als er sich notgedrungen auf dem Beifahrersitz niederließ.

Ich streckte ihm die Zunge heraus. »Dein Fahrstil ist auch nicht unbedingt das Gelbe vom Ei.«

Freudig drückte ich aufs Gaspedal und sauste die Straße hinab Richtung Schule. Aus dem Augenwinkel sah ich, wie Tyler sich an seinem Gurt festkrallte und den Blick panisch umherschweifen ließ. So eine Mimose! Ihm zuliebe fuhr ich langsamer – ganze zehn Meilen unter der Höchstgeschwindigkeit –, was ihn sichtlich entspannte.

Schon nach wenigen Minuten Autofahrt kam das Schulgebäude in Sicht. Tyler schaute jedoch so sehnsuchtsvoll in die Ferne, dass ich es nicht übers Herz brachte, den Parkplatz anzusteuern. Einen Tag schwänzen würde uns nicht umbringen.

»Scheiß drauf!«, sagte ich, folgte dem Straßenverlauf und ließ die Georgeville High hinter uns.

»Wohin fahren wir?«, fragte Tyler verwirrt, als wir an der Schule vorbeirauschten.

»Wir haben uns einen freien Tag verdient.« Ich spürte Tylers Blick auf mir ruhen. Als ich zu ihm herüberschaute, sah ich das breite Grinsen auf seinem Gesicht.

Ich drehte das Radio auf, um Tyler damit etwas abzulenken. Und es schien zu funktionieren: Sein Kopf wippte zur Musik auf und ab und mit den Fingern trommelte er den Beat auf seinen Oberschenkeln. Es tat gut zu sehen, dass er sich langsam entspannte.

Vor einem Supermarkt hielt ich an. »Bin gleich zurück.«

Ich ging hinein und kaufte ein paar Getränke und Snacks für den Tag. Dann setzte ich mich wieder hinters Lenkrad und wir fuhren weiter. Tyler schwieg während der gesamten Fahrt.

Nicht mal als wir Georgeville hinter uns ließen, fragte er, wo ich hinfuhr. Vielleicht hatte er eine Vermutung, vielleicht war es ihm einfach egal. Hauptsache, weit weg.

Als ich auf die Küstenstraße bog, kurbelte Tyler das Beifahrerfenster hinunter. Er reckte den Kopf halb hinaus, sodass sein wirres Haar aufgewirbelt wurde und ihm die Strähnen in die Stirn fielen. Bestimmt merkte er nicht mal, dass er lächelte. In diesem Moment erinnerte er mich sehr an einen Welpen, der seinen Kopf durchs Autofenster streckte und seine Zunge im Fahrtwind hängen ließ. Er wirkte, als wäre ihm eine unendlich schwere Last von den Schultern gefallen.

»Guck lieber auf die Straße«, neckte Tyler mich, als er mein Starren bemerkte.

Ich schluckte und wandte den Kopf wieder nach vorne, woraufhin er leise lachte. Ich versuchte, mich auf den Asphalt und die vorbeirauschenden Autos zu konzentrieren, und den Blick nicht noch einmal zu meinem besten Freund schweifen zu lassen. Was allerdings ziemlich schwer war, weil die Brise seinen Duft zu mir herüberwehte.

An der nächsten Gabelung bog ich rechts ab. Ich folgte dem dicht bewachsenen Pfad, der sich langsam nach oben schlängelte. Mittlerweile musste auch Tyler wissen, wohin es ging, denn diese Straße führte nur an einen Ort – die Klippen.

Normalerweise war dort viel los, aber eher am Abend oder

am Wochenende. Vormittags an einem Schultag war der Parkplatz menschenleer, auf dem ich den Pick-up nun zum Stehen brachte.

Von hier oben hatte man einen einmaligen Blick, nicht nur auf das tosende Meer, sondern auch auf die Häuser der etwas weiter entfernten Städte. Dieser Ort war himmlisch – perfekt, um den Kopf freizubekommen.

Tyler stieg aus und ging um den Wagen herum, um mir die Fahrertür zu öffnen. Sofort peitschte mir der Wind ins Gesicht und wirbelte meine Haare umher. Am liebsten würde ich die Arme ausbreiten und durch die Lüfte fliegen. Hier oben konnte man nicht anders, als sich frei zu fühlen. All die Sorgen und Probleme rückten in weite Ferne und man konnte wieder durchatmen. Ich war in den letzten Wochen viel zu selten hier gewesen, obwohl es momentan so viele Dinge gab, über die ich mir den Kopf zerbrach.

Da war immer noch diese beißende Angst in mir. Die Angst vor dem Ungewissen, vor der Zukunft, von der ich nicht wusste, was sie für mich bereithielt. Einige Collegebewerbungen hatte ich rausgeschickt, doch bisher gab es noch keine Rückmeldungen. Ich malte mir zwar sowieso keine hohen Chancen aus, das änderte aber nichts an dem ernüchternden Gefühl, das mich überfiel, wenn ich wieder einmal vor einem leeren Briefkasten stand.

Tyler legte seine Hand auf meinen unteren Rücken und holte mich damit zurück in die Realität. »Worüber denkst du nach?«

»Ach, nichts Wichtiges.« Ich musste beinahe schreien, damit Tyler mich verstehen konnte.

Er legte den Kopf schief und schob mich dann mit einem sanften Druck auf meinen Rücken in Richtung Klippe.

Wir gingen so nah an den Abgrund, wie es möglich war. Ich krallte mich an dem kühlen Geländer fest und lauschte, wie die Wellen an den Klippen zerschellten. In der Ferne sah man ein Speedboot über den blauen Ozean flitzen, das Gischt aufspritzen ließ und einige Runden auf dem Wasser drehte.

»Manchmal würde ich gerne ein Boot nehmen und einfach rausfahren, weit weg von allem hier«, sagte Tyler.

Ich drehte mich zu ihm. »Das verstehe ich gut.«

Wehmütig richteten wir unseren Blick auf das Meer, bis mein Magen knurrte und wir uns auf die Ladefläche des Pickups setzten, um zu essen.

»Hast du schon Rückmeldungen von den Colleges?«, fragte ich, während ich von meinem Thunfischsandwich abbiss.

Tyler trank einen großen Schluck Cola, bevor er mit dem Kopf schüttelte. »Ich habe die Bewerbungen erst ziemlich spät rausgeschickt«, gestand er, wobei sich sein Kopf hochrot färbte. Wir hatten schon vor einigen Wochen über die Collegebewerbungen gesprochen und ich hatte ihn immer und immer wieder daran erinnert, nicht alles auf den letzten Drücker abzuschicken. Das war so typisch. »Und außerdem wird sich eh erst beim großen Spiel entscheiden, ob ich ein Stipendium meiner Lieblingsuni bekomme oder nicht.«

Ich sah ihn stirnrunzelnd an. Bisher war mein Stand immer gewesen, dass er keine erste Wahl hatte und sich einfach dort einschreiben würde, wo man ihn nahm. Ich wusste, dass er sich an einigen Colleges in und um Florida beworben hatte, um in der Nähe seiner Mom zu bleiben. Allerdings standen auf seiner Liste auch einige weiter entfernte Unis und natürlich die großen Namen im College Baseball, die im ganzen Land verteilt waren. »Wohin möchtest du gehen?«

Schon der Gedanke daran, dass Tyler sich für eines der unzähligen Weststaaten Colleges interessieren könnte, machte mich unglaublich nervös. Ich konnte mir gar nicht vorstellen, dass uns beide Tausende Meilen trennten, wo uns bisher immer nur zehn Meter getrennt hatten. Mir war schon seit einer Weile bewusst, dass ich mich vermutlich damit abfinden musste, dass jeder von uns woanders studierte, aber je näher wir der Zielgeraden kamen, desto beängstigender wurde dieses Gefühl, dieser Schmerz, der mich zu zerreißen drohte.

Tyler öffnete seinen Rucksack, zog eine zusammengefaltete Broschüre hervor und reichte sie mir mit einem Grinsen. Als ich sie entgegennahm und mein Blick auf das grüne Emblem fiel, schossen mir unwillkürlich Tränen in die Augen. »Dartmouth«, flüsterte ich. »Aber, wie –?«

»Denkst du wirklich, dass ich dich allein lassen könnte?«, winkte Tyler ab. »Außerdem sieht das College vielversprechend aus. Es gibt dort ein cooles Kunstangebot. Ich weiß zwar nicht, wie meine Chancen für ein Sportstipendium stehen, aber man kann es ja mal versuchen.«

Mir stockte der Atem. Nicht ein einziges Mal hatte Tyler angedeutet, dass er sich für eines der Ivy League Colleges interessierte, schon gar nicht fürs Dartmouth. Und auch nicht, dass er Kunst studieren wollte. Und nun saß er hier und erzählte mir all das, als wäre es nur logisch, auf das College zu gehen, das schon immer mein Traum gewesen war. Die Wahrscheinlichkeit, dass wir beide angenommen werden würden, war zwar gering, aber es bestand Hoffnung.

»Auf welches College möchte Amy?«

Tyler zuckte die Schultern. »Ihre erste Wahl ist irgendeine Uni in Kalifornien. Ich habe mich zwar auch an der Westküste beworben, aber für mich stand eigentlich fest, dass ich in der Nähe bleiben will.«

»Was wird dann aus euch?«, hakte ich vorsichtig nach.

Seufzend lehnte Tyler sich zurück. »Highschool-Beziehungen sind nichts für die Ewigkeit. Das weiß man doch irgendwie von Anfang an. Aber du und ich? Das ist für die Ewigkeit. Wenn du springst, spring ich auch.« Er zwinkerte mir zu, was mich zum Lachen brachte.

»Unsere Freundschaft wird es auch überstehen, wenn wir auf unterschiedliche Colleges gehen.«

»Vielleicht. Aber ich möchte es nicht drauf ankommen lassen.« Er klopfte auf die Ladefläche neben sich und ich rutschte näher an ihn heran. »Der Sommer, in dem du drei Wochen mit deiner Familie weg warst, war der schlimmste meines Lebens. Ein einziger Tag ohne dich ist der absolute Horror.«

Mein Körper spannte sich an und ich musste schlucken. Ich erinnerte mich daran, dass ich diesen Urlaub absolut nicht hatte genießen können. Es war ungewohnt gewesen, Tyler nicht Tag und Nacht um mich zu haben. Seitdem waren wir entweder gemeinsam verreist oder gar nicht. Wenn ich jetzt so darüber nachdachte, wirkte das zwischen uns eher wie eine etwas ungesunde Abhängigkeit als eine gute Freundschaft.

Ich hob den Kopf, um Tyler anzuschauen, aber ich wurde von der hochstehenden Sonne geblendet. Die Strahlen schienen durch seine dunklen Haare, sodass man die einzelnen blonden Strähnen dazwischen deutlich sehen konnte. Doch auch wenn ich geblendet wurde, konnte ich seinen liebevollen Blick spüren. Tyler legte den Arm um meine Schulter und zog mich näher an sich heran.

Meine Hand lag an seiner Brust, wodurch ich das schnelle

Schlagen seines Herzens fühlen konnte. Noch immer schauten wir einander an. Was war das nur? Tyler atmete hörbar ein und befeuchtete seine Lippen mit der Zunge. Meine Augen folgten dieser Bewegung als wäre ich hypnotisiert. Erst bemerkte ich gar nicht, dass Tyler sich langsam bewegte, doch als unsere Nasenspitzen sich berührten und er seine Stirn an meine legte, wäre ich beinahe in Ohnmacht gefallen.

Wie es sich wohl anfühlen würde, ihn zu küssen?

Ich wusste selbst, dass ich so etwas nicht denken sollte, aber in diesem Moment konnte ich mich absolut nicht daran erinnern, warum.

Tyler schluckte, kam noch ein Stück näher, sodass ich seinen Atem spüren konnte. Uns trennten nur noch wenige Millimeter. Ich sollte etwas sagen, es stoppen. Aber ich konnte nicht. Es war, als hätte ich vergessen, wie man sprach, wie man Buchstaben zu Worten und zu Sätzen formte. Die Welt um uns schien stehen geblieben zu sein.

Tyler hob die Hand, legte sie an meinen Hinterkopf und …

Das Klingeln meines Handys ließ mich zusammenfahren und holte mich zurück in die Realität, in der ich beinahe den schlimmsten Fehler meines Lebens begangen hätte.

Räuspernd zog ich mich von Tyler zurück, der verwirrt blinzelte, sich am Kopf kratzte und schließlich wegschaute. Ich holte mein Handy hervor, auf dem mir der Name eines Jungen entgegenblinkte, den ich bis eben quasi aus meinen Gedanken ausradiert hatte – Adrian.

Wie hatte ich nur so wenig an ihn denken können, obwohl er mir doch komplett den Kopf verdreht hatte? Ich öffnete die Nachricht und überflog die wenigen Worte, die er mir geschrieben hatte.

Morgen Kaffee?
Ich kann nicht bis zum Wochenende warten.
Du fehlst mir.
Xxx Adrian

»Ist das –?«

Ich nickte. »Ja, das ist Adrian.«

Noch immer rieb sich Tyler mit der Hand den Nacken und wich meinem Blick aus. Verständlicherweise. Wir waren beide in einer Beziehung … zumindest glaubte ich, dass ich in einer war. Und wir hatten eben beide beinahe unsere Partner hintergangen. Und warum? Tja, das war wohl die große Preisfrage! Es musste mit dem Todestag von Tylers Vater zusammenhängen. An solchen Tagen war man oft sehr emotional und tat Dinge, die man unter anderen Umständen niemals tun würde.

»Wann lerne ich ihn kennen?« Nun schaute Tyler mich doch an. Auf seinem Gesicht lag ein Ausdruck, den ich nicht zuordnen konnte. Interesse, Neugierde, Trauer?

Ich betrachtete ihn verwirrt. »Möchtest du ihn denn kennenlernen?«

»Klar!«, gab er schulterzuckend zurück. »Ich muss schließlich wissen, wer meiner besten Freundin nicht mehr aus dem Kopf geht.« Er versuchte scheinbar krampfhaft, seine Stimme locker klingen zu lassen, aber stattdessen war sie zittrig, beinahe unsicher. Verübeln konnte ich es ihm nicht. Nicht, nachdem wir eben diesen merkwürdigen Moment geteilt hatten.

Schnell tippte ich eine Nachricht, in der ich Adrian fragte, ob er meine Freunde kennenlernen wollte. Als er innerhalb von wenigen Sekunden antwortete, dass es ihm eine Ehre wäre, schaute ich wieder zu Tyler hoch und nickte. »Ihr könnt euch morgen beim Kaffeetrinken kennenlernen. Ich frage noch Zara, ob sie mitkommen möchte.«

»Super!«, rief Tyler. Allerdings klang das alles andere als super. »Und damit ich morgen nicht so dumm dastehe, solltest du mir vielleicht vorher erzählen, wie ihr beiden euch kennengelernt habt.«

Normalerweise hätte Tyler schon längst über alles Bescheid gewusst, aber bisher hatte ich es vermieden, mit ihm über Adrian zu sprechen. Wir hatten uns zwar wieder versöhnt, aber ich war immer noch skeptisch, nachdem Tyler so seltsam reagiert hatte, als er von Adrian erfahren hatte.

Aber Tyler sollte als mein bester Freund wissen, mit wem ich meine Zeit verbrachte. Ich hatte ihm damals keine zwei Minuten gegeben, mir alles über Amy zu erzählen, als die beiden zusammengekommen waren. Natürlich hatte ich sie aus der Schule gekannt, aber ich hatte alles wissen wollen. Damals hatte es mir einen schmerzhaften Stich versetzt, zu erfahren, wie sehr sie es ihm angetan hatte. Heute konnte ich nur noch die Augen verdrehen, wenn ich daran zurückdachte. Ich war so dumm gewesen.

Beste Freunde waren schließlich nur das: beste Freunde. Und daran sollte sich auch nichts ändern. Es war genau, wie Tyler eben gesagt hatte, wir beide waren für die Ewigkeit. Eine Beziehung würde das nur gefährden. Außerdem war allseits bekannt, wie schnell es nach hinten losgehen konnte, wenn sich auf einer Seite Gefühle entwickelten. Klar, es *konnte* Ausnahmen geben. Man konnte zusammenfinden und sein restliches Leben miteinander verbringen. Aber es konnte genauso gut schiefgehen und die Freundschaft ruinieren. Das wusste ich damals genauso wie heute. Und doch war da tief in mir dieses kleine Licht, das immer heller strahlte, sobald Tyler in meiner Nähe war.

Kopfschüttelnd verwarf ich die Gedanken wieder und konzentrierte mich stattdessen darauf, das Bild von Adrian vor meinem geistigen Auge hervorzurufen. Von seinem rockigen Stil, den blonden Surferhaaren, den braunen Augen, dem melodischen Klang seiner Stimme … dem weichen Gefühl von seinen Lippen auf meinen.

Seufzend verlor ich mich in meinem Tagtraum, bis Tyler mir den Ellbogen leicht in die Seite stieß.

»Was ist?«, fragte ich.

»Wie habt ihr euch kennengelernt?«, hakte er noch mal nach. Ich seufzte, aber erzählte ihm schließlich die Geschichte von Anfang bis Ende, wobei ich meine überschwänglichen Schwärmereien zurückhielt. Zwar erzählte ich ihm zum Beispiel, dass Adrian gut aussehend war, aber ich behielt für mich, welche Gefühle seine Küsse in mir ausgelöst hatten. Man musste seinem besten Freund ja auch nicht alles erzählen. Außerdem wollte ich Tyler nicht unnötig verletzen. Das, was eben zwischen uns beinahe passiert war, war ein Fehler gewesen, der uns beiden sicher klar war. Trotzdem erschien es mir nicht klug, direkt danach so ins Detail zu gehen.

Ich brachte meine Erzählung zu Ende und ließ mich nach hinten fallen. Es war etwas anderes, mit Tyler über Jungsangelegenheiten zu sprechen als mit Zara. Sie hatte mich bei jedem zweiten Satz für ausführlichere Schilderungen unterbrochen. Zwischendurch waren ihre Fragen etwas grenzwertig gewesen, aber ich hatte sie trotzdem beantwortet, immerhin wollte ich auch alles loswerden.

Ich wartete, dass Tyler etwas sagte, aber er schaute mich schweigend an. Dabei war sein Ausdruck nichtssagend.

»Ty?«

Er blinzelte ein paarmal, dann nickte er. »Du scheinst ihn gernzuhaben.«

Ich erwiderte das Nicken. »Ja, Adrian ist großartig.«

»Das freut mich für dich, Alice. Ehrlich. Du verdienst es mehr als jeder andere, glücklich zu sein«, sagte Tyler, aber das Lächeln auf seinen Lippen erreichte seine Augen nicht.

Da es nichts gab, was ich in dieser Situation hätte sagen können, schwieg ich. Stattdessen legte ich den Kopf in den Nacken und schloss die Augen. Die Sonne stand noch hoch am Himmel und wärmte mir das Gesicht. Nur noch wenige Wochen und der Sommer wäre endgültig hier. Deshalb genoss ich die aktuellen Temperaturen.

Ja, es war wundervoll, sich in die tosenden Wellen zu stürzen und sich vom kühlen Nass einhüllen zu lassen. Aber ich fand es fürchterlich, zu schwitzen. Wenn man im Winter fror, dann konnte man immer auf den Zwiebellook zurückgreifen. Im Sommer konnte man sich irgendwann aber nicht mehr weiter ausziehen und musste damit leben, in seinem eigenen Schweiß zu baden.

Manchmal wunderte ich mich selbst über meine verworrenen Gedankengänge. Doch was blieb mir gerade anderes übrig? Ich konnte an Adrian denken oder daran, dass die Prüfungen anstanden. Oder an Tyler, dessen Duft mir jedes Mal in die Nase strömte, wenn ich einatmete. Sein Frühlingsduft, der mich immer ein wenig schwach werden ließ.

Nein, denk an was anderes, Alice!, ermahnte mich die Stimme in meinem Kopf und ich versuchte, ihr zu gehorchen.

Also ließ ich meine Gedanken treiben, bis ich schließlich einnickte.

»Wir sollten los«, sagte Tyler. Viel zu schnell schreckte ich hoch. Augenblicklich durchschoss mich ein stechender Kopfschmerz und mir wurde schwindelig. Ich musste einige Male blinzeln, bevor mir wieder einfiel, wo wir waren.

»Wie lange habe ich geschlafen?«

Tyler grinste. »Ein paar Stunden. Ich frage mich, wer in so einer ungemütlichen Position länger als fünf Minuten liegen kann.«

Verdammt. Ich musste echt ausgelaugt gewesen sein, wenn ich auf der Ladefläche des Pick-ups geschlafen hatte. »Was hast du die ganze Zeit gemacht? Ich hoffe nicht, dass du mir irgendwas ins Gesicht gemalt hast?« Ich zog skeptisch die Brauen in die Höhe.

Tyler grunzte leise. »Nein, ich habe gelernt.« Er hob einen Ordner an und wedelte damit vor meinem Gesicht herum. Er war deutlich besser vorbereitet auf den Abschluss, als ich es war.

»Auf dem Heimweg werde ich dich abfragen.« Sein höhnischer Tonfall ließ mich das Gesicht verziehen.

»Bitte tu mir das nicht an!«, flehte ich, doch Tyler schüttelte den Kopf.

»Du musst lernen. Geschichte liegt dir nicht.« Wie nett, dass er mich daran erinnerte. Es war nicht Geschichte an sich, sondern Jahreszahlen, mit denen ich meine Probleme hatte. Ich versuchte, mir Eselsbrücken zu bauen, aber das klappte meistens eher schlecht als recht. *753 – Rom schlüpft aus dem Ei,* war wohl die einzige, die ich mir merken konnte.

»Na schön, dann los«, murrte ich.

Bereitwillig gab Tyler mir wieder den Autoschlüssel, damit er mich vom Beifahrersitz aus mit Fragen quälen konnte. Aber wenn das davon ablenkte, was vorhin passiert war, dann würde ich die Lernstunde ohne mich zu beklagen über mich ergehen lassen. Trotzdem wusste ich, dass es eine sehr lange Autofahrt werden würde.

Name: Alice Wright
Versuchsperson: Tyler Bennett

Macke/Eigenart: Mr Bennett schämt sich dafür, Gefühle zu zeigen.

Ausgelöste Gefühle:
Das ist schon immer so gewesen. Mr Bennett möchte nicht, dass man ihn weinen sieht. Schon bei der Beerdigung seines Vaters war es ihm unangenehm gewesen zu weinen. Er wollte mich damals sogar von sich fernhalten, damit ich ihn nicht so sehe.

Doch seine Gefühle offen zeigen zu können, ist eine Stärke und keine Schwäche. Das habe ich ihm immer und immer wieder gesagt. Nichtsdestotrotz fällt es Mr Bennett schwer, seine wahren Gefühle vor anderen auszuleben.

Ich kann das nicht nachvollziehen und bin manchmal ein wenig verzweifelt, weil ich nicht weiß, was ich ihm noch raten soll. Warum sollte man seine Gefühle verstecken wollen?

Wenn er weinen will, dann soll er weinen. Emotionen zuzulassen und zu zeigen, ist nichts, wofür sich Mr Bennett schämen müsste. Es macht ihn menschlich. Und es macht ihn zu dem Menschen, der er ist.

KAPITEL 14

»Ich bin so aufgeregt! Alice, er ist dein erster Freund!«, rief Zara enthusiastisch und ließ sich auf mein Bett plumpsen.

Seufzend rollte ich mit den Augen. »Ich weiß nicht, was wir sind. Wir haben bisher nicht darüber gesprochen.«

»Ach, papperlapapp! Wir werden heute schon herausfinden, wie er zu dir steht!« Wie genau sie das anstellen wollte, wollte ich lieber gar nicht erst wissen.

Das ging nun schon seit zwei Stunden so. Zara wollte nichts davon hören, dass wir erst unsere Beziehung definieren mussten. Sie war der festen Überzeugung, dass Adrian und ich ein Traumpaar waren und irgendwann heiraten würden. Manchmal konnte sie fürchterlich anstrengend sein.

Munter plapperte Zara weiter und schwärmte von Adrian, obwohl sie ihn bisher nur aus meinen Erzählungen kannte. Sie war außerdem die Einzige, der ich ein Foto von ihm gezeigt hatte, das ich auf Social Media gefunden hatte.

Er war online nicht mit seinem Namen Adrian Jamie Campbell unterwegs, sondern als AJ Bellcamp – das herauszufinden hatte Stunden gedauert und ich war mir vorgekommen wie eine Stalkerin. Man sagte wohl nicht umsonst, dass Frauen besser recherchieren konnten als das FBI.

Jedenfalls hatte Adrian so ziemlich jeden seiner Accounts auf privat gestellt, weshalb man nur sein Profilbild sehen konnte, wenn man nicht mit ihm befreundet war. Und ihm eine Freundschaftsanfrage zu schicken, kam mir noch merkwürdiger vor als die ganze Stalkerei davor, bei der ich immerhin noch einige Fotos von Partys über die Profile seiner Freunde gefunden hatte, auf denen er verschwommen zu sehen war.

»Auf jeden Fall musst du heute Abend das Paillettenkleid von der Chambersparty anziehen!«, beendete Zara ihre Ausführungen, von denen ich nur die Hälfte mitbekommen hatte.

»Zara … wir gehen in ein Diner. Da werde ich sicher nicht herumlaufen wie eine Discokugel.«

»Na gut, dann werden wir eben was anderes Schönes für dich finden!« Sie wühlte sich weiter durch den Klamottenberg auf meinem Bett, der immer aufzutauchen schien, wenn Zara hier war. »Freut sich Tyler eigentlich auch schon darauf, Adrian endlich kennenzulernen?«

Bei der Erwähnung von Tylers Namen zuckte ich ein wenig zusammen. Bisher hatte ich Zara nichts von gestern erzählt. Sie wäre mit Sicherheit auf meiner Seite gewesen, hätte die Situation genauestens analysiert und mir beigestanden. Aber das war etwas so Persönliches, dass ich es nicht mal meinem Tagebuch anvertraut hätte. Und außerdem wollte ich vielleicht gar nicht, dass es analysiert wurde …

»Ja, er freut sich riesig!« Zara war so in die Kleiderauswahl vertieft, dass sie meinen sarkastischen Unterton gar nicht bemerkte. Und das war auch gut so. Ansonsten würde sie vermutlich nur weiter nachhaken, bis ich am Ende nachgeben und ihr alles erzählen würde. Vielleicht brauchte ich aber auch genau das. Denn letzte Nacht hatte ich kein Auge zubekommen. Ich hatte wirklich versucht, jeden einzelnen Gedanken an Tyler zu verdrängen, aber er geisterte permanent in meinem Kopf herum.

Zara redete fröhlich weiter und bekam nichts von dem Sturm mit, der in mir tobte. Mit zustimmendem Gemurmel oder Kopfnicken tat ich so, als würde ich ihr zuhören, auch wenn das nicht der Fall war. Stattdessen fischte ich einige Kleider aus meinem Schrank und hielt sie mir an den Körper, um mich für eines zu entscheiden.

Es dauerte nicht lange, bis ich ein knielanges Kleid gefunden hatte, das nicht nur meinen Hautton unterstrich, sondern mich strahlen ließ wie die Sonne an einem wolkenlosen Sommertag. Das sollte einem Surfer doch gut gefallen, oder? Meine Locken band ich mir ausnahmsweise nicht zurück, sondern ließ sie sanft auf meine Schultern fallen. Dann noch dezentes Make-up und fertig war mein perfektes Outfit.

»Du siehst wunderschön aus, Liebes!« Dad stand im Türrahmen und schaute mich lächelnd an. Seine Gesichtsfarbe sah mittlerweile wieder deutlich besser aus als noch vor einigen Wochen und das Strahlen, das ihn neuerdings umgab, stand ihm gut.

»Danke, Dad.« Es war immer noch merkwürdig, dass er momentan so oft hier war. Und ich erwischte mich ab und an dabei, wie ich mich erschreckte, wenn Dad ein Gespräch anfing oder plötzlich in der Küche saß. Es würde sicher eine Weile dauern, bis ich mich wieder an seine Anwesenheit gewöhnt hatte.

Zara unterbrach ihren Redeschwall einen Moment und schaute hoch. »Wow, Alice, dein Dad hat recht – du siehst großartig aus! Dieses Kleid ist der absolute Wahnsinn!« Dann wandte sie sich meinem Dad zu. »Hey, Elliot! Du siehst auch gut aus!«

Er lächelte sie an. »Vielen Dank, Zara. Es ist schön, dich wiederzusehen. Wie geht es dir und deinen Eltern?« Oh, falsches Thema. Doch meine beste Freundin reagierte glücklicherweise nicht gereizt, sondern erzählte ihm ausgiebig, was es bei ihr Neues gab.

Dad kratzte sich zwischendurch am Kopf, trat von einem Bein aufs andere und ich war mir ziemlich sicher, dass er nach einem Fluchtweg suchte. Ich musste lachen. Er hatte wohl vergessen, wie unglaublich gesprächig Zara sein konnte und dass es schwer war, sich von ihr loszueisen, wenn sie einmal angefangen hatte zu reden.

»Seid ihr so weit?«, kam plötzlich Tylers Stimme von draußen. Er hatte sich aus seinem Fenster gelehnt und versuchte nun, in mein Zimmer zu schauen. Es war ungewöhnlich, dass er nicht einfach unangekündigt hier aufkreuzte, sondern sich stattdessen neue ausgefallene Wege suchte, um mit mir zu kommunizieren. Was kam als Nächstes? Ein Walkie-Talkie?

Ich schaute noch einmal nach, ob ich auch wirklich alles eingepackt hatte. »Ja, wir kommen!«

Tyler nickte und schloss das Fenster. Ich packte Zara am Arm und zog sie mit nach unten, während Dad mir einen dankbaren Blick zuwarf.

»Habt viel Spaß«, sagte er und machte die Tür hinter uns zu. Ich glaubte sogar, sein erleichtertes Seufzen durch das Holz hören zu können.

Es war später geworden, als wir es ursprünglich geplant hatten, also hatten wir uns dazu entschlossen, zum Abendessen in das Diner zu gehen, in dem ich mich auch mit Vin-centlos getroffen hatte. Dieses Mal konnte es ja nur besser werden.

Als Tyler losfuhr, umklammerte er das Lenkrad wieder mal

viel fester, als es nötig gewesen wäre. »Bist du nervös?«, neckte ich ihn.

Er funkelte mich an. »Nein, nur genervt. Aber keine Sorge, es hat nichts mit dir zu tun.«

»Geht es um den Streit, den du vorhin mit Amy hattest?« Zara lehnte sich nach vorne und streckte den Kopf zwischen unseren Sitzen hindurch, sodass ihre Dreads mir die Sicht auf Tyler versperrten.

»Welcher Streit?«, wollte ich wissen.

Tyler stöhnte auf und murmelte einige Flüche vor sich hin, die aber definitiv an Zara gerichtet waren.

Sie schaute ihn entschuldigend an und zog sich dann wieder auf die Rückbank zurück. »Tut mir leid«, sagte sie ungewöhnlich kleinlaut.

»Also?«, hakte ich nach, in der Hoffnung, dass Tyler mir eine Antwort geben würde.

Er atmete tief durch. »Es war nichts weiter.«

»Also da hat Amy aber was ganz anderes erzählt«, mischte Zara sich erneut ein.

»Zara!«, zischte Tyler und schaute sie durch den Rückspiegel grimmig an, woraufhin sie so weit auf ihrem Sitz hinunterrutschte, als wollte sie sich in Luft auflösen. Wow, das konnte ein wirklich heiterer Abend werden.

Ich beschloss, Tyler nicht weiter auszuquetschen und es einfach auf sich beruhen zu lassen.

Vorhin war ich noch besorgt gewesen, dass Zara Adrian nachher ein Ohr abkauen würde, jetzt befürchtete ich allerdings eher, dass peinliche Stille herrschen könnte. Glücklicherweise war Adrian sehr gesellig und schien in jeder Lage genau zu wissen, was er sagen musste, um die Stimmung aufzulockern. Deshalb hoffte ich, dass er auch den heutigen Abend retten konnte.

Früher war ich der festen Überzeugung gewesen, dass mein erster Freund eine Leseratte sein würde. Jemand, der zwar gut aussah, aber auf eine nerdige Art und Weise, bei der ich mir keine Sorgen machen musste, dass jedes Mädchen in näherer Umgebung bei seinem Anblick in Ohnmacht fiel. Ich hatte mir vorgestellt, dass wir gemütliche Nachmittage daheim verbringen würden, jeder mit einem Buch in der Hand, vielleicht sogar vor einem Kaminfeuer. Manchmal war es auch einfach schön, Arm in Arm einen Film anzuschauen oder zusammen zu schweigen, während jeder seinen Gedanken nachhing. Man musste ja nicht ständig um die Häuser ziehen.

Das war allerdings etwas, das ich Adrian wohl erst mit der Zeit würde näherbringen können. Er war gerne unterwegs und wollte immer neue Dinge ausprobieren. Vielleicht würde er mich irgendwann mit seiner Abenteuerlust anstecken, im Moment war sie mir jedoch noch nicht ganz geheuer. Aber wenn man am Anfang einer Beziehung stand, war man sowieso eher bereit, Dinge zu unternehmen, auf die der Partner Lust hatte, um ihm zu gefallen.

Ich hatte eindeutig zu viele Dating-Websites durchforstet. Aber genau deshalb hatte ich nicht widersprochen, als Adrian mich gefragt hatte, ob wir nächste Woche in den Hochseilgarten gehen wollten. Meine Höhenangst war zwar nicht mehr so schlimm, wie sie es früher mal gewesen war, aber in Bäumen herumzuklettern und Angst davor haben zu müssen, dass man bei einem falschen Schritt in die Tiefe stürzte, war noch mal ein ganz anderes Level. Man war natürlich gesichert, aber ich hatte schon oft genug von den Horrorerlebnissen in Freizeitparks gehört, bei denen sich Sicherungen gelöst hatten, Menschen plötzlich aus fünfzig Metern Höhe abgestürzt waren und nichts hinterlassen hatten als eine Pfütze von Eingeweiden …

Oh Mann, musste ich wirklich kurz vor dem Essen an so widerliche Dinge denken?

»Alles in Ordnung, Alice? Ist dir schlecht?«, fragte Zara besorgt. Erst jetzt wurde mir bewusst, dass ich mich in den Griff der Autotür gekrallt hatte, als würde ich gleich panisch hinausspringen.

Ich lockerte meine Hand und atmete tief durch. »Alles bestens. Ich bin nur etwas nervös.«

»Ach, das wird schon, Alice! Dieses Mal passen wir auf, dass dein Date sein Essen auch drinbehält.«

Zara lachte. Am liebsten hätte ich ihr irgendetwas ins Gesicht geworfen.

»Das ist nicht witzig«, grummelte Tyler, der wahrscheinlich den restlichen Abend nicht mehr gut auf sie zu sprechen sein würde, aber immerhin hörte sie auf zu lachen.

Auf der Promenade war heute viel los, weshalb wir ein paarmal um den Block fahren mussten, bevor wir einen Parkplatz fanden. Während wir die letzten Meter zu Fuß gingen, spielte ich sämtliche Szenarien in meinem Kopf durch, wie der Abend verlaufen könnte. Ich war mir sicher, dass es entweder wirklich schön oder absolut grauenhaft werden würde.

Adrian stand bereits vor *Cal's Diner* und winkte uns aus der Ferne zu. Heute hatte er sich die blonden Haare zurückgebunden und trug sie in einem kurzen Zopf. Mir war bisher nicht bewusst gewesen, dass sie lang genug dafür waren. Aber mir gefiel dieser Look, er strahlte etwas Verwegenes aus.

Adrian lächelte uns zu, riss dann aber die Augen weit auf,

als sein Blick auf Tyler fiel. Und auch mein bester Freund versteifte sich neben mir.

»Tyler Bennett, ich glaub's ja nicht!«, sagte Adrian, als er uns entgegenkam.

Tyler presste die Zähne so fest aufeinander, dass schon der Anblick schmerzte. »Adrian Campbell.«

Kannten sich die beiden etwa?

»Du hast mir nie gesagt, dass dieser Verrückte dein bester Freund ist«, sagte Adrian zu mir und knuffte Tyler in den Bauch. Der schien sich über das Wiedersehen allerdings ganz und gar nicht zu freuen.

»Und mir hat sie nicht erzählt, dass sie dich datet«, entgegnete Ty. Eine Eiseskälte ging von ihm aus, die mir einen Schauer über den Rücken jagte.

»Hi, ich bin Zara«, sagte meine Freundin schnell und machte einen Schritt auf Adrian zu.

Er reichte ihr die Hand und lächelte. Ich konnte förmlich sehen, wie sie bei diesem Anblick innerlich zu schmelzen begann.

Nachdem diese seltsame Phase der Begrüßung jetzt hinter uns lag, ging Adrian voran und hielt die Tür des Diners für uns auf. Ich nutzte diese kurze Gelegenheit, um Tyler so fest am Arm zu packen, dass er stehen bleiben und mich anschauen musste. »Was hast du?«

Er rollte mit den Augen und schüttelte den Kopf. »Nicht jetzt, Alice. Lass uns den Abend einfach schnell hinter uns bringen.«

Mit dieser Einstellung hätte ich ihn am liebsten sofort wieder nach Hause geschickt, aber in dem Moment rief Adrian auch schon nach uns. Also folgten wir Zara nach drinnen.

Eine leicht genervt wirkende Bedienung führte uns an unseren Platz und reichte jedem eine Karte, wobei sie gleich viel freundlicher wurde, als Adrian sich bedankte, sein typisches Surferboy-Lächeln lächelte und scherzhaft nach der Empfehlung des Hauses fragte, was sie zum Lachen brachte. Er hatte wirklich ein Talent dafür, Menschen den Tag zu verschönern – das würden wir heute auch gebrauchen können. Wir bestellten unser Essen und die Bedienung ging weiter zum nächsten Tisch.

»Da hat aber jemand Appetit«, witzelte Adrian und pikste mir in den Bauch. Ich hatte mir einen Schokomilchshake und einen Burger mit doppelt Fleisch und Käse bestellt, denn ich hatte mich schon den ganzen Tag so auf die Burger hier gefreut, dass ich noch keinen Bissen gegessen hatte.

Tyler knirschte mit den Zähnen, als wollte er Adrian für seinen Kommentar zu meiner Bestellung an die Gurgel gehen. Schnell wechselte ich das Thema: »Also, erzählt mal, woher kennt ihr beiden euch?«

Adrian legte seinen Arm um meine Schulter und lehnte sich auf der rot gepolsterten Bank zurück. »Wir haben zusammen Baseball gespielt«, sagte er. »Es ist schon ein paar Jahre her, seitdem haben wir uns nicht gesehen.«

»War das damals in diesem Baseballcamp?« Ich wandte mich an Tyler, in der Hoffnung, dass es ihn entspannte, wenn er auf direkte Fragen antwortete.

Doch dazu kam es erst gar nicht, denn Adrian ergriff wieder das Wort. »Genau da! Wenn er über mich so viel geredet hätte, wie er damals über dich geredet hat, hättest du bestimmt schon von mir gehört. So wie er immer von dir geschwärmt hat, klang es, als wäre er total in dich verliebt. Was ich inzwischen gut verstehen kann.«

Ein verschmitztes Lächeln umspielte Adrians Lippen. Doch ich konnte mich gerade nicht auf ihn konzentrieren, denn mir rutschte das Herz in die Hose, als ich verstohlen zu Tyler blickte. Die Wut in seinen Augen wurde immer deutlicher, sodass selbst Zara neben ihm inzwischen etwas nervös auf ihrem Platz hin und her rutschte.

Adrian lachte. »Nimm es mir nicht übel, Bro.«

Ich konnte mich nicht daran erinnern, dass jemand Tyler jemals »Bro« genannt hatte. Er hasste dieses Wort.

Die ganze Situation war so unangenehm, dass ich der Bedienung stumm dafür dankte, dass sie wenige Augenblicke später mit unseren Getränken an den Tisch kam und sie vor uns abstellte. »Essen kommt sofort«, sagte sie, bevor sie wieder verschwand. Am liebsten hätte ich sie angefleht, noch eine Weile hierzubleiben.

Adrian schien zu bemerken, dass mir die ganze Situation unangenehm war, weshalb er seinen Fokus auf Zara und mich verlagerte. »Und ihr zwei Hübschen? Wie habt ihr euch kennengelernt?«

Zara strahlte über beide Ohren, vermutlich weil er das Wort »Hübsche« benutzt hatte. Immerhin fand sie zu ihrer gewohnten Gesprächigkeit zurück und nun sprudelten die Worte nur so aus ihr heraus, als sie alles bis ins kleinste Detail erzählte. Obwohl es gar nicht so viel zu erzählen gab. Wir hatten am ersten Tag der High School zusammen einen kleinen Unfall im Chemielabor ausgelöst und der Rest ist Geschichte. Aber Adrian nickte zwischendurch immer wieder interessiert und stellte an den richtigen Stellen die richtigen Fragen, um Zara glücklich zu machen. Ich war ihm dankbar dafür, dass er sich nicht von Tylers erdolchenden Blicken provozieren ließ.

Auf meinen besten Freund war ich allerdings stinksauer und das würde ich ihm nachher auch deutlich machen. Es konnte nicht sein, dass er mir diesen Abend ruinierte, vor allem, weil *er* Adrian unbedingt hatte kennenlernen wollen. Dann sollte er sich jetzt wenigstens anständig benehmen, vollkommen egal, was in der Vergangenheit zwischen den beiden vorgefallen war. Aber ich musste mir auch eingestehen, dass ich vor Neugierde beinahe platzte.

Tyler hatte nie viel von dem Baseballcamp erzählt, sondern einfach nur gesagt, dass es blöd gewesen war, also war er auch nie wieder hingefahren.

Adrian tauschte sich inzwischen mit Zara über Rock- und Punkbands aus, was mich zum Lächeln brachte. Er konnte wirklich gut mit Menschen umgehen, das hatte er heute Abend bewiesen. Ich setzte diesen Punkt gedanklich auf die Pro- und Kontra-Liste, die ich vor unserem ersten Date angefangen hatte. Mittlerweile war es allerdings nur noch eine Pro-Liste, wenn ich ehrlich war. Denn bisher gab es nichts, das mich an Adrian störte. Er war … perfekt. Und das war ein Wort, das ich nicht leichtfertig in den Mund nahm. Denn früher oder später fand man immer etwas, das man an einer anderen Person nicht mochte.

Mittlerweile hatte ich immerhin dreizehn Dinge aufgelistet, die ich an Tyler nicht ausstehen konnte. Gut, es waren größtenteils vielleicht eher kleine Macken und Eigenarten, aber wenn es schon bei meinem besten Freund so viele Punkte gab, dann wären es bei fremden Personen sicher noch mehr. Und ich war gespannt darauf, was die Zukunft bringen würde.

Als das Essen kam, war ich kurz vorm Verhungern. Adrian und Zara waren noch immer in eine hitzige Diskussion vertieft, in die ich mich hin und wieder einmischte, aber die meiste Zeit hielt ich mich raus, denn es freute mich, dass sie sich gut verstanden, und ich hatte sowieso nicht so viel Ahnung von dem Thema. Außerdem war der Abend schließlich dafür da, dass Adrian meine Freunde kennenlernte – wobei das bei Tyler ja offensichtlich nicht mehr nötig war.

»Alles in Ordnung?«, fragte der mich irgendwann stirnrunzelnd. Ihn sprechen zu hören, überraschte mich so sehr, dass ich mich beinahe an meinem Bacon verschluckte.

»Ja, wieso?«

»Normalerweise hättest du schon vor zehn Minuten aufgegessen«, versuchte er die Stimmung zwischen uns etwas aufzulockern. Ich funkelte ihn jedoch nur wütend an. Er musste nicht an die große Glocke hängen, dass ich mein Essen normalerweise mehr inhalierte als kaute. Das war etwas, das Adrian ruhig früher oder später selbst herausfinden durfte – vorzugsweise später. Ich ignorierte Tyler und widmete mich wieder meinem Burger.

Kaum hatten wir aufgegessen, kam die Bedienung an den Tisch, um uns abzukassieren. Noch bevor wir nach unseren Geldbeuteln greifen konnten, stoppte Adrian uns: »Ich mach das.« Er drückte der Bedienung mit einem breiten Lächeln ein paar Scheine in die Hand und rundete großzügig auf.

»Das hättest du nicht machen müssen«, sagte ich.

»Da hat sie verdammt recht«, knurrte Tyler, woraufhin Adrian abwehrend die Hände hob.

»Ich wollte doch nur die Freunde meiner bezaubernden Freundin zum Essen einladen. Ist das so schlimm?«

Ich zog scharf die Luft ein und schaute zu Zara hinüber, die mich schief anlächelte. Adrian hatte unsere Beziehung gerade zum ersten Mal definiert! Er streckte sich ausgiebig und legte den Arm wieder um meine Schulter. Dabei zog er mich so fest an sich, dass mein Kopf an seiner Schulter lag.

Adrian Campbell war mein fester Freund. Ich, Alice Wright, war Adrian Campbells feste Freundin. Das musste man sich mal auf der Zunge zergehen lassen. Gott, ich war so aufgeregt, dass ich am liebsten laut losgequietscht hätte. Das fette Grinsen auf meinem Gesicht würde ich so schnell jedenfalls nicht mehr loswerden.

Wir tranken noch unsere Gläser leer, bevor wir aufstanden und das Diner verließen. Tyler war die restliche Zeit über still gewesen und versuchte auch gar nicht erst, sich vernünftig von Adrian zu verabschieden. Er nickte ihm nur zu und verschwand dann in Richtung Wagen. Kopfschüttelnd schaute ich ihm hinterher.

»Mach dir nichts draus«, sagte Adrian, der meine nun getrübte Stimmung wohl bemerkte. »Keine Ahnung, was er hat. Ich erinnere mich nicht daran, dass wir uns jemals gestritten hätten.«

Ich seufzte. »Okay, ich versuche, nicht weiter darüber nachzudenken.«

Adrian verabschiedete sich von Zara, die ihm kurz zuwinkte und dann ebenfalls in Richtung Auto ging.

»Es war trotz allem ein schöner Abend«, flüsterte er mir ins Ohr, als wir nur noch zu zweit waren.

»Das finde ich auch.« Das war nicht einmal gelogen. Ich war wirklich glücklich und lächelte auch schon wieder über beide Ohren. Adrian grinste zurück, beugte sich zu mir hinunter und küsste mich voller Leidenschaft.

»Können wir endlich los?«, rief Tyler genervt, weshalb

Adrian und ich uns mit einem letzten schnellen Kuss verabschiedeten.

Kaum saß ich wieder im Wagen, konnte ich mich nicht mehr zurückhalten: »Was zur Hölle ist in dich gefahren?« Eigentlich schrie ich Tyler nie an, aber heute hatte er das Fass zum Überlaufen gebracht.

»Ich weiß nicht, was du meinst«, sagte er bissig, was mich nur noch wütender machte.

»Ach, du weißt nicht, was ich meine, ja? Na, dann helfe ich dir mal auf die Sprünge. Du hast dich *grundlos* wie ein Arschloch verhalten. Und ich will wissen warum, sofort!« Meine Stimme überschlug sich, aber das war mir egal.

Tyler stöhnte. »Alice, du kannst mir glauben, Adrian ist nicht der Richtige für dich. Ich kenne ihn.«

»Du kennst ihn? Weil ihr vor Jahren mal zusammen Baseball gespielt habt?« Ich verschränkte die Arme vor der Brust.

»Ja! Es sind schon so viele Mädchen auf seinen Charme reingefallen. Er ist ein Aufreißer, Alice. Er datet jemanden ein paar Wochen und sobald er sie ins Bett gekriegt hat, wird sie abgeschossen und er prahlt damit auch noch. So war er damals und daran wird sich bestimmt nichts geändert haben.« Tylers Stimme klang beinahe belehrend. Als wüsste er besser, was gut für mich war, als ich. »Er spielt nur mit dir.«

»Ich weiß nicht, wie du auf so einen Blödsinn kommst, Tyler. Adrian und ich sind zusammen, wir hatten nicht nur ein paar Dates – ob es dir passt oder nicht. Und daran werden deine Hirngespinste nichts ändern!«, sagte ich bestimmt. »Keine Ahnung, was in letzter Zeit mit dir los ist, aber ich lasse mir das nicht von dir kaputt machen!«

Zara räusperte sich auf der Rückbank. Für einen Moment

hatte ich vollkommen vergessen, dass sie überhaupt da war. Ich schaute sie durch den Rückspiegel an. »Ja?«

»Vielleicht hat Ty ja recht.« Zara zwirbelte eine ihrer Dreads zwischen ihren Fingern. »Adrian ist unglaublich charmant. Er weiß, wie er Frauen rumkriegt, das ist offensichtlich. Und ich hatte die ganze Zeit das Gefühl, dass da etwas nicht stimmt und er nicht ganz ehrlich ist.«

»Du warst doch so begeistert von ihm. Und jetzt ist sein Charme plötzlich verkehrt?«, fragte ich spitz.

Zara atmete hörbar ein. »Ich habe nur versucht, ihn zu durchschauen. Dir zuliebe! Deine letzten Dates waren für dich so ein Griff ins Klo und ich wollte verhindern, dass so was noch mal passiert. Außerdem …«, sie zögerte kurz. »Ich habe überlegt, ob ich es dir überhaupt sagen soll, weil ich nicht ganz sicher bin, aber ich glaube, Adrian hat der Kellnerin einen Zettel mit seiner Nummer zugesteckt, als er ihr das Geld gegeben hat.«

»Wie bitte?« Das war doch lächerlich! Jetzt hatte Tyler Zara auch noch mit seinen Halluzinationen angesteckt. Natürlich glaubte man Dinge zu sehen, die gar nicht da waren, wenn man einen Menschen gleich von Anfang an verurteilte. Von meinen besten Freunden hatte ich allerdings wirklich mehr erwartet. »Ich möchte aussteigen, fahr rechts ran.« Ich funkelte Tyler an. Der machte aber keine Anstalten, auch nur langsamer zu werden. »Ich meine es ernst. Halt sofort an!«

Er warf mir einen Seitenblick zu, sagte aber nichts. Stattdessen stoppte er das Auto und ließ mich aussteigen. Ich riss die Tür auf, stieg aus und beugte mich noch mal in den Wagen. »Ihr seid beide verrückt.«

»Wir wollen nur das Beste für dich, Alice.« Ein flehender Unterton lag in Tylers Stimme.

»Das Beste wäre, wenn ihr mich mit euren Wahnvorstellungen in Ruhe lasst!« Ich wartete keine Antwort ab, sondern schlug die Wagentür zu und schaute nicht zurück.

Es war verrückt, was Tyler und Zara gesagt hatten. Adrian war kein Aufreißer, sondern ein liebenswerter, netter, lustiger Kerl, der nur Augen für mich hatte. Er war nur freundlich zu der Bedienung gewesen, die offensichtlich einen schlechten Tag hatte. Bisher hatte er nicht ein einziges Mal einem anderen Mädchen auch nur hinterhergeschaut, wenn wir gemeinsam unterwegs gewesen waren. Und er hatte auch nie versucht, mich zu irgendwas zu drängen.

Nein, Tyler und Zara mussten sich täuschen. Beim Minigolf hatte er mir schließlich ehrlich antworten müssen und gesagt, dass bei seinen bisherigen Dates nie die Richtige für eine ernsthafte Beziehung dabei gewesen war. Er hatte dabei aufrichtig geklungen und ich glaubte ihm und vertraute auf mein Gefühl.

Zara war einfach zu besorgt um mich und war dabei etwas paranoid geworden. Und bei Tyler musste es irgendeine Art Eifersuchtsschub sein. Vielleicht hatte er Angst, mich als beste Freundin zu verlieren, wenn ich einen Freund hatte. Denn die Zeit, die Ty und ich sonst miteinander verbrachten, würde ich dann unter anderem Adrian widmen. Das war die einzige Erklärung, die halbwegs verständlich wäre.

Ich hatte nicht einmal gemerkt, dass ich schon bis zu meiner Straße gekommen war. Erst als unser Haus in Sichtweite kam, wurde ich schlagartig ins Hier und Jetzt zurückgeholt. In die Realität, in der Tyler vor meiner Haustür auf der Veranda stand und ins Leere blickte.

Je näher ich kam, desto besser konnte ich seine Gesichtszüge erkennen. Tiefe Falten zeichneten sich auf seiner Stirn ab und seine Haare standen ihm zu Berge, als hätte er sie sich stundenlang gerauft. Kopfschüttelnd nahm ich die drei Holzstufen zur Veranda hoch, die unter meinem Gewicht ächzten.

»Alice –« Tyler trat auf mich zu, streckte die Hand nach mir aus und wollte mich berühren, doch ich entfernte mich aus seiner Reichweite. »Bitte«, flüsterte er, während ich die Tür aufschloss. Doch ich hob weder den Blick noch antwortete ich ihm. Ich konnte seine Anwesenheit gerade nicht ertragen.

Ich schob mich durch die Tür und schloss sie schnell wieder hinter mir. Erst als das Eichenholz zwischen Tyler und mir lag, konnte ich durchatmen. Tränen brannten in meinen Augen. Krampfhaft versuchte ich, sie wegzublinzeln, aber stattdessen liefen sie in Strömen meine Wangen hinunter.

In diesem Augenblick verfluchte ich mein Leben. Ich wünschte mir die alten Zeiten zurück, in denen alles noch so viel einfacher gewesen war. Aber die waren vorbei. Mir blieb nichts anderes übrig, als mich damit abzufinden. Ich war erwachsen und ich musste mich mit solchen Problemen auseinandersetzen, statt die Augen vor ihnen zu verschließen.

Endlich in meinem Zimmer angekommen, warf ich mich nur noch aufs Bett. Es war mir ausnahmsweise egal, dass ich noch meine Straßenkleidung trug. Das Klingeln meines Handys ignorierte ich ebenfalls und war glücklich darüber, als ich schließlich in einen traumlosen Schlaf abdriftete.

Name: Alice Wright
Versuchsperson: Tyler Bennett

Macke/Eigenart: Mr Bennett neigt zur unbegründeten Eifersucht.

Ausgelöste Gefühle:
Ich sollte es vielleicht schmeichelhaft finden, dass Mr Bennett eifersüchtig ist, wenn es darum geht, Zeit mit mir verbringen zu dürfen. Okay, eigentlich weiß ich nicht mal, ob das der Grund für seine Ausbrüche war, aber ich gehe einfach davon aus.

Nichtsdestotrotz ist dieses Verhalten seinerseits durchaus verletzend, da es mir signalisiert, dass sein Glück ihm wichtiger ist als meins. Kaum habe ich einen wundervollen Freund an meiner Seite, redet Mr Bennett mir diesen mies und erfindet Dinge über ihn.

Anders als mit Eifersucht kann ich mir ein solches Verhalten nicht erklären. Doch dazu gibt es keinen Grund. Mr Bennett ist mein bester Freund, er gehört zur Familie. Er wird immer ein Teil von mir und wichtig für mich sein. Daran wird auch ein anderer Junge in meinem Leben nichts ändern. Das sollte Mr Bennett mittlerweile eigentlich wissen. Er wird immer den größten Platz in meinem Herzen einnehmen, selbst wenn er sich so aufführt …

KAPITEL 15

In den nächsten Tagen blieb ich eisern. Ich redete weder mit Tyler noch mit Zara und verbrachte die meiste Zeit entweder beim Lernen für die Abschlussprüfungen oder traf mich mit Adrian. Im Gegensatz zu dem, was Tyler über ihn gesagt hatte, versuchte er auch nach zahlreichen Dates nicht, mich zum nächsten Schritt zu drängen. Er war ein Gentleman und glänzte nur so vor Perfektion. Beinahe krampfhaft versuchte ich, irgendetwas zu finden, was mich an Adrian störte, aber da war nichts. Nada. Niente.

Eigentlich hätte ich mich darüber freuen sollen, aber mir spukten Tylers Worte im Kopf herum. Sie tauchten immer wieder auf, wenn mir bewusst wurde, dass Adrian rundum perfekt war. Was im Grunde schon etwas störend war. Denn ich mochte es, mich gelegentlich über Dinge aufzuregen. Das klang vielleicht verrückt, aber für mich ergab es Sinn. Schließlich war das Leben langweilig, wenn alles perfekt war.

Ich notierte mir gerade ein paar Jahreszahlen, die Mr Jefferson im Geschichtsunterricht herunterratterte. Dabei ignorierte ich Tylers bohrenden Blick in meinem Rücken und die Zettelchen, die er mir zuschob. Sie türmten sich schon neben meinem Notizblock, aber ich schenkte ihnen keine Beachtung. Wahrscheinlich standen sowieso nur wieder Entschuldigungen darauf. Aber Tyler musste lernen, dass eine einfache Entschuldigung manchmal nicht genügte und dass es Dinge gab, die schwerer zu verzeihen waren.

Na ja, eigentlich ließ ich ihn bloß schmoren, damit er aus seinen Fehlern lernte. Natürlich war meine Wut wie immer bereits am nächsten Tag abgeebbt, wofür ich wiederum auf mich selbst wütend war. Aber auch wenn ich Tyler normalerweise sofort verzieh, hatte er in den letzten Wochen einfach so oft Mist gebaut, dass er es nicht verdiente, dass ich ihm gleich wieder um den Hals fiel.

Nur Zara gegenüber hatte ich ein schlechtes Gewissen, denn sie war immer für mich da gewesen und hatte zumindest versucht, mit Adrian auszukommen. Außerdem glaubte ich ihr, dass sie mich nur beschützen wollte und wirklich dachte, sie hätte etwas gesehen, auch wenn es nicht so passiert war. Aber der Abstand zu meinen Freunden tat mir im Moment gut. So hatte ich die Möglichkeit, mich auf andere Dinge zu konzentrieren, die ich in den letzten Monaten vernachlässigt hatte. Wie meine Familie zum Beispiel. Mir war wieder klar geworden, dass ich vielleicht bald den Bundesstaat verlassen würde und die Zeit, die mir bis dahin noch blieb, nutzen sollte, um sie mit meinen Geschwistern zu verbringen.

Als es zum Ende der Stunde klingelte, konnte ich den Klassenraum gar nicht schnell genug verlassen. Trotzdem war ich nicht überrascht, als Tyler mal wieder versuchte, mich nach dem Unterricht abzufangen, um mit mir zu reden, obwohl ich ihn jedes Mal ignorierte.

»Können wir uns endlich wieder vertragen?«, fragte er und wich mir nicht von der Seite. »Alice, komm schon!« Ein Flehen lag in seiner Stimme und er stellte sich so vor mich, dass ich Körperkontakt nicht vermeiden konnte, als ich mich durch die Tür quetschte. Dabei versuchte ich zwar, Tyler nicht direkt anzuschauen, aber es funktionierte nicht. Als unsere Blicke sich trafen, atmete ich scharf ein. Tyler sah gar nicht gut aus, beinahe kränklich. Als hätte er seit Wochen kein Auge zugetan.

Ich konnte mir nicht vorstellen, dass das nur an unserem Streit lag. Schnell ging ich weiter und winkte Amy zu, die an ihrem Schließfach stand und gerade zu uns herüberschaute. Als ich ein paar Schritte auf sie zumachte und sie dabei anlächelte, knallte sie die Tür zu und stapfte an uns vorbei. Völlig verwirrt schaute ich ihrem auf und ab wippenden Lockenkopf hinterher.

»Was war das denn?«, murmelte ich. Tyler dachte wohl, die Frage wäre an ihn gerichtet gewesen, denn auf einmal war er wieder direkt neben mir.

»Es liegt nicht an dir«, sagte er. »Wir hatten Streit und sie ist gerade nicht gut auf mich zu sprechen.«

»Aha.« Ich nickte, glaubte ihm aber ausnahmsweise kein Wort. Amy hatte mich direkt angeschaut und in ihren sonst so freundlichen Augen war der Zorn deutlich zu sehen gewesen. So, als hätte ich ihr irgendetwas getan. Instinktiv fragte ich mich, ob Tyler mit ihr darüber gesprochen hatte, was letzte Woche beinahe zwischen uns geschehen wäre. Das würde immerhin erklären, weshalb sie wütend auf mich war.

Aber was sollte Tyler davon haben, seiner Freundin von seinem Beinahe-Betrug zu erzählen? Wobei schon die Tatsache, dass er mich küssen wollte, eine Art Betrug war. Oder sah ich das zu eng? Erzählte man seinem Partner von so etwas? Würde ich auch mit Adrian darüber reden müssen? Wobei es passiert war, bevor wir beide unsere Beziehung definiert hatten.

»Redest du wieder mit mir?« Tyler stupste mich mit dem Ellbogen an.

Ich schaute zu ihm hoch und seufzte. »Wenn es sein muss.«

Ein Grinsen breitete sich auf seinem Gesicht aus. »Du bist die Beste!«

»Aber du musst damit aufhören, mir meinen Freund schlechtzureden«, sagte ich ermahnend.

»Aber –«

»Mit ihm redest du wieder, aber mit mir nicht?« Mit vor der Brust verschränkten Armen war Zara aufgetaucht und schaute mich nun verletzt an. Hinter ihr stand Jackson, der scheinbar ausnahmsweise in ihrer Nähe sein durfte, ohne dass sie ihm dafür an die Gurgel ging, dass er ihre Luft wegatmete.

»Auch erst seit einer Minute«, versuchte Tyler zu helfen.

Eifrig nickte ich. »Als Nächstes wäre ich zu dir gekommen, ehrlich!« Ich schob die Unterlippe schmollend vor und setzte Marys Dackelblick auf, der Zara zum Schmunzeln brachte.

Dann sprang sie auf mich zu und zog mich in die Arme. »Du hast mir gefehlt.«

»Du mir doch auch«, erwiderte ich lachend. »Und jetzt lass mich los, ich krieg keine Luft mehr. Aber damit das klar ist: Für dich gilt das Gleiche wie für Tyler! Keine Anschuldigungen, wenn sie nicht eindeutig bewiesen werden können.«

»Okay«, antwortete sie. »Tut mir leid, dass ich mich eingemischt habe. Ich vertraue dir, wenn du sagst, dass Adrian ein guter Kerl ist und er dich glücklich macht.«

»Herzerwärmend«, sagte Jack, der das Ganze bisher schweigend beobachtet hatte.

Zara schaute zu ihm hoch, ihr rechter Mundwinkel zuckte, doch dann verfinsterte sich ihre Miene wieder so schlagartig, dass ich nicht wusste, ob ich mir den Anflug von Belustigung in ihrem Blick nur eingebildet hatte. »Könnte man *Von-Jack-genervt-sein* in Geld umwandeln, dann könnte ich heute Nachmittag schon in Rente gehen.« Sie rollte mit den Augen und wandte sich dann wieder zu mir um. Ich schaute kurz zu Jack, dessen Lippen sich amüsiert kräuselten. Hier ging definitiv etwas nicht mit rechten Dingen zu.

»Wann lerne ich eigentlich den mysteriösen Fremden kennen, der dir das Herz gestohlen hat?« Jack zog eine Braue in die Höhe und sah mich streng an. »Ich muss schon sagen, dass es ziemlich beleidigend war, nicht eingeladen worden zu sein.«

Ich tastete nach meinem Handy. Adrian hatte mir erst vorhin eine Nachricht geschrieben, in der er mich zu einer Party am Samstagabend bei sich zu Hause eingeladen hatte. Vielleicht war das die perfekte Gelegenheit, den anderen zu beweisen, dass er kein Aufreißer war.

»Wer hat Lust auf eine Party?«

Nach der harten Woche hatten wir es uns verdient, ausgelassen zu feiern. Wir hatten uns jeden Tag nach der Schule zum Lernen zusammengesetzt, bis unsere Köpfe zu rauchen begonnen hatten. Immerhin fühlte ich mich nun endlich wirklich auf die Prüfungen vorbereitet, weshalb ich mich umso mehr auf die Party freute und vor allem darauf, Adrian wiederzusehen.

Tyler drückte aufs Gaspedal und rauschte die Straße entlang. Zara und Jack saßen auf der Rückbank und waren in eine leise Unterhaltung vertieft. Irgendetwas hatte sich zwischen den beiden geändert – beinahe, als hätten sie einen Waffenstillstand ausgehandelt. Oder sie hatten ein schon lange überfälliges, klärendes Gespräch miteinander geführt. Bei Gelegenheit musste ich Zara unbedingt ausquetschen! So oder so, es war großartig, dass sie sich jetzt wieder besser verstanden.

Adrian wohnte nicht weit entfernt, es dauerte gerade mal fünfzehn Minuten, bis wir in seine Straße einbogen und von der lauten Musik begrüßt wurden. Ich hatte nicht damit gerechnet, dass er in so einem luxuriösen Haus wohnte. Hatte Adrian nicht gesagt, er musste arbeiten gehen, um sich das College leisten zu können?

Als Tyler den Wagen parkte, sprang ich schon aus dem Auto, noch bevor wir endgültig zum Stehen gekommen waren. Sofort kam ich mir lächerlich vor. Ich sollte dringend einen Gang runterschalten. Vor allem um mich nicht vor Adrians Freunden zu blamieren. Ich war auch so schon nervös genug, weil ich sie heute zum ersten Mal treffen würde. Positiv betrachtet konnte es aber eigentlich kaum schlimmer werden als Adrians Aufeinandertreffen mit meinen Freunden.

Wenn man über den Teufel nachdachte, kam er auch schon auf einen zu. Adrian musste einen sechsten Sinn dafür haben, wann ich in seiner Nähe war. Er war wie immer lässig gekleidet, die Haare hatte er wieder ordentlich nach hinten gebunden. Und er hielt eine Coladose in der Hand – keinen roten Plastikbecher. Ich atmete erleichtert auf.

»Schön, dass ihr da seid«, begrüßte Adrian meine Freunde und stellte sich Jackson vor, bevor er mir seine komplette Aufmerksamkeit schenkte, mich in die Arme zog und küsste. Zara lächelte. Sie hatte mir versprochen, dass sie Adrian eine zweite Chance geben wollte, und das tat sie auch.

»Kommt doch rein.«

Adrian führte meine Freunde und mich über den Rasen in Richtung Haus. Der Eingangsbereich war groß und gemütlich eingerichtet, sodass er ein wenig an eine Skihütte erinnerte. Das Wohnzimmer verstärkte diesen Eindruck mit einem kastanienbraunen Teppich und einem Kamin, vor dem eine riesige Wohnlandschaft Platz fand.

In der offenen Küche standen einige von Adrians Freunden und mischten sich ihre Getränke zusammen. »Hier findet ihr alles, was das Herz begehrt«, erklärte er das Offensichtliche. »Das Fernsehzimmer ist den Flur runter links. Da könnt ihr es euch gern bequem machen. Oder überall sonst, wo ihr Platz findet. Falls ihr Badesachen dabeihabt, könnt ihr auch gerne in den Pool gehen, aber nur, wenn ihr nüchtern seid. Wer gegen diese Regel verstößt, fliegt im hohen Bogen raus.«

Der ernste Ausdruck auf seinem Gesicht stand ihm überhaupt nicht – dafür war Adrian ein viel zu fröhlicher Mensch. Aber dass er so verantwortungsbewusst war, machte ihn für mich noch anziehender.

»Danke, Bro«, sagte Tyler. »Und sorry wegen letzter Woche.«

Wow, jeder seiner Gesichtszüge war so angespannt, dass es aussah, als müsste es ihm körperlich wehtun, diese Worte auszusprechen. Adrian machte einen Schritt auf ihn zu und klopfte ihm freundschaftlich auf die Schulter.

»Schon okay, du willst deine Kleine nur schützen, das verstehe ich.«

Bitte was? Ich fühlte mich wie im falschen Film. Dass Adrian mich *Tylers Kleine* nannte, war merkwürdig und fühlte sich einfach falsch an.

»Wollen wir was trinken?«, fragte Jackson. Zara nickte und folgte ihm gemeinsam mit Tyler, sodass ich allein mit Adrian zurückblieb.

»Ich habe etwas für dich«, flüsterte er in mein Ohr.

»Ach ja? Und was?« Mir liefen wohlige Schauer den Rücken hinunter.

Er legte beide Hände hinter seinen Rücken. »Welche Hand?«

Ich grinste. »Rechts!«

Adrian zog die rechte Hand hervor, in der er eine wunderschöne, rote Rose hielt, die er mir entgegenstreckte. Wo hatte er die nur versteckt? »Nur das Schönste für meine Schöne.«

Ich nahm ihm die Blume ab und schob meine Nase in die Blüte. Sie duftete fantastisch. »Danke«, sagte ich und biss mir auf die Unterlippe. Mein Puls beschleunigte sich, als ich einen Schritt auf Adrian zumachte, mich auf Zehenspitzen stellte und ihn küsste. Er seufzte an meinem Mund und zog mich fester an sich heran. Wie sehr ich mir wünschte, diesen Augenblick auf ewig festhalten zu können.

»Soll ich dir das Haus zeigen?«, fragte er, als wir uns dann doch voneinander gelöst hatten, und ich nickte. Ich warf einen letzten Blick zurück zu meinen Freunden, um sicherzugehen, dass bei ihnen alles in Ordnung war. Zara lehnte gegen den Tresen in der Küche und setzte gerade einen Becher an die Lippen, als Jackson etwas zu sagen schien, was sie zum Lachen brachte. Tyler hingegen schaute Adrian und mir nach. Doch dieses Mal lächelte er und nickte mir zu.

Das Haus bestand neben dem Erdgeschoss aus zwei weiteren Etagen und einem ausgebauten Keller. In der ersten Etage lag *sein Reich*, wie Adrian es nannte. Er besaß neben einem Schlafzimmer ein eigenes Arbeitszimmer und ein Bad. Ich war immer verwirrter, weshalb er noch nicht aufs College ging, aber ich wollte nicht so unverschämt sein und ihn über seine Finanzen ausquetschen. Vielleicht war es falsch, einfach davon auszugehen, dass seine Eltern ihm das College bezahlen würden, nur weil sie offensichtlich viel Geld hatten.

»Und hier verbringe ich die meiste Zeit.« Er öffnete die Tür zu seinem Schlafzimmer … wobei das Wort Schlafgemach es wohl eher traf. Allein das Bett, das im Zentrum stand, wirkte auf den ersten Blick größer als mein gesamtes Zimmer. Ein wenig erinnerte es mich an die Einrichtung des Zimmers von Sebastian in *Eiskalte Engel*. Dieses Zimmer wollte so gar nicht mit dem Adrian zusammenpassen, den ich kennengelernt hatte. Ich hätte mein Fahrrad darauf verwettet, dass Adrians Zimmer mit Postern seiner Lieblingsbands oder Schallplatten an der Wand ausgestattet war. Immerhin hatte ich endlich etwas gefunden, das ich auf der Kontra-Seite meiner Liste ergänzen konnte. Mr Perfect war also doch nicht so perfekt.

»Na, was sagst du?« Er stand mit weit ausgestreckten Armen vor mir und drehte sich einmal um seine eigene Achse, als würde er mir etwas verkaufen wollen. Der Anblick brachte mich zum Schmunzeln.

Ich nickte. »Es ist schön.«

Den eigentlichen Kommentar, der mir auf der Zunge lag, schluckte ich herunter. Ich ging ein paar Schritte weiter ins Zimmer und schaute mir alles genauestens an. Adrian besaß nur eine paar Möbel, die an den Wänden aufgereiht waren. Sie waren von keinem einzigen Staubkorn bedeckt. Es musste jemanden geben, der hier alles sauber hielt, denn so oft, wie Adrian unterwegs war, hatte er sicher keine Zeit zum Staubwischen.

Auf der kleinen Kommode neben seinem Bett stand ein verschnörkelter Rahmen mit einem Foto von ihm und seinen Eltern. Sie alle standen kerzengerade und hatten das Kinn in die

Höhe gereckt. Adrian und sein Dad trugen einen Smoking und seine Mutter ein elegantes Ballkleid, das vermutlich mehr kostete, als mein Vater in einem Jahr verdiente. Auf der gegenüberliegenden Seite des Zimmers hingen einige Regale, auf denen Trophäen und Urkunden standen. Ich trat etwas näher heran. Es waren hauptsächlich Preise vom Baseball und Surfen, aber auch einige andere Sportarten befanden sich darunter. Zumindest stimmte dieser Teil von Adrian mit meiner Vorstellung von ihm überein – er schien wirklich sportlich talentiert zu sein.

Er räusperte sich hinter mir. »Du musst denken, ich wäre ein reicher Schnösel.«

Er hatte die Hände in den Hosentaschen vergraben und den Kopf eingezogen. So sah er aus wie ein kleiner Junge, der etwas falsch gemacht hatte und sich davor fürchtete, Ärger von seinen Eltern zu bekommen.

»Ach Quatsch. Es ist nur anders als erwartet. Aber es gefällt mir.« Diese kleine Notlüge zauberte ihm ein Lächeln ins Gesicht, das mein Herz erwärmte.

Adrian kam einen Schritt auf mich zu und schob mir eine Locke hinters Ohr. »So gern ich die Party sausen lassen und mit dir hierbleiben würde, sollte ich auch die anderen Gäste begrüßen.«

»Natürlich!« Ich stellte mich auf Zehenspitzen und drückte ihm einen kurzen Kuss auf die Lippen. Dann verließen wir Hand in Hand sein Zimmer und ich ging zu meinen Freunden, während Adrian sich ins Getümmel stürzte.

Lächelnd ließ ich mich auf die Couch neben Tyler fallen. Ein kurzer Blick zu Zara und Jackson ließ mein Grinsen noch breiter werden. Die beiden flirteten doch tatsächlich miteinander.

»Schön, dass sie das Kriegsbeil begraben haben, was?« Tyler wackelte verschwörerisch mit den Augenbrauen.

»Mal sehen, wie lange das noch anhalten wird.« Ich wollte den Teufel zwar nicht an die Wand malen, aber man sollte den Tag nicht vor dem Abend loben – auch wenn ich auf das Beste hoffte.

»Und, wie gefällt dir das Haus?« Tyler beugte sich nach vorn und stützte die Ellbogen auf seinen Knien ab. Unwillkürlich verzog ich das Gesicht. »Ha! Dann ist dein Mr Perfect wohl doch nicht so perfekt!«

Damit hatte er exakt die Worte ausgesprochen, die ich vorhin noch selbst gedacht hatte. Manchmal hatte ich das Gefühl, dass Tyler in meinen Kopf schauen konnte. Seufzend nahm ich einen Schluck von meiner Cola. »Nur weil sein Zimmer bonzig ist, mag ich ihn nicht weniger.«

»Du hasst Bonzen …«

»Ach Quatsch! Ich hasse es nur, wenn Leute ihr vieles Geld raushängen lassen und andere behandeln wie ihre Fußabtreter, das weißt du doch! Ich habe ja auch nichts gegen Jackson. Und Adrian ist genauso wenig so.« Bis zum heutigen Abend hatte ich nicht einmal vermutet, dass er überhaupt in Geld schwamm. Trotzdem war er ein charmanter, heißer, liebenswerter, lustiger … erwähnte ich schon heißer? Wie auch immer, Adrian war wirklich ein Traumtyp.

»Dir läuft da gleich Sabber aus dem Mund«, neckte Tyler mich und pikte mich in die Seite.

»Ha-ha, sehr witzig!«

Tyler grinste und lehnte sich mit seinem Becher zurück. »Und wo ist dein Loverboy?«

»Er wollte noch die anderen Partygäste begrüßen.« Ich war

mir sicher, Tyler würde aus meinen Worten heraushören können, wie sehr mir das gegen den Strich ging. Eigentlich hatte ich gedacht, dass Adrian den Abend mit mir verbringen und mir seine Freunde vorstellen würde. Aber ich konnte nicht erwarten, dass er sofort alles für mich stehen und liegen ließ.

»Verstehe«, sagte Tyler. »Na, dann amüsieren wir uns halt so lange!«

Seine gute Laune verwunderte mich, aber sie war ansteckend. Er wedelte mit einem Kartendeck vor meiner Nase herum und gemeinsam mit Zara und Jackson spielten wir ein paar Runden. Das war etwas, das uns alle verband – keiner von uns war ein großer Fan vom Tanzen.

Als mein Blick später auf die große Wanduhr fiel, wunderte ich mich langsam, wo Adrian blieb. Er hatte sich in den letzten zwei Stunden ein paarmal kurz blicken lassen, um mir zu sagen, dass er nur noch dieses oder jenes erledigen müsse, bevor er bei mir wäre. Das versetzte mir einen kleinen Stich. Ich wollte zwar nicht zu sehr klammern und verstand auch seine Pflichten als Gastgeber, aber wir hatten uns ein paar Tage nicht gesehen und auch kaum gesprochen, deshalb hatte ich mich so sehr auf den Abend gefreut.

Tyler war gerade dabei, die Karten wieder zusammenzusammeln und neu zu mischen, aber mir war die Lust aufs Spielen irgendwie vergangen. Also stand ich auf und streckte mich. »Ich geh mal schauen, was Adrian so treibt.«

»Sollen wir mitkommen?«, fragte Zara. Ob sie überhaupt merkte, dass sie sich gegen Jackson lehnte?

Ich winkte ab. »Schon okay, spielt ruhig weiter. Ich komme gleich wieder.« Es war deutlich, dass auch Tyler noch etwas sagen wollte, aber dann nickte er doch nur kurz.

Das Haus war mittlerweile ziemlich voll geworden. Ich schlenderte durch die Küche und nahm mir eine weitere Coladose. Als ich hinaus in den Garten trat, füllten meine Lungen sich sofort mit dringend benötigtem Sauerstoff und der Schweiß auf meiner Haut begann zu trocknen. Mir war bis eben gar nicht klar gewesen, wie heiß es drinnen war.

Nachdem ich Adrian weder beim Pool noch auf dem Rasen finden konnte, ging ich wieder hinein und durchkämmte die anderen Zimmer im Keller und Erdgeschoss, doch von ihm fehlte jede Spur. Vielleicht hatte er sich einen Moment in *sein Reich* zurückgezogen. Da er es mir vorhin schon gezeigt hatte, wäre es bestimmt nicht schlimm, wenn ich kurz einen Blick hineinwerfen würde.

Adrians Zimmertür stand einen Spaltbreit offen und ich konnte leise Stimmen von drinnen hören. *War das da eben ein Kichern?* Mit zusammengezogenen Augenbrauen drückte ich die Tür ein Stück weiter auf.

Im schummrigen Licht der Nachttischlampe erkannte ich Adrian, der mit dem Rücken zu mir stand. Um seinen Nacken konnte ich verschränkte Finger mit rot lackierten Nägeln erkennen. Das Kichern, das ich eben gehört hatte, kam von dem Mädchen, das mein Freund da im Arm hielt. Die beiden drehten sich etwas, sodass ich sie besser sehen konnte. Und die dunkelhaarige Tussi schob Adrian gerade ernsthaft die Zunge in den Hals!

Mir wurde schlecht und alles begann sich zu drehen. Mein Freund hinterging mich. Das war alles, woran ich gerade denken konnte. Ich hätte den Mut aufbringen und ihn hier und jetzt zur Sau machen sollen, aber ich war schlagartig völlig kraftlos, also trat ich einfach wieder zurück in den Flur, wo ich mich mit dem Rücken an die Wand lehnte. Ich hatte kaum mitbekommen, dass ich vor Wut die inzwischen leere Coladose in meiner Hand zerdrückt hatte. Wie konnte dieser verdammte Mistkerl mir das antun? Tränen brannten hinter meinen Lidern und ich hielt sie nicht zurück.

»Alice?« Tyler sprang die Stufen hinauf. Ein besorgter Ausdruck lag auf seinem Gesicht. »Was ist passiert? Wieso weinst du?«

Kaum merklich schüttelte ich den Kopf. »Du hattest recht, Ty. Du hattest mit allem so recht. Lass uns bitte einfach abhauen.« Ich drehte mich um und wollte wieder nach unten gehen, aber Tyler packte mich an der Schulter und zwang mich so, zu ihm aufzusehen.

»Was hat er getan?«, knurrte er. Tylers Miene verfinsterte sich, sein Kiefer mahlte und er war kurz davor, zu explodieren. »Hat er irgendetwas versucht?«

»Nein, nichts in der Art.«

»Was dann?« Er fing meinen Blick auf und ich konnte den Sturm in seinen Augen toben sehen. Ich griff nach seinem Unterarm und versuchte, ihn hinter mir herzuschleifen, um ihn davon abzuhalten, etwas Dummes mit dieser Wut anzustellen. Doch Tyler wog auf einmal gefühlte zehn Tonnen und bewegte sich keinen Millimeter.

»Lass uns einfach gehen«, flehte ich mit zittriger Stimme.

Doch Tyler schien meine Worte gar nicht wahrzunehmen. Er riss sich von mir los, machte auf dem Absatz kehrt und stürmte in Adrians Zimmer.

Ich lehnte mich über das Geländer und rief nach Zara und Jackson. Keine Ahnung, ob sie mich über die dröhnende Musik hinweg überhaupt hören konnten, aber Hilfe konnte jetzt nicht schaden. Dann rannte ich hinter meinem besten Freund her.

»Du verfluchter Mistkerl!«, rief Tyler, während er Adrian von dem nun schreienden Mädchen wegzog und quer durchs halbe Zimmer schleuderte.

Tyler packte Adrian an seinem T-Shirt und zog ihn unsanft wieder auf die Beine. »Ich werde dich kleine Mistratte umbringen!«

Adrian lachte trocken.

Ich kochte vor Wut. Wie konnte er in dieser Situation die Nerven haben, auch noch zu lachen? Nachdem er mich bloßgestellt und hintergangen hatte?

»Muss der Held in der strahlenden Rüstung seine kleine Jungfrau rächen?« Seine Stimme triefte vor Sarkasmus.

Tyler presste die Zähne so fest aufeinander, dass ich das Knirschen deutlich hören konnte. Und dann geschah alles so schnell. Tyler holte aus und schlug Adrian die Faust ins Gesicht.

Einmal. Zweimal. Dreimal.

Ich hätte etwas tun sollen, doch ich war wie erstarrt.

»Was ist hier los?« Zara und Jackson kamen ins Zimmer gestürmt. Zara schrie auf, als sie sah, dass Tyler und Adrian aufeinander einprügelten.

»Fuck!«

Jackson verlor keine Zeit. Er ging zwischen die beiden und schob sie auseinander. Adrians Gesicht war blutüberströmt und er hielt sich die Nase. Aber auch Tyler hatte ordentlich etwas abbekommen. Sein linkes Auge war bereits halb zugeschwollen und aus einer kleinen Platzwunde an seiner rechten Braue lief Blut.

»Du bist das Allerletzte!«, schrie Tyler und kämpfte dabei noch immer gegen Jacksons Griff an. Der sprach beruhigend auf ihn ein, aber Tyler war komplett in Rage.

»Verpisst euch auf der Stelle!«, rief Adrian und spuckte Tyler einen Schwall Blut vor die Füße.

Jack zog Tyler aus der Tür, bevor der noch einmal auf Adrian losgehen konnte. Zara und ich blieben noch einen kurzen Moment länger im Zimmer. Ich konnte nicht glauben, dass ich auf diese Masche wirklich hereingefallen war. Wie konnte ich nur so dumm sein? Alle hatten mich gewarnt, aber ich hatte mich für klüger gehalten. Mir lagen so viele Beschimpfungen auf der Zunge, doch ich schluckte sie hinunter. Stattdessen griff ich resigniert nach Zaras Arm. »Komm, wir gehen.«

Sie atmete tief durch und funkelte Adrian wütend an. »Du bist ein verdammter Dreckskerl und ich wünsche dir Chlamydien an den Hals!« Dann drehte sie sich um und wir verließen den Raum.

Wir fanden die Jungs draußen im Garten. Jack stand auf dem Rasen und schaute dabei zu, wie Tyler sich vor allen Partygästen lächerlich machte, indem er herumbrüllte und mit Steinen warf.

»Du solltest ihn vielleicht beruhigen. Auf mich hört er nicht«, sagte Jack. »Bei dir alles so weit in Ordnung?«

Ich nickte. »Ja, danke.«

Ich machte ein paar Schritte auf Tyler zu. Sachte legte ich meine Hand auf seinen Unterarm. Er hörte auf zu schreien und drehte sich zu mir um.

»Du hattest recht mit Adrian.« Ich versuchte es scherzhaft klingen zu lassen, aber dafür war meine Stimme zu brüchig.

Tyler legte seine Hände auf meine Wangen und wischte ein

paar noch nicht getrocknete Tränen fort. In seinem Blick lagen so unendlich viel Schmerz und Trauer, dass es mir das brach, was von meinem Herzen nach dem heutigen Abend noch übrig war. »Es tut mir so leid.«

»Braucht es nicht«, versicherte ich ihm.

Ich wusste nicht, wie lange wir einfach so dastanden und alles um uns herum ausblendeten. Allein Tylers Anwesenheit und der Trost, den er mir dadurch spendete, beruhigten mich.

»Wir sollten gehen.« Jackson kam zu uns und deutete mit einer Handbewegung hinter sich. Adrian stand mit noch immer blutendem Gesicht auf seiner Veranda und schaute verächtlich zu uns herüber.

Wir verließen das Grundstück und Tyler reichte Jackson ohne zu zögern die Autoschlüssel, damit er uns nach Hause fahren konnte.

»Wenn was ist, melde dich bitte sofort. Du weißt, ich bin immer für dich da«, sagte Zara, als wir sie absetzten. »Wir können auch sein Haus mit Eiern bewerfen, wenn du das möchtest.«

Ich schmunzelte leicht. »Danke, das weiß ich sehr zu schätzen.«

Wir setzten den Weg schweigend fort. In meinem Kopf kreisten so unendlich viele Gedanken, wirr und zusammenhangslos. Ich konnte sie nicht sortieren. Ich bekam nicht mal mit, dass wir bei uns in der Straße anhielten, Jackson den Motor abstellte und sagte, dass er den Wagen morgen Mittag wieder zurückbringen würde.

Wie in Trance öffnete ich den Gurt, verabschiedete mich und stieg aus. Tyler folgte mir. Die Abendluft war kühl. Langsam gingen wir den Weg entlang, der zu meinem Haus führte.

Ich musste Tyler nicht anschauen, um zu wissen, dass er mich ansah. Ich spürte es mit jeder Faser meines Körpers wie ein Kribbeln, das sich auf meiner Haut ausbreitete.

»Wollen wir noch etwas an der frischen Luft bleiben?«, durchbrach Tylers Stimme die Stille. Wir setzten uns auf die morschen Verandastufen und ich lehnte den Kopf gegen das Geländer.

»Danke«, flüsterte ich.

»Ich wünschte, ich hätte dir diese Party ausgeredet.« Er klang heiser.

Ich schnaubte. Als wäre es möglich gewesen, mir das auszureden. Ich hätte gleich auf ihn hören sollen. Tyler war klug, er kannte Adrian und er war nicht von Gefühlen geblendet gewesen. Aber ich hatte davon nichts hören wollen. Obwohl ich es geahnt hatte. Adrian war zu perfekt gewesen, um wahr zu sein.

»Du weißt, dass ich viel zu stur bin. Ich hätte dir nicht zugehört.«

Tyler legte seine Hand auf meine, mit der ich den Stoff meiner Hose umklammert hielt. Sofort entspannte ich mich wieder. »Tut mir leid, dass du verletzt wurdest.«

»Ach, das ist doch gar nichts.«

Er drückte meine Hand.

Tyler sah so frustriert aus, dass es mich nicht wundern würde, wenn er gleich wieder einen Stein nehmen und ihn durch das nächste Fenster werfen würde.

»Trotzdem. Du hättest dich nicht für mich prügeln müssen.«

Als er den Kopf hob, konnte ich sehen, dass Tyler mit sich rang, einen inneren Kampf ausfocht, den niemand gewinnen konnte. Er wandte mir den Körper zu, sodass wir einander direkt anschauen konnten. Ein verräterisches Funkeln lag in seinen Augen. Oder waren es meine, die sich in seinen spiegelten?

Tyler schluckte hart. Dann zog er mich in eine feste Umarmung, die ich bitter nötig hatte. Es fühlte sich gut an, ihm nahe zu sein. Er war mein Fels, war er schon immer gewesen.

»Wieso kann ich nicht jemanden wie dich finden?«, seufzte ich an Tylers Brust. Mit ihm war alles so einfach, bei ihm musste ich mich nicht verstellen und konnte ganz ich selbst sein. Er verurteilte mich für nichts und war immer da.

Ganz behutsam, als hätte er Angst mich zu verletzen, entfernte Tyler sich wenige Zentimeter von mir. Er schaute mich so an, wie Dad meine Mom früher angesehen hatte. Ich musste furchtbar aussehen. Komplett zerzaust und verheult, doch das schien ihn nicht zu stören. Auf der anderen Seite störten mich sein zugeschwollenes Auge und sein blutverschmiertes Gesicht genauso wenig. Er war immer noch Tyler.

Etwas blitzte in seinen Augen auf, das mich wie magnetisch anzog. Tyler schien es ähnlich zu gehen. Wir näherten uns behutsam, ließen einander nicht einen Moment aus den Augen. Und dann trafen sich unsere Lippen.

In meinem Inneren explodierte ein Feuerwerk, als Tyler mich packte und an sich zog. Ich fühlte mich, als wäre in diesem Moment mein größter Traum in Erfüllung gegangen. Ein Traum, von dem ich gar nicht gewusst hatte, dass ich ihn jemals geträumt hatte. Tylers Lippen bewegten sich geschmeidig und passten perfekt auf meine. Wie zwei Puzzleteile, die zusammengehörten. Als sollte es genau so sein.

Er schmeckte süß, nach Apfel und Zucker, eine Mischung, die mich an den Jahrmarkt erinnerte, der immer unten am Pier stattfand.

Langsam glitt seine Hand an meinen Hinterkopf, während die andere weiterhin um meine Hüfte geschlungen war. Wie eine Verhungernde hielt ich mich an Tyler fest, bis schlagartig ein Bild vor meinem geistigen Auge auftauchte.

Das Bild eines wunderschönen Mädchens mit blonden Locken und großen, blauen Augen.

Amy.

Ich riss die Augen auf und stieß Tyler weg. Keuchend schaute ich ihn an.

»Alice, ich –«, begann er, doch ich unterbrach ihn.

»Das war ein Fehler«, sagte ich. »Ein schrecklicher Fehler. Wir sind Monster, Tyler. Du hast eine Freundin, verdammt! Wie soll ich Amy jemals wieder unter die Augen treten?«

»Alice, hör mir zu«, setzte er an, doch ich schüttelte weiter vehement den Kopf.

»Nein, Ty. Du bist mein bester Freund. Ich war einen Moment neben der Spur, es tut mir leid. Das darf und wird sich auf keinen Fall wiederholen.« Ich sprang auf die Beine, musste mich allerdings am Geländer festkrallen, um nicht gleich wieder zusammenzusacken. Wie hatte ich das nur zulassen und mich so sehr in diesem Kuss verlieren können? Das war einfach schrecklich falsch.

»Ich wollte die Situation nicht ausnutzen, bitte verzeih mir«, sagte Tyler und stand ebenfalls auf. »Du hast recht, das war ein Fehler«, setzte er leiser nach. »Ich sollte gehen. Gute Nacht, Alice.«

Er wandte sich ab und folgte dem Pfad durch den Garten, um kurze Zeit später in seinem Haus zu verschwinden.

Für einen Moment blieb ich wie angewurzelt stehen. Meine Hand tat zwar vom krampfhaften Festhalten am Geländer weh, doch ich war auch nicht in der Lage, es loszulassen ohne umzukippen.

Ich schaute zu Tylers Fenster hoch. Er hatte die Gardine zugezogen. Wie konnte sich etwas Falsches nur so verdammt richtig anfühlen? Wie konnte es gerade mein bester Freund sein, der solche Gefühle in mir auslöste? Oder war es nur meine Verletzlichkeit gewesen? Ich wusste es nicht. Im Grunde genommen wusste ich im Moment gar nichts.

Nachdem ich mich wieder einigermaßen gefangen hatte, wagte ich es endlich, die Tür zu öffnen und ins Haus zu gehen. Es gab offensichtlich einiges, über das ich dringend nachdenken musste. Doch dafür war morgen noch genügend Zeit, heute hatte ich keine Kraft mehr.

Name: Alice Wright
Versuchsperson: Tyler Bennett

Macke / Eigenart: Mr Bennett denkt nicht über die Konsequenzen seines Handelns nach.

Ausgelöste Gefühle:
Ich bin verwirrt. So verwirrt war ich in meinem ganzen Leben noch nicht. Und das liegt einzig und allein an Mr Bennett. Er ist mein bester Freund, war schon immer ein Teil von mir – ein Teil, ohne den ich nicht komplett bin. Ein Teil, ohne den ich nicht funktioniere. Ich brauche ihn, wie ich die Luft zum Atmen brauche. Aber wir sind Freunde, nichts weiter. Oder doch? Ich weiß es nicht.

Mr Bennett ist in einer Beziehung und trotzdem hat er mich geküsst. Nein, das ist gelogen. Wir haben uns geküsst. Von wem dieser Kuss ausging, weiß ich nicht. Es war, als wären wir einfach wie magnetisch voneinander angezogen worden.

Was soll ich davon halten? Wie ich bereits sagte, hat Mr Bennett eine Freundin. Und ich? Ich bin so etwas wie seine Schwester. Also, wie konnte eins so plötzlich zum anderen führen? Wir beide wissen, dass es ein Fehler war, der sich niemals wiederholen darf. Und doch gibt es tief in meinem Inneren diesen kleinen Teil, der sich wünscht, es würde eine Wiederholung geben. Ich möchte seine Lippen ein weiteres Mal auf meinen spüren. Denn nichts in meinem Leben hat sich jemals so perfekt angefühlt.

Das ändert allerdings nichts daran, dass dieser Fehler uns unsere langjährige Freundschaft kosten könnte. Doch wir sind stark genug, das zu überstehen. Zumindest hoffe ich das. Aber wie denkt er darüber?

Verdammt, ich weiß nicht weiter. Und das kommt selten vor.

Dieses Projekt ist komisch und es zwingt mich zum Nachdenken. Wie soll das nur weitergehen? Was soll ich nur tun?

KAPITEL 16

Die vergangenen Tage waren alles andere als einfach gewesen. Tyler und ich hatten versucht, zur Normalität zurückzukehren und uns nichts anmerken zu lassen. Doch wer genau hinsah, konnte sehen, dass etwas nicht stimmte.

Trotzdem versuchte ich, die Gefühle in mir runterzuschlucken. Seit dem Kuss war eine Woche vergangen. Eine Woche, in der ich jeden verdammten Tag daran gedacht hatte. Wann immer ich die Augen schloss, war es, als konnte ich Tylers Lippen auf meinen spüren. Selbst der Geschmack von Apfel und Zucker war noch so präsent, dass ich kein Obst mehr sehen konnte, ohne den Tränen nahe zu sein. So weit war es schon mit mir gekommen.

Von Adrian hatte ich nichts mehr gehört. Seine Nummer hatte ich gelöscht und ihn auf sämtlichen Plattformen blockiert. Wenn es nach mir ginge, würde ich nie mehr wieder auch nur einen Gedanken an diesen Mistkerl verschwenden.

Am Montag war der Abgabetermin des Psychologieprojekts. Ich hatte meine ganzen Protokolle ein weiteres Mal zur Hand genommen und jedes Wort verinnerlicht. Noch immer war ich mir nicht ganz sicher, was Miss Pilkey genau von uns verlangte. Normalerweise hätte mich diese Tatsache in den Wahnsinn getrieben. Unwissenheit war etwas, mit dem ich nicht klarkam. Doch dieses Mal war es anders. Mir war es einfach egal, ob ich die Aufgabe richtig verstanden hatte. Denn je öfter ich die Protokolle gelesen hatte, desto mehr überkam mich das Gefühl, dass ich wusste, was ich in mein Fazit schreiben musste, auch wenn es vielleicht nicht das war, was Miss Pilkey von mir hören wollte. Ich musste es mir von der Seele schreiben, wenn ich schon nicht mit Tyler selbst darüber sprechen konnte.

Ein letztes Mal testete ich meinen Kugelschreiber, bevor ich den Block aufschlug und losschrieb:

Dieses Projekt hat mich an meine seelischen Grenzen gebracht. Ich hätte niemals geglaubt, dass so etwas jemals passieren würde, doch so ist es.

Hatte ich es zu Beginn noch lustig gefunden, meinen besten Freund als Versuchskaninchen zu missbrauchen, missfiel mir der Gedanke immer mehr, je weiter das Projekt voranschritt. Das liegt allerdings nicht daran, dass es mir schwerfällt, Tyler Bennetts Fehler aufzuschreiben, sondern eher an der Tatsache, dass ich mich durch dieses Projekt sehr viel intensiver und tiefgründiger mit ihm als Person auseinandersetzen musste. Viel mehr, als ich es unter normalen Umständen getan hätte, obwohl er mein bester Freund ist. Und was das in mir ausgelöst hat, gefällt mir nicht. Könnte ich die Zeit zurückdrehen, würde ich es tun.

Ich habe nun, wie vorgeschlagen, nach einer einwöchigen Pause noch einmal jedes Protokoll angeschaut. Je öfter ich das getan habe, desto bewusster ist mir eines geworden: All diese Macken und Eigenarten von Mr Bennett machen ihn zu dem Menschen, der er ist.

Jeder Mensch hat Fehler und jeder Mensch macht Fehler. Aber das ist doch genau das, was uns einzigartig und individuell macht, oder sehe ich das falsch? Ohne all diese Eigenheiten wäre Mr Bennett schließlich nicht der Mensch, den ich so sehr mag. Wobei das untertrieben ist. Ich wollte es mir nicht eingestehen und auch jetzt hadere ich noch mit mir selbst. Denn, sobald ich die Worte zu Papier bringe, kann ich sie nicht wieder zurücknehmen. Sie aufzuschreiben, macht meine Gefühle realer. Damit würde ich sie aus meinem Kopf herauslassen und ich weiß nicht, ob ich schon dazu bereit bin. Aber mir bleibt nichts anderes übrig.

All die vorher aufgeführten Eigenheiten von Tyler Bennett machen ihn nicht nur zu einem einzigartigen Individuum, sondern sind auch die Gründe, weshalb ich ihn liebe. Nicht, wie man einen besten Freund liebt, der immer wie ein Bruder für einen war. Sondern wie man seinen Partner liebt, mit dem man das ganze restliche Leben verbringen will. Ich liebe ihn aus tiefstem Herzen, mit jeder Faser meines Körpers. Und eigentlich weiß ich das schon seit vielen Jahren.

Über die Zeit habe ich meine Gefühle versucht zu verbergen und sie irgendwie zu verdrängen. Aber nun ist mir klar geworden, dass das sinnlos war. Denn nur, weil ich einen Schleier über sie gelegt hatte, sind sie noch lange nicht verschwunden. Nein, im Gegenteil. Sie sind mit der Zeit viel stärker geworden. Und das jagt mir eine verdammte Angst ein.

Scheiße, am liebsten würde ich all diese Gefühle aus meinem Körper herausreißen und sie in ein tiefes Loch werfen. Und nun weiß ich nicht, wie ich weitermachen soll. Das ist alles zu viel für mich.

Wäre dieses Projekt nicht gewesen, hätte ich es vielleicht doch noch irgendwann geschafft, dass diese Gefühle sich in Luft auflösen. Dadurch, dass ich mich allerdings so intensiv mit Mr Bennett auseinandersetzen musste, war es nur eine Frage der Zeit gewesen, bis sie zurück an die Oberfläche gekommen sind.

Aber ich habe etwas gelernt: Perfektion liegt im Auge des Betrachters. Denn für mich machen die gesammelten Macken Mr Bennett erst perfekt. Sie alle machen einen großen Teil seines Charakters aus und auch, wenn er mich mit vielen dieser Dinge oft auf die Palme bringt und ich ihn an manchen Tagen am liebsten *erwürgen würde, so würde ich diese Eigenarten von ihm doch nicht missen wollen.*

Dieses Projekt hat mich zum Nachdenken über Dinge gebracht, über die ich mir sonst nie erlaubt hätte nachzudenken. Ob ich das nun gut finde oder nicht, spielt keine Rolle. So oder so hat mich die Erkenntnis getroffen wie ein Schlag:

Ich liebe jede Macke und jede Eigenart von Tyler Bennett.

Ich liebe meinen besten Freund.

Als ich den Stift absetzte, war ich drauf und dran, die Seite aus dem Block zu reißen, zu zerknüllen und in den nächsten Mülleimer zu befördern. Das war mit Sicherheit nicht das, was Miss Pilkey lesen wollte. Sie hatte so hohe Erwartungen an mich gehabt und meine Gefühle für Tyler waren gerade alles, woran ich denken konnte.

Aber Miss Pilkey war auch mal in meinem Alter gewesen. Also hoffte ich, dass sie es verstehen würde.

Ich atmete tief durch und überflog die Zeilen noch einmal. Hier und da änderte ich eine Formulierung oder stellte einen Satz um. Doch der Inhalt blieb derselbe. Ich hatte mich in meinen besten Freund verliebt. In einen wundervollen jungen Mann, der eine Freundin hatte. Eine großartige und liebenswürdige Freundin, der ich nicht den Freund ausspannen konnte und wollte. Und das setzte mir besonders zu.

Schnell tippte ich die Seiten ab und fügte sie dem Dokument hinzu, das ich schon vorbereitet hatte. Morgen würde ich die Arbeit abgeben und hoffen, dass ich nicht durchfallen würde.

Als ich alles ausgedruckt und zusammengeheftet hatte, stand ich auf und machte ein paar Schritte durchs Zimmer. Vor dem Fenster blieb ich stehen und streckte mich. Tyler saß mit seinem Laptop auf der Fensterbank und starrte konzentriert auf das Display. Er hatte Kopfhörer auf und tippte, hämmerte beinahe, in die Tasten.

Bestimmt saß er auch am Fazit des Psychologieprojekts. Ich erwischte mich dabei, darüber nachzudenken, welche Macken und Eigenarten er wohl über mich notiert hatte. Mir fiel auf Anhieb einiges ein, was ich über mich aufgeschrieben hätte. Aber ob das auch die Macken waren, die Tyler notiert hatte? Was störte ihn wohl an mir? Vielleicht hatte er am Ende auch Schwierigkeiten gehabt, doch noch auf fünfzehn schlechte Eigenschaften zu kommen. Oder womöglich war ihm sogar so viel eingefallen, dass er nun wieder welche streichen musste. Ich schüttelte den Kopf. Es brachte nichts, darüber nachzudenken, schließlich würde ich es sowieso nie erfahren.

Ich beobachtete Tyler eine Weile. Es war irgendwie sexy, wie er dasaß. Er hatte eine schwarze Jogginghose an und ein dunkelblaues Muskelshirt, das seine Arme hervorragend zur Geltung brachte. Eine kleine Strähne fiel ihm in die Stirn und sein Kiefer mahlte, wie er es immer tat, wenn er hoch konzentriert war.

Plötzlich hielt Tyler inne und schaute zu mir rüber. Augenblicklich wurden meine Wangen heiß. Ich hatte ihn angestarrt und meinen Gedanken freien Lauf gelassen – und er hatte mich dabei erwischt. Konnte es noch peinlicher werden?

Tyler zog die Mundwinkel hoch und winkte mir zu. Mein

Herz machte ein paar kleine Hüpfer. Ich zwang mich, meine Hand zu heben und winkte mechanisch zurück. Kurz darauf widmete er sich wieder seinem Text und ich schmiss mich aufs Bett, wo ich mir das Kissen aufs Gesicht drückte.

Verdammter Mist!

Wieso zur Hölle war die Liebe nur so scheißkompliziert?

KAPITEL 17

»Vielen Dank, dass Sie alle pünktlich abgegeben haben«, sagte Miss Pilkey zur Klasse. »In den nächsten Tagen werde ich mir die restlichen Projekte anschauen, sodass ich Ihnen hoffentlich in der kommenden Woche Ihre Noten mitteilen kann. Die Arbeiten, die ich bisher durchgesehen habe, haben mir überwiegend sehr gut gefallen. Es war deutlich, dass Sie sich Gedanken über die Aufgabe gemacht haben.«

Nervös rutschte ich auf meinem Stuhl herum. Natürlich wusste ich nicht, welche Arbeiten Miss Pilkey sich schon angeschaut hatte, aber ich hatte die Hoffnung, dass meine zu einer der guten gehörte.

Tyler war heute nicht im Unterricht. Catherine meinte, es ginge ihm nicht sonderlich gut. Es war ungewohnt, dass er nicht neben mir saß. Irgendwie war es ohne ihn gleich viel kälter im Kursraum.

»Heute werde ich Ihnen keine Hausaufgaben mitgeben. Genießen Sie das sommerliche Wetter, indem Sie draußen für die anstehenden Abschlussprüfungen lernen.« Miss Pilkey zwinkerte. Sie wusste genauso gut wie wir, dass es nicht dazu kommen würde. Bei diesem Wetter war Lernen das Letzte, woran wir denken konnten. Heute war der erste richtig heiße Tag in Georgeville. Die meisten würden ihn am Strand verbringen, sich in die Wellen stürzen oder aufs Surfbrett schwingen.

Ich allerdings nicht. Ich brauchte momentan meine Ruhe, um meine Gedanken neu zu ordnen und das konnte ich nicht, wenn ich unter Leuten war.

Als es zum Ende der Stunde klingelte, packte ich meine Sachen zusammen und wollte mich gerade auf den Weg zu meinem Schließfach machen.

»Miss Wright, schön, dass Sie noch da sind. Ich würde gerne mit Ihnen über das Projekt sprechen«, hörte ich die Stimme meiner Lehrerin hinter mir. Sie sprach so monoton, dass ich nicht einschätzen konnte, ob sie gute oder schlechte Nachrichten für mich hatte. Ich schluckte hart und drehte mich zu ihr um.

Ein leichtes Schmunzeln war auf ihrem Gesicht zu sehen. Sie würde mich nicht anlächeln, wenn ich durchgefallen wäre, oder?

»Ja?«, hakte ich nach, als Miss Pilkey nicht weitersprach.

»Hach, wo soll ich bloß anfangen?« Sie wischte sich eine imaginäre Träne aus dem Augenwinkel und fasste sich mit der anderen Hand ans Herz. »Ihre Arbeit hat mich zutiefst berührt. So viel Ehrlichkeit, Herzschmerz und Drama.« Ihre Stimme klang aufrichtig, auch wenn mir wegen ihrer Wortwahl die Hitze in die Wangen schoss. »Ich wusste, dass Sie mich nicht enttäuschen würden. Nichtsdestotrotz war ich überrascht, wie nah mir Ihr Text ging.«

In diesem Moment war ich wirklich froh, dass Tyler nicht da war. Wenn er dieses Gespräch mitbekommen hätte, hätte er mich sicher sofort darüber ausgefragt, was genau ich geschrieben hatte.

»Können wir in meinem Büro weiterreden?«, fragte Miss Pilkey und deutete den Gang hinunter. »Ich werde Ihnen eine

Entschuldigung für die Verspätung in der nächsten Stunde schreiben.«

Fragend blickte ich Miss Pilkey an. Kam da vielleicht doch noch ein Aber? Langsam nickte ich. »Natürlich.«

Ich folgte ihr ins Büro und setzte mich an den Schreibtisch.

»Es war mutig von Ihnen, mir Ihre Gefühle zu offenbaren«, fuhr Miss Pilkey fort. »Doch es war nicht nur Ihr Projekt, das mich begeistert hat. Leider kann ich es Mr Bennett heute nicht persönlich sagen, aber auch sein Gegenstück zu Ihrem Text war überaus bewegend.«

War es? Was hatte Tyler geschrieben, dass auch sein Text sie berührt hatte? Ob sie sich verplappern und mir davon erzählen würde?

Miss Pilkey sprach weiter. »Und da Mr Bennett und Sie sich so nahestehen«, sie machte eine kurze Pause, in der sie mich verschmitzt angrinste und die aufgemalten Brauen wackeln ließ, »können Sie ihm gerne die erfreuliche Nachricht überbringen.«

»Und die wäre?«, fragte ich, noch immer vollkommen ahnungslos, worauf Miss Pilkey hinauswollte.

Sie legte ihre Hände auf den Tisch und lächelte. »In der vorletzten Schulwoche gibt es, wie Sie wissen, einige Veranstaltungen in der Aula, bei denen die Seniors den jüngeren Schülern die verschiedenen Fachbereiche näherbringen sollen. Ich möchte, dass Mr Bennett und Sie gemeinsam Ihre Projekte vorstellen, da beide sich so hervorragend ergänzen. Ihre Texte können sicher nicht nur viele Schüler motivieren, sich für die Psychologie zu entscheiden, sondern auch in anderen Lebenslagen durchaus hilfreich sein.«

Mir stockte der Atem. Ich konnte auf keinen Fall intime Details meines Aufsatzes vor der ganzen Schülerschaft auspacken. »Ich denke nicht, dass wir –«

»Lassen Sie mich ausreden«, unterbrach Miss Pilkey. »Es werden einige Stipendiengeber vor Ort sein. Auch Mr Jeffrey Bloomburgh vom Dartmouth College hat sich einen Platz in der ersten Reihe gesichert. Das ist Ihre große Chance, Miss Wright.«

Nicht nur, dass Miss Pilkey mir ein Empfehlungsschreiben ausgestellt hatte, jetzt hatte sie auch noch den Stipendiengeber vom Dartmouth eingeladen, Tyler und mir dabei zuzuhören, wie wir unser Psychologieprojekt vorstellten. Das war unglaublich großzügig von ihr und eine Riesenchance. Allerdings hatte sie uns dabei nicht nach unserer Meinung gefragt. Wie konnte ich mich jetzt noch aus der Affäre ziehen?

Verdammt, ich konnte Miss Pilkey nicht hängen lassen. Aber noch weniger konnte ich vor Hunderten von Schülern über meine Gefühle für Tyler sprechen. Aber vielleicht gab es die Möglichkeit, die Einzelheiten zu umgehen? Ich konnte doch einfach darüber berichten, dass ich seine Macken lieben gelernt hatte. Auf welche Weise musste schließlich niemand wissen.

Ich seufzte. »In Ordnung.« Ich konnte Miss Pilkey einfach nicht enttäuschen. Oder mir diese Chance entgehen lassen. »Mr Bennett und ich werden sehr gerne das Projekt vorstellen.«

Aufgeregt klatschte sie in die Hände. »Das ist wundervoll, Miss Wright! Eine Sache noch: Sie beide müssen das Projekt vorab mitsamt Ihren Bewerbungsunterlagen an folgende Adresse schicken.« Sie schob mir einen Flyer zu, auf dem alle Informationen aufgeführt waren. »Andernfalls kann man Sie nicht für die Stipendienvergabe berücksichtigen. Um pünktliche Einsendung wird ausdrücklich gebeten.«

Nickend nahm ich den Flyer und auch den zweiten, den Miss Pilkey mir für Tyler mitgab, und verstaute sie in meinem Rucksack. Dieses Projekt konnte meine Eintrittskarte in das Leben sein, das ich mir immer gewünscht hatte. Allein bei dem Gedanken pochte mein Herz vor Aufregung. Ich musste unbedingt zu Tyler und ihm davon erzählen, auch wenn es gerade merkwürdig zwischen uns war. Ich brauchte dieses Stipendium!

Miss Pilkey begleitete mich zur Tür und drückte mir die Entschuldigung für die nächste Stunde in die Hand, die sie schnell auf einen Notizzettel gekritzelt hatte. »Danke für diese unglaubliche Chance«, sagte ich ehrlich bewegt.

»Miss Wright.« Ich hielt inne und schaute zu ihr zurück. Miss Pilkey legte mir ihre Hand auf die Schulter und lächelte mich breit an. »Ich freue mich sehr für Sie. Ich hätte nie gedacht, dass dieses Projekt so wunderbare Auswirkungen haben könnte. Und nun gehen Sie schnell in den Unterricht.«

Dann drehte sie sich um, schloss die Tür direkt vor meiner Nase und ließ mich ein wenig verwirrt zurück. Hatte sie immer noch von dem Stipendium gesprochen? Egal, nicht mehr lange und ich würde wissen, ob ich auf mein Wunschcollege würde gehen können. Ich konnte es immer noch nicht fassen!

Nach der letzten Stunde wartete ich ausnahmsweise nicht auf Zara, sondern schrieb ihr eine Nachricht, dass ich den ersten Bus nach Hause nahm. Ich musste so schnell wie möglich zu Tyler und ihm von den Neuigkeiten erzählen. Ich hatte mich den ganzen Tag auf nichts mehr konzentrieren können. Immer wieder hatte ich die Flyer vom Dartmouth in die Hand genommen und gelesen. Wir mussten unsere kompletten Bewerbungsunterlagen mit dem Aufsatz in den nächsten zehn Tagen einreichen.

Völlig außer Atem kam ich bei den Bennetts an. Ich klingelte Sturm, bis das leise Schlurfen von Schritten zu hören war. Kurz darauf öffnete Tyler mir die Tür. Seine Nase war so rot wie die von Rudolph dem Rentier und er hielt ein vollgerotztes Taschentuch in der Hand. Igitt, so krank hatte ich ihn schon lange nicht mehr gesehen.

Leider minderte auch seine Rotznase sein Attraktivitätslevel kein bisschen, sodass ich meine Gedanken erst mal kurz wieder sortieren musste.

»Alice, was willst du hier?«, fragte Tyler und zog überrascht die Augenbrauen hoch.

Ich drückte mich an ihm vorbei ins Haus und setzte mich an den Esstisch.

»Ja, komm doch rein und mach es dir gemütlich«, stöhnte Tyler und folgte mir. »Jetzt sag schon, was los ist. Ich fühle mich furchtbar und du hast meinen Schönheitsschlaf gestört.«

Ich schnaufte. »Ja, so siehst du auch aus.« Tyler funkelte mich wütend an. »Aber heute in der Schule ist etwas Großartiges passiert, wovon ich dir unbedingt erzählen muss.«

Mit skeptischem Blick zog sich Tyler einen Stuhl zurecht und setzte sich. »Na dann, ich bin ganz Ohr.«

Ohne Punkt und Komma ratterte ich alles runter, was Miss Pilkey mir vorhin erzählt hatte, und ließ nichts aus. Na ja, bis auf die Details meines Projekts natürlich. Tyler hatte sich alles angehört, ohne eine Zwischenfrage zu stellen. Gerade hielt er den Flyer in der Hand und überflog ihn, während ich uns zwei Gläser Wasser aus der Küche holte.

»Und, was sagst du?« Ich stellte die Gläser vor uns auf den Tisch.

»Ich weiß nicht, Alice«, murmelte Tyler. »Willst du wirklich, dass ich vor der ganzen Schule von deinen schlechten Eigenschaften erzähle? Und will ich von meinen Fehlern hören? Das ist doch unangenehm.«

Augenrollend ließ ich mich auf den Stuhl fallen. »Wir haben nach dieser Präsentation nur noch eine Abschlussprüfung und du dein letztes Baseballspiel. Es kann uns vollkommen egal sein, was man dann über uns denkt.«

»Ja, das stimmt schon. Aber was ist mit unserer Meinung voneinander? Auf der Chambersparty hast du nicht gerade positiv reagiert, als ich dich auf eine deiner Macken aufmerksam gemacht habe. Also, ist es wirklich das, was du tun willst?« Tyler schaute immer noch skeptisch auf den Flyer in seiner Hand.

Er hatte zwar recht, aber ich nickte trotzdem. »Ja, Tyler. Für mich ist das wahrscheinlich die einzige Chance auf ein gutes College«, erklärte ich ihm. »Du hast bestimmt einige Optionen und bekommst viele Angebote für Sportstipendien. Ich kann aber kaum etwas vorweisen. Ich muss diese Möglichkeit ergreifen. Unsere Freundschaft wird das aushalten, da bin ich mir sicher!« Zumindest wollte ich fest daran glauben. Hier ging es immerhin um meine Zukunft, um die Verwirklichung meines größten Traums!

Ich riss die Augen weit auf und schob die Unterlippe vor. Als Tyler mich anschaute, lachte und schnaufte er gleichzeitig. Dann schüttelte er den Kopf und atmete tief durch. »Okay, wenn es dir so viel bedeutet, dann ziehen wir das durch.«

»Danke!«, quietschte ich, sprang von meinem Stuhl auf und

fiel Tyler um den Hals. Er erstarrte sofort und auch mir wurde schlagartig bewusst, dass wir uns seit unserem Kuss nicht mal mehr berührt hatten. Schnell ließ ich ihn los und tat so, als müsste ich sofort nach Hause, um zu lernen.

Bevor Tyler die Tür schloss, erinnerte ich ihn noch an die Frist. »Vergiss nicht, pünktlich abzugeben!«

»Versprochen«, sagte er und lächelte sanft.

Zu Hause ging ich direkt in mein Zimmer und sammelte alle Unterlagen zusammen, die vom Stipendiengeber gefordert wurden.

Ich arbeitete bis tief in die Nacht an meiner Bewerbung und konnte erst erleichtert aufatmen, als alles fertig war.

Ich hatte mein Bestes gegeben und nun konnte nichts mehr schiefgehen, da war ich mir sicher.

KAPITEL 18

Die nächsten Wochen bestanden nur aus einem: lernen, lernen, lernen, lernen. Die ersten Prüfungen hatte ich schon hinter mich gebracht. Als Nächstes standen Geschichte und Mathematik auf dem Plan. Zwei Fächer, die ich auf den Tod nicht ausstehen konnte. Doch mir blieb nichts anderes übrig, als auch die zu bestehen, denn sonst war's das mit dem Traum vom Dartmouth.

Da wir heute nur einen halben Schultag gehabt hatten, saß ich schon einige Stunden am Schreibtisch. Ich hatte Kopfhörer aufgesetzt und war so konzentriert, dass ich Wendy beinahe vor Schreck mit einem Stift beworfen hätte, als sie ins Zimmer gestürmt kam und mir »Tyler ist unten und will mit dir reden!« ins Gesicht geschrien hatte.

»Du musst nicht so brüllen, ich bin nicht schwerhörig.« Ich setzte die Kopfhörer ab, rollte den Stuhl zurück und stand auf. Es war neu und verwirrend, dass Tyler sich nicht einfach selbst in mein Zimmer einlud, wie er es normalerweise tat.

Als ich ins Wohnzimmer kam, stand er mit dem Rücken zu mir. Er schaute zur Wanduhr und beobachtete scheinbar fasziniert das stetige Ticken. Eine Weile blieb ich stehen und sah ihm amüsiert dabei zu. Die Hände hatte er tief in den Hosentaschen vergraben und sein Körper war angespannt.

Ich räusperte mich. Tyler zuckte zusammen und drehte

sich so schnell zu mir um, dass er mit dem Ellbogen dieselbe Vase von der Kommode stieß, die auch meiner Tollpatschigkeit schon fast zum Opfer gefallen war. Glücklicherweise fing Tyler sie auf, bevor sie in tausend Teile zerspringen konnte.

»Ich habe dich nicht kommen hören.« Seine Stimme klang ähnlich sprunghaft wie sein Körper sich gerade bewegte.

»Was gibt's so Wichtiges?«, fragte ich möglichst lässig. Ich wollte mir nicht anmerken lassen, wie sehr es mich freute, dass er hier war. Neuerdings schlug mein Magen immer Purzelbäume, sobald er in der Nähe war. Und wenn wir uns dann noch im selben Zimmer aufhielten, hämmerte mein Herz auch noch so stark in meiner Brust, dass ich Angst hatte, Tyler könnte es hören. Ob es mir gelingen würde, diese Gefühle irgendwann wieder abzuschalten?

Tyler kratzte sich am Kopf. »Ich wollte mit dir sprechen.«

»Das hat Wendy schon gesagt.«

»Richtig«, sagte er und trat von einem Fuß auf den anderen. »Also, es gibt da etwas, was mir schon eine Weile auf der Seele brennt. Ich, ähm, weiß nur nicht, wo ich anfangen soll.«

Tyler lief in dem kleinen Zimmer auf und ab, als hätte er Hummeln im Hintern. Ich erinnerte mich nicht daran, ihn je so nervös erlebt zu haben. Nicht mal damals, als er mir von seinem Plan erzählt hatte, Amy um ein Date zu bitten. Schnell verdrängte ich diesen Gedanken wieder, denn wenn ich an eines *nicht* denken wollte, dann daran, dass der Mann meiner Träume eine Freundin hatte.

»Wie wäre es denn mit dem Anfang?«, schlug ich vor.

Er nickte. »Ja, ja, na klar.« Seine Stimme klang zittrig. »Also, Alice, ich –«

Bevor Tyler weitersprechen konnte, wurde die Haustür geöffnet und mein Dad kam herein, in seiner Hand hielt er einen Stapel Briefe.

»Hallo, Tyler«, begrüßte er meinen besten Freund, dann wandte er sich an mich. »Alice, Liebes. Hier war etwas für dich in der Post.« Dad grinste breit, als er einen der Briefe hochhielt und damit herumwedelte.

Quietschend riss ich ihm den Umschlag aus der Hand. »Er ist vom Dartmouth«, kreischte ich und drehte mich zu Tyler. »Du wirst jetzt Zeuge von einem der wichtigsten Momente meines Lebens.«

»Alice, können wir zuerst reden? Bitte«, sagte er nachdrücklich.

Dad lachte. »Ach, Tylcr. Sic hat so lange auf diesen Brief gewartet. Du glaubst doch nicht wirklich, dass sie die Geduld für nur eine Minute mehr hat.«

»Aber es ist wichtig, Alice!«, flehte er. Ich hörte ihm gar nicht mehr richtig zu, denn gedanklich las ich schon die Zusage von meinem Traum-College, während ich den Brief mit einer schnellen Handbewegung aufriss.

Ich zog das Schreiben heraus und überflog es. Das Grinsen, das ich eben noch auf dem Gesicht gehabt hatte, verschwand schlagartig.

»Alice …« Tyler kam auf mich zu und legte mir die Hand auf die Schulter, doch ich schlug sie weg und wirbelte zu ihm herum.

»Wie konntest du mir das antun?«, spuckte ich ihm regelrecht entgegen und hielt ihm den Brief vors Gesicht. Den Brief, in dem stand, dass man mich nicht für ein Stipendium berücksichtigen konnte, weil Tyler seinen Teil des Projekts nicht eingereicht hatte. »Erklär mir das, Tyler!«

»Was ist denn los?«, mischte Dad sich ein.

»Das hier ist los!« Ich warf ihm das Schreiben buchstäblich vor die Füße, auch wenn Dad der letzte Mensch war, der an dieser Situation Schuld hatte. Als er das Blatt aufhob und überflog, sog er scharf die Luft ein.

Hinter meinen Lidern brannte es. Heiße Tränen flossen unkontrollierbar aus meinen Augenwinkeln. »Wieso, Tyler? Wieso hast du das getan?« Ich schüttelte den Kopf, immer und immer wieder. Ich konnte nicht verstehen, wieso er sein Versprechen gebrochen und mir diese Chance genommen hatte.

»Können wir in Ruhe reden, bitte?« Erneut versuchte Tyler, mich zu berühren, aber ich wich zurück.

»Nein!«, schrie ich. »Verdammt, Ty!«

Dad verließ unauffällig das Wohnzimmer, wahrscheinlich um uns Freiraum zu geben. Aber alles, was ich gerade wollte, war, auf Tyler loszugehen. Also wäre es vielleicht doch besser gewesen, wenn Dad geblieben wäre.

»Alice, es tut mir leid, ehrlich«, setzte er an. »Ich mache es wieder gut, versprochen.«

»Wie willst du das wiedergutmachen? WIE? Ich wollte dieses Stipendium unbedingt!« Ich musste jemanden schlagen oder etwas zerstören. Also steuerte ich die Kommode an, griff nach der Vase und warf sie quer durchs Zimmer gegen die Wand. Sie explodierte regelrecht und die Scherben verteilten sich überall auf dem Teppich. Ich wusste, ich würde die Sauerei nachher wegkehren müssen, damit sich meine Schwestern nicht verletzten, doch das war mir gerade egal. Wenigstens für einen kurzen Moment hatte das laute Krachen meinen Drang nach Zerstörung befriedigt.

Tyler war so ein rücksichtsloser Blödmann. Ich sprang auf

ihn zu und stieß ihn mit aller Kraft gegen die Schulter, was ihn allerdings kaum ins Wanken brachte.

»Du bist so unzuverlässig! Ich dachte wirklich, dass du einmal in deinem Leben nicht nur an dich denkst. Aber nein, da habe ich mich getäuscht!« Ich weinte inzwischen noch stärker.

Und ganz schlagartig wurde mir etwas klar: Dieses Psychologieprojekt hatte mir zwar in gewisser Weise die Augen geöffnet, was meine Gefühle betraf. Doch wenn ich genauer darüber nachdachte, war das alles Schwachsinn. Tylers Macken waren weder klein noch waren sie auch nur im geringsten liebenswert. Nicht nur, dass er ein absoluter Chaot war, dazu war er noch unzuverlässig, ignorant und nahm absolut keine Rücksicht auf andere. Meine Gefühle hatten mich dafür blind gemacht und ich hatte mir das alles nur schöngeredet.

Ich hielt in meiner Bewegung inne und schaute ihn mit verquollenen Augen an. Tyler war unglaublich selbstverliebt. Wie konnte mir das nur so lange entgangen sein?

»Alice.« Er packte meine Oberarme und hielt mich fest. »Bitte, hör mir zu. Lass es mich erklären.«

Ich schüttelte den Kopf. »Raus hier.« Meine Stimme war brüchig, ein leises Flüstern, kaum wahrzunehmen.

»Bitte.«

»Hörst du schlecht, Tyler?«, schrie ich nun. »Ich will, dass du gehst und ich will, dass du mich ab sofort in Ruhe lässt!« Ich stieß ihn von mir, noch härter als zuvor. Dieses Mal geriet er leicht ins Straucheln, aber fing sich schnell wieder. »Du bist ein verdammter Egoist. Und ich habe auch noch zugelassen, dass du mit meinen Gefühlen spielst! Du hast eine Freundin, Ty. Denkst du auch mal an sie? Scheinbar nicht. Du bist auch nicht besser als Adrian. Bitte geh mir aus den Augen. Ich kann das alles nicht mehr.«

Ruckartig zog er seine Hände zurück, als hätte er sich an meinem Körper verbrannt. »Das meinst du nicht ernst?« Schmerz lag in seiner Stimme und normalerweise hätte ich jetzt Mitleid empfunden, aber Tyler war schon immer ein verdammt guter Schauspieler gewesen. Nur hätte ich nie damit gerechnet, dass er dieses Talent auch in unserer Freundschaft einsetzte. Sollte er doch zur Hölle fahren!

»Ich meine es vollkommen ernst. Es reicht mir mit dir. Dieses Mal endgültig«, sagte ich voller Nachdruck.

Tyler stolperte rückwärts. Dann hielt er inne und wollte schon wieder einen Schritt nach vorne machen, aber als ich den Kopf schüttelte, blieb er mutlos stehen.

Ich konnte das nicht. Ich konnte so nicht weitermachen. Das ging schon viel zu lange so.

»Wenn es das ist, was du willst«, sagte er gebrochen, ehe er den Kopf senkte und aus der Haustür verschwand.

»Ja, genau das will ich«, flüsterte ich, auch wenn er mich nicht mehr hören konnte. Dann brach ich auf der Couch zusammen und ließ den restlichen Tränen freien Lauf.

KAPITEL 19

Zara und ich gingen nebeneinander den Pier entlang. Sie hatte mich aus dem Haus zerren und zwingen müssen, hierherzukommen. Die Sonne stand hoch am Himmel, es war ein unglaublich warmer Sommertag. Ich konnte ihn allerdings kein bisschen genießen. Tyler und ich hatten seit zwei Wochen nicht ein Wort mehr miteinander geredet. Es tat unfassbar weh, auch nur an ihn zu denken. Ihn andauernd durchs Fenster sehen zu müssen, war nicht hilfreich.

Ich hatte Miss Pilkey von dem Bewerbungsdesaster erzählt. Sie war ziemlich sauer gewesen, hatte mir aber versichert, sie würde alles in ihrer Macht Stehende versuchen, damit man mich doch noch irgendwie bei der Stipendienvergabe berücksichtigen würde. Aber sie konnte mir nichts versprechen. Das musste sie auch nicht. Miss Pilkey hatte sowieso schon so viel für mich getan und ich hatte sie enttäuscht.

Ich hatte ihr zwar die Situation grob erklärt, aber sie hatte trotzdem darauf bestanden, dass Tyler und ich die Präsentation hielten. Ich hatte keine Lust darauf, mich mit ihm abzugeben und auf der Bühne so zu tun, als wären wir die besten Freunde. Denn das waren wir nicht mehr. Diese Zeiten waren vorbei. Aber ich fühlte mich Miss Pilkey gegenüber verpflichtet, wenigstens das zu tun.

»Du isst ja gar nichts«, sagte Zara, um die beklemmende

Stille zu füllen, die zwischen uns entstanden war. Sie hatte recht. Ich hatte gerade einfach keine Lust auf den Becher mit Eis, den ich schon die ganze Zeit in der Hand hielt. Er roch zwar verführerisch nach Schokolade, aber schon beim Gedanken daran, mir einen Löffel in den Mund zu schieben, wurde mir schlecht.

»Du kannst ihn haben«, sagte ich trocken und hielt Zara den Becher unter die Nase. Sie nahm ihn entgegen, beförderte ihn aber in den nächsten Mülleimer.

Vor einer Bank, die in Richtung Meer zeigte, blieb sie stehen. »Wollen wir uns setzen?« Sie wartete keine Antwort ab, sondern schwang sich mit einer katzenhaften Bewegung auf die Rückenlehne und atmete tief durch. Seit der Party bei Adrian sah Zara glücklicher aus als je zuvor, auch wenn sie versuchte, es zu verstecken. Aber selbst ich hatte mitbekommen, dass sich etwas verändert hatte.

Ich ließ mich neben ihr auf die sandige Bank gleiten und schaute auf die sich aufbäumenden Wellen. Es hatte etwas Beruhigendes, das Meer zu beobachten und an nichts zu denken. Zumindest funktionierte das einige Sekunden, bevor meine Gedanken wieder Richtung Tyler wanderten und mir die Tränen in die Augen schossen. Ich wollte sie wegblinzeln, doch es war zu spät.

Verdammte Scheiße!

In den letzten Wochen war mir das öfter passiert. Ich wusste nicht mal, warum ich andauernd weinen musste. Trauerte ich um meine langjährige Freundschaft? Um mein Stipendium? War ich wütend oder frustriert? In mir tobten so viele Emotionen, dass sie zu einer großen, klebrigen Masse verklumpten und ich nicht mehr wusste, was ich eigentlich fühlte.

»Du solltest ihm verzeihen.« Zara schaute ebenfalls übers Meer, als sie das sagte.

»Wie bitte?«

Sie ließ die Schultern hängen und seufzte. »Ty und du seid unzertrennlich gewesen. Du solltest ihm wenigstens die Chance geben, die Situation zu erklären und eure Freundschaft nicht einfach so wegwerfen.«

Mir platzte der Kragen. »*Einfach so?* Meinst du das wirklich ernst?« Ich sprang auf und ballte die Hände zu Fäusten. »Er hat mir aus purem Egoismus meine Zukunft versaut und das nennst du *einfach so?* Es kann nicht jeder das Glück haben, reiche Eltern zu haben, die einen auf jede Uni der Welt schicken können.«

Zara riss den Mund vor Empörung weit auf. »Du weißt, dass ich viel lieber in einem liebevollen Zuhause leben würde als in einem luxuriösen. Kein Geld der Welt macht eine glückliche Familie.«

Ich stöhnte. »Ja, ja, das haben wir alle schon tausendmal gehört.«

»Ich weiß wirklich nicht, was dein Problem ist, Alice. Ich versuche nur, mit dir zu reden, aber du blockst sofort ab und greifst mich an«, erwiderte Zara aufgebracht.

»Sagt die Richtige«, gab ich zurück. »Es ist jedenfalls gut zu wissen, auf welcher Seite du stehst. Zum Glück ist die Highschool bald vorbei, dann kann ich mir neue Freunde suchen!« Mit diesen Worten griff ich nach meiner Tasche und stapfte davon.

Gerade als ich mich umdrehte, knallte ich in jemanden, der plötzlich vor mir stand. Als ich hochschaute, traf ich auf helle Augen, die mich verwirrt anschauten.

Tyler.

Und hinter ihm stand Jackson.

Fassungslos drehte ich mich zu Zara, die den Kopf einzog und meinem Blick auswich.

»Du bist so hinterhältig«, fauchte ich, bevor ich mich von Tyler entfernte und die anderen stehen ließ.

Ich hörte noch, wie er mir irgendetwas hinterherrief und dann zu Zara sagte: »Ich dachte, sie wollte, dass wir herkommen.« Das hatte sie ja geschickt eingefädelt. Es war, als hätte sich die komplette Welt auf einmal gegen mich verschworen!

Zu Hause angekommen, sprintete ich ohne ein Wort in mein Zimmer und warf mich aufs Bett. Ich versuchte zu schlafen, aber meine Gedanken kreisten viel zu sehr um meine angeblichen »Freunde«, die alle doch nur an sich selbst dachten. Die Zahnräder in meinem Hirn ratterten, bis ich endlich vom Schlaf erlöst wurde.

Zeit. An manchen Tagen hatte man das Gefühl, dass sie viel zu schnell an einem vorbeiraste. An wieder anderen Tagen schienen sich die Zeiger der Uhr nicht bewegen zu wollen.

Die Zeit ohne Tyler verging quälend langsam. Heute noch weniger als in den letzten beiden Wochen. Immer und immer wieder starrte ich auf meinen Wecker. Doch die Uhrzeit schien sich nicht zu ändern. Eine Sekunde zog sich bis ins Unendliche, fühlte sich an wie eine Woche oder sogar ein Jahr.

Tyler hatte sich regelmäßig gemeldet. Ich konnte nicht zählen, wie oft er sich bei mir entschuldigt und mich um Verzeihung gebeten hatte. Aber es ging nicht, ich brachte es nicht übers Herz. In der Schule wich ich ihm aus und strafte ihn jedes Mal mit Ignoranz, wenn er versuchte, ein Gespräch mit mir anzufangen.

Er hatte mein Herz gebrochen und sein Verhalten war nicht zu entschuldigen.

Ein leises Klopfen riss mich aus meinen sich wiederholenden Gedanken. »Ja?«

Dad öffnete die Zimmertür und schob seinen Kopf durch den Spalt. »Bist du wach?«, flüsterte er, obwohl er die Antwort kannte. Ich starrte daher nur zu ihm herüber und zuckte mit den Schultern. Ein sanftes, aber trauriges Lächeln zeichnete sich auf seinem Gesicht ab. Er hob die Hand, in der er das Festnetztelefon hielt, die Muschel mit der anderen Hand abgedeckt. »Es ist Tyler.«

Drei Worte brauchte es.

Drei Worte, um mir erneut den Boden unter den Füßen wegzureißen. Heiße Tränen brannten in meinen Augen. Ich presste die Lider fest aufeinander, um sie zurückzuhalten. Schnell schüttelte ich den Kopf. »Ich will nicht mit ihm sprechen.«

Dad runzelte die Stirn, blickte zögerlich durch das Zimmer und knickte schließlich ein. »Sie ist nicht da. Kann ich ihr etwas ausrichten?«, sagte Dad ins Telefon. Ich konnte Tylers Worte am anderen Ende der Leitung nicht verstehen, aber anhand der Lautstärke vermutete ich, dass er aufgebracht war. »In Ordnung, ich werde es ihr sagen. Grüß deine Mutter bitte ganz lieb.«

Ich seufzte, als Dad das Telefonat beendete und ich Tylers weit entfernte Stimme nicht mehr hören musste. Doch anstatt das Zimmer zu verlassen, blieb mein Vater im Türrahmen stehen.

»Ist noch etwas?« Ich hasste mich dafür, wie ich mit ihm

redete. Ich wollte meine Wut und Enttäuschung nicht an ihm auslassen, aber ich hatte gerade kein anderes Ventil.

Dad stöhnte. »Ach, Alice. Ihr wart vierzehn Jahre unzertrennlich. Möchtest du ihm nicht verzeihen? Er gibt sich so viel Mühe.« Ein wenig fühlte ich mich wie im falschen Film. Ein Film, in dem es sich alle zur Aufgabe gemacht hatten, mich mit ihren Worten auf die Palme zu bringen.

»Auf keinen Fall.« Ich sagte es voller Überzeugung, als wäre es wirklich so einfach. Aber das war es nicht.

Die Tränen ließen sich nicht länger aufhalten. Meine Schultern bebten und ich zitterte am ganzen Körper.

»Ach, Liebling.« Dad setzte sich zu mir aufs Bett und zog mich in seine Arme. Immer wieder strich er mir über den Rücken und flüsterte mir zu, dass alles wieder gut werden würde, genauso wie Mom es früher getan hatte. Er ließ mich weinen, während er mich leicht hin und her schaukelte, als wäre ich ein kleines Kind. Und genau so fühlte ich mich gerade. Ich brauchte nichts mehr als die Liebe und die Fürsorge meines Vaters.

Das erste Mal seit Wochen hatte ich das Gefühl, dass die Zeit viel zu schnell verging. Als auch die letzte Träne geweint war, löste sich Dad von mir. Behutsam strich er mir die Haare von der verklebten Stirn. Sein warmherziges Lächeln gab mir die Kraft, wieder durchzuatmen.

»Es wird vorbeigehen«, flüsterte er. »Irgendwann wird es nicht mehr so schrecklich wehtun. Und bis dahin werde ich immer für dich da sein.«

»Danke, Dad«, flüsterte ich und vergrub meinen Kopf an seiner Schulter. Wenn jemand meine Lage einigermaßen nachvollziehen konnte, dann war er es.

Er küsste meine Stirn und lächelte mir aufmunternd zu. »Schlaf ein wenig. Morgen wird es dir bestimmt besser gehen.«

»Okay.«

Er ließ die Tür leise ins Schloss fallen und ich war wieder allein in der Dunkelheit meines Zimmers. Ich war zwar müde, aber die Angst, die Augen zu schließen, war zu groß. Denn immer wenn meine Lider schwer wurden, sah ich Tyler vor mir.

Ich musste in den letzten Tagen schon jedes Erinnerungsstück, das mit ihm zu tun hatte, in einer Kiste verstauen und in meinem Schrank verschwinden lassen. Aus den Augen, aus dem Sinn. Zumindest dachte ich das. Doch allein das Wissen, dass all diese Gegenstände und Fotos in greifbarer Nähe waren, reichte aus, damit ich mich elend fühlte.

Ich brachte es aber auch nicht übers Herz, sie wegzuschmeißen. Immerhin befanden sich vierzehn Jahre voller wunderschöner Ereignisse in dieser Kiste. Zum Beispiel ein kleiner Nemo, den Tyler mir vorletztes Weihnachten auf der Kirmes geangelt hatte, oder einige Fotos von uns. Eins davon ist mir besonders im Gedächtnis geblieben: Es war im letzten Frühling entstanden, als wir gemeinsam am *Muddy Devils Run* teilgenommen hatten – einer Art Hindernislauf in einer schlammigen Waldgegend. Wir hatten uns von oben bis unten eingesaut, waren gleichzeitig aber auch stolz und glücklich gewesen. Auf dem Foto hielten wir unsere Teilnehmermedaillen grinsend in die Kamera. Am meisten allerdings vermisste ich mein *Miss Always (W)right* T-Shirt, das ich ebenfalls in den Tiefen des Tyler-Kartons vergraben hatte.

Ich seufzte. Nie wäre ich auf die Idee gekommen, dass mein Leben sich innerhalb weniger Monate so verändern konnte. Eigentlich war ich immer der Meinung gewesen, dass Tylers und meine Freundschaft für die Ewigkeit war, denn sie war das einzig Beständige in meinem Leben gewesen. Wo andere gegangen waren, Freunde, die ich aus der Middle School kannte, Mom und auf gewisse Weise auch Will und Dad, war er geblieben. Aber nun musste ich feststellen, dass alles irgendwann ein Ende fand.

Das Leben war leider kein Ponyhof und auch kein Disneyfilm. Nicht jeder bekam ein Happy End, egal ob man es sich verdient hatte. Das Schicksal konnte nämlich ein ziemliches Miststück sein.

Aus der Schublade meines Nachttischs holte ich die Liste hervor. Sie war das Einzige, das nicht mit dem restlichen Zeug in die Kiste gewandert war. Immerhin brauchte ich sie für die bald anstehende Präsentation. Immer wenn ich die Protokolle durchging, führte ich mir selbst vor Augen, dass meine Entscheidung die richtige gewesen war. Es war richtig, die Freundschaft mit Tyler zu beenden und damit abzuschließen.

Abzuschließen, dass ich nicht lache.

Diese Liste mit ihren fünfzehn Punkten zeigte ganz klar, dass Tyler überhaupt nicht perfekt war. Er hatte Fehler. Er war verletzend, egoistisch, ignorant und verbreitete Chaos wie ein Wirbelsturm. Das hatte er mir in den sechzehn Wochen oft genug gezeigt. So lange hatte es gedauert, bis ich zu meinem Fazit gekommen war. Das Fazit, für das ich nicht nur ihn hasste, sondern auch mich.

Ich liebe jede Macke und jede Eigenart von Tyler Bennett.

Ich liebe meinen besten Freund.

Mit den Fingerspitzen strich ich über die Schrift und versuchte, das Papier zu glätten. Ich hatte es so oft herausgekramt und gelesen, dass es ein Wunder war, dass es noch nicht auseinandergefallen war.

Als ich das Projekt damals begonnen hatte, hatte ich noch gedacht, ich würde nie wirklich fünfzehn Punkte zusammenbekommen. Jetzt saß ich hier, dachte an Tyler und an das, was er mir angetan hatte, und könnte sofort einhundert weitere Dinge ergänzen. Wie das Leben so spielte … In einem Moment war man noch von unglaublicher Liebe erfüllt, die den ganzen Körper durchströmte, und im nächsten Moment verwandelte sich dieses Gefühl in Verbitterung und Hass. Hass auf alles und jeden.

Plötzlich wurde mein Hals trocken und das Atmen fiel mir schwer. Dieses blöde Projekt war an allem schuld! Schnell ging ich zum Fenster und riss es auf. Die lauwarme Nachtluft fühlte sich gut an. Den Kopf in den Nacken gelegt beobachtete ich den Himmel und versuchte, den Sternen ihre Bilder zuzuordnen. Bei einigen fiel es mir leicht, doch andere Konstellationen waren kaum zu erkennen.

Ich konnte mich nicht erinnern, wann ich das letzte Mal so zur Ruhe gekommen war. Ich schloss nicht nur meine Augen, sondern auch meine Gedanken und versank stattdessen in einer Traumwelt, in der alles möglich war. Solange ich selbst dort nicht glücklich war, war meine Suche nach der großen Liebe noch nicht beendet. Der einzig wahren Liebe, die immer behauptete, dass es für jeden *den einen Seelenverwandten* gab.

Du hast ihn schon gefunden.

Kopfschüttelnd vertrieb ich diesen Gedanken.

Als meine noch immer brennenden Augen träge und die Lider schwerer wurden, entschloss ich mich, wieder ins Bett zu gehen.

Irgendwann, ich wusste nicht, ob es Minuten oder Stunden waren, gelang es mir endlich, einzuschlafen. Zeit war eine merkwürdige Sache.

KAPITEL 20

»Wenn du dich nicht konzentrierst, wirst du die Prüfung niemals bestehen.« Colin verdrehte genervt die Augen. Zum tausendsten Mal versuchte er mir vektorielle Parametergleichungen im dreidimensionalen Raum zu erklären, aber ich war mit den Gedanken nicht bei der Sache. Die Formeln fanden in meinem Kopf einfach keinen Platz.

Ich stöhnte. »Tut mir leid, ich gebe mein Bestes.«

»Tust du nicht«, entgegnete Colin und schaute mich mitfühlend an. Ich hatte ihm erzählt, was passiert war. Er war momentan der einzige Mensch in meinem Umfeld, der mir nicht immer wieder die gleichen klugen Ratschläge erteilte. Er verstand, weshalb es für mich nicht einfach war, Tyler zu verzeihen.

»Tut mir leid.« Ich entschuldigte mich viel zu oft.

Colin rutschte neben mich. Wir hatten uns in der Küche ausgebreitet und die Unterlagen auf dem großen Esstisch verteilt. Unzählige Papierberge stapelten sich vor mir. Von deren Inhalt war bisher allerdings nicht sonderlich viel hängen geblieben.

»Alice.« Ich hob den Blick. »Du musst es versuchen. Es ist die vorletzte Prüfung, dann hast du es geschafft.«

Er hatte recht. Nur noch zwei Prüfungen, bevor ich endlich frei war. Na ja, und ich musste noch die Präsentation hinter mich bringen, die in drei Tagen anstand. Drei Tage, in denen ich Tyler noch aus dem Weg gehen konnte. Wir hatten uns einzeln auf den Vortrag vorbereitet. Es sollte zwar eine Gemeinschaftsarbeit sein, aber da sie sowieso unbenotet und meine Aussichten auf ein Stipendium in weite Ferne gerückt waren, konnte ich darauf verzichten, mich mit Tyler zusammenzusetzen, um daran zu arbeiten.

»Schön, erklär es mir noch mal«, sagte ich seufzend. »Dieses Mal passe ich auf.«

Colin musterte mich prüfend. Er glaubte mir kein Wort. Verständlicherweise. Immerhin hatte ich ihm das heute schon oft versprochen, aber noch nie gehalten.

Ich lehnte mich nach vorn, stützte die Ellbogen auf der kalten Tischplatte ab und konzentrierte mich auf das Aufgabenblatt, das vor uns lag. Colin gab sich wirklich Mühe, mir alles Schritt für Schritt zu erklären. Und dieses Mal verstand ich ihn sogar.

Ein paar Stunden später brachte ich Colin zur Tür. Er drehte sich noch einmal zu mir um. »Du weißt, ich bin auf deiner Seite und halte zu dir. Aber darf ich dir einen Rat geben?«

»Welchen?«

»Sprecht euch aus.«

»Colin, ich –«

Er hob die Hand und fuhr fort: »Nicht heute und nicht morgen. Aber bevor ihr aufs College geht. Du wirst nie damit abschließen können, wenn Tyler weiterhin in deinen Gedanken herumgeistert. Glaub mir, ich weiß, wovon ich rede.«

Jetzt schaute ich ihn direkt an. Seine sonst so weichen Züge hatten sich verhärtet. Schmerz und Trauer lagen darin. Ich nahm seine Hand und drückte sie.

»Schon in Ordnung, Alice. Ich habe es immer bereut, dass

ich mich nie mit meiner besten Freundin ausgesprochen habe. Es war eigentlich ein lächerlicher Streit, ich weiß nicht mal mehr, worum es genau ging. Wir haben monatelang nicht miteinander gesprochen und dann ist sie plötzlich nach England gezogen und ich habe nie wieder was von ihr gehört. Mach bitte nicht denselben Fehler wie ich.« Daraufhin zog Colin mich in seine Arme und verabschiedete sich.

Heute war der Tag, vor dem ich mich gefürchtet hatte. Der Tag, an dem ich Tyler gegenüberstehen musste. Die Präsentation fand glücklicherweise erst am frühen Nachmittag statt, weshalb mir noch genügend Zeit blieb, mich zu Hause zu verkriechen. Es war neun Uhr morgens und ich hatte es noch nicht einmal geschafft, mich aus meinem Schlafanzug zu schälen.

Will prustete, als ich die Treppe hinuntergeschlurft kam. Mein Pyjama hing wie ein nasser Sack an meinem Körper und meine Haare standen in alle Richtungen ab.

»Du mich auch«, zischte ich, als Will nicht aufhörte, mich auszulachen.

»Woher kommt die gute Laune, Schwesterherz?« Er führte seine Tasse an den Mund und nahm einen großen Schluck Kaffee. Normalerweise war ich kein Fan von schwarzem Kaffee, aber heute hatte ich den Koffeinkick bitter nötig.

Ich holte meine Lieblingstasse aus dem Schrank, auf der Aladdin und Jasmin auf Teppich über Agrabah flogen, und goss mir den Rest aus der Kanne ein. Dann setzte ich mich Will gegenüber an den kleinen Tresen in der Küche. »Ich fühle mich, als wäre ich von einem Bus überfahren worden.«

»So siehst du auch aus«, sagte er und brach ein weiteres Mal in Gelächter aus.

»Ach, halt doch den Mund.« Ich widmete mich wieder meinem Getränk. Jeder Schluck kostete mich größte Mühe. Der bittere Geschmack setzte sich in meiner Kehle fest und ließ mich den Mund verziehen. Ich drehte meinen Kopf Richtung Wohnzimmer, aus dem ich ein leises Schnäuzen hörte.

Will folgte meinem Blick. »Mary ist erkältet. Sie liegt drüben und guckt fern.«

»Oh, die Arme! Ich setze mich zu ihr, kommst du mit?« Ich schwang die Beine vom Hocker und ging Richtung Wohnzimmer. Erst als ich im Türrahmen stand und einen Blick über die Schulter warf, stand auch Will auf.

Mary lag in eine Decke gemummelt auf der Couch und starrte auf den flimmernden Fernseher. Auf dem Boden lagen unzählige vollgerotzte Taschentücher verteilt.

»Wie geht es dir?«, fragte ich, als ich mich mit einigem Sicherheitsabstand auf den Sessel setzte. Ich liebte meine Schwester zwar, aber ich hatte sicher nicht vor, kurz vor der Abschlussfeier und dem Prom krank zu werden.

»Nicht so gut, ich bin krank«, schniefte sie und wischte sich über die Rotznase. »Krieg ich einen Tee? Den mit Gummibärchengeschmack?«

Ich grinste. Eigentlich war das nur Früchtetee, in den ich immer ein bisschen Honig gab, damit sie ihn besser runterbekam. Gerade als ich wieder aufstehen wollte, schaltete Will sich ein: »Bleib sitzen, ich mach das.«

»Danke! Und vergiss nicht die Extraportion Gummibärensaft!«, rief ich ihm noch hinterher, aber er war schon aus meinem Sichtfeld verschwunden.

»Guckst du mit mir einen Film?« Marys Stimme war kaum mehr als ein heiseres Fiepen.

»Was möchtest du denn gucken?« Ein paar Stunden hatte ich noch, bevor ich mich für die Präsentation fertig machen musste. Ihr Blick glitt zur Kaffeetasse in meiner Hand.

»Können wir Aladdin gucken?« Sie riss die Augen auf und klimperte mit den Wimpern, was wegen ihrer rot geschnäuzten Nase noch niedlicher aussah als sonst.

»Na schön, warum nicht«, erwiderte ich, woraufhin Mary sich quietschend etwas aufrichtete. Den Film hatte ich schon ein paar Monate nicht gesehen. Sicher würde er mich auf andere Gedanken bringen. Ich nahm die Fernbedienung und öffnete den Streamingdienst.

Als Will mit der Teetasse hereinkam und sie vor Mary auf dem Tisch abstellte, wanderte sein Blick zum Fernseher. »Echt jetzt? Aladdin? Wie oft willst du den denn noch sehen? Du bist so gut wie erwachsen!«

»Man ist niemals zu alt für Disney! Und es zwingt dich ja auch niemand, mitzugucken.« Ich streckte ihm, so erwachsen wie ich war, die Zunge heraus und lehnte mich im Sessel zurück, bevor ich auf Play drückte. Sofort als die Eingangsmelodie ertönte, bekam ich eine Gänsehaut. Die Musik in dem Film war einfach fantastisch.

Anstatt das Zimmer zu verlassen, setzte Will sich zu Mary auf die Couch.

Die Zeit verging wie im Flug und der Film war schon fast wieder vorbei, auch wenn ich noch Stunden damit hätte verbringen können. Die letzten Minuten waren angebrochen, in denen Aladdin den bösen Magier Dschafar besiegte und Jasmin befreite.

»Das ist so süß!«, freute sich Mary, als Aladdin und die Prinzessin sich in die Arme fielen. »Aber wieso ist Jasmin denn jetzt nicht mehr sauer auf ihn? Er hat sie doch die ganze Zeit angelogen!«

»Weil Aladdin es nicht böse gemeint hat. Er wollte sie nicht verletzen, er wollte nur mit ihr zusammen sein«, erklärte Will unserer Schwester. »Ja, es war falsch von ihm, deswegen zu lügen, aber er sagt Jasmin ganz genau, warum er es gemacht hat. Verstehst du das?«

Mary runzelte nachdenklich die Stirn. Aber nach einer Weile nickte sie zufrieden, als hätte sie das größte Rätsel des Universums gelöst. »Ja! Und dann ist sie nicht mehr sauer, weil sie es auch verstanden hat!«

»Ganz genau!« Grinsend wuschelte Will Mary durch die Haare. »Deshalb sollte man sich immer anhören, warum jemand die Dinge tut, die er tut. Vielleicht hat er ja einen guten Grund, der uns selbst nur nicht eingefallen ist.«

Während ich den beiden zuhörte, legte sich plötzlich ein Schalter in meinem Kopf um. Will hatte recht. Wie hatte ich die ganze Zeit nur so dumm sein können? Was Zara, mein Dad und Colin nicht in meinen Schädel hatten hämmern können, hatte mir ein vermeintlicher Kinderfilm nun ganz deutlich vor Augen geführt: Tyler hatte mich verletzt. Er hatte versucht, mit mir zu reden, aber ich hatte abgeblockt und von alledem nichts hören wollen. Ich hatte meinen besten Freund einfach aus meinem Leben ausgesperrt. Verdiente er es nicht, dass ich ihn anhörte?

Natürlich tat er das! Und nicht nur das. Er verdiente es, dass ich ihm seine Fehler verzieh, wenn er mich nicht hatte verletzen wollen. Auch ich war nicht perfekt, ich machte Fehler und verletzte meine Mitmenschen, wenn auch meistens ungewollt. Ich war einfach davon ausgegangen, zu wissen, was Tyler gedacht und warum er sich so verhalten hatte, ohne ihm die Gelegenheit gegeben zu haben, sich zu erklären. Und trotzdem spielte ich mich auf, als wäre ich etwas Besseres. Aber das war ich nicht.

Und auch Zara hatte ich ungerecht behandelt, obwohl sie mir eigentlich nur hatte helfen wollen – und sie hatte so recht gehabt! Ihre Freundschaft war mir unglaublich wichtig und ich würde dafür kämpfen. Denn auch wenn wir sehr verschieden waren, verband uns so vieles. Wir hatten zu viel zusammen erlebt und zu viel durchgestanden, um das jetzt einfach aufzugeben. Aber ich hatte unsere Freundschaft mit Füßen getreten. Ich konnte mir kaum vorstellen, dass sie mir verzeihen würde.

Und Tyler … Ja, er hatte Scheiße gebaut. Vielleicht auch mehr als einmal. Aber er wollte sich erklären und es wiedergutmachen. Es wäre egal, wohin ich nach der Highschool ging, die Erinnerungen an ihn und unsere gemeinsame Zeit würden mich auf Schritt und Tritt verfolgen, so wie Colin gesagt hatte. Die einzige Möglichkeit war, das jetzt zu klären. Ich musste Tyler alles sagen. Ich musste ihm meine Gefühle gestehen, damit er verstand, weshalb mich das alles so unglaublich verletzt hatte. Amy würde mich hassen, aber vielleicht würde sie es auch irgendwann verstehen. Ich tat es nicht, um sie zu verletzen oder ihr den Freund auszuspannen. Ich wollte Tylers und meine Freundschaft retten. Und diese Freundschaft bedeutete mir alles. Tyler bedeutete mir alles. Und wenn ich meine Gefühle für ihn runterschlucken musste, dann würde ich das tun.

Ich musste mit Zara und Tyler reden. Sofort.

»Ich bin so bescheuert!«, rief ich, sprang vom Sessel auf und rannte die Stufen zu meinem Zimmer hoch. Will und

Mary riefen mir noch hinterher, aber ich hatte keine Zeit. Ich musste meine Freunde suchen, mich bei ihnen entschuldigen und hoffen, dass sie mir verzeihen konnten. Ich musste das geradebiegen, koste es, was es wolle.

Keine zehn Minuten später war ich fertig, aus der Tür und drüben bei den Bennetts. Mein Herz raste. Ich hatte keine Zeit gehabt, mir die richtigen Worte zurechtzulegen. Ich wusste nicht mal, ob Tyler mich sehen wollte, oder ob er mich wegschicken würde.

»Komm schon«, murmelte ich, als nach wiederholtem Klopfen niemand öffnete. »Scheiße.«

Weder der Pick-up noch der Van standen in der Einfahrt. Dann musste ich eben zuerst den Abstecher zu Zara machen.

Ich stieg auf mein Rad, trat in die Pedale und sauste die Straße hinunter. Dabei ignorierte ich das Hupen der vorbeifahrenden Autos, denen ich nur knapp auswich.

Nach wenigen Minuten begann ich zu schwitzen. Zum Glück hatte ich mir ein paar Wechselsachen für die Präsentation eingepackt. Als ich in die Straße der O'Brians bog, war ich völlig atemlos.

Ich warf mein Rad in die Einfahrt und rannte den Kieselsteinweg hoch. Hoffentlich war Zara zu Hause. Bei ihr hatte ich während der Fahrt wenigstens einige Minuten Zeit gehabt, mir den passenden Start für das Gespräch zu überlegen.

Eine wunderschöne Melodie ertönte, als ich die Klingel betätigte. Keine fünf Sekunden später hörte ich Schritte im Inneren des Hauses. Eine der Reinigungskräfte öffnete die Tür.

»Sie wünschen?« Skeptisch musterte sie meinen Aufzug.

»Alice?«, kam Zaras Stimme zögerlich von drinnen. Sie ging gerade die marmorierten Stufen im Foyer hinunter. Wahrscheinlich, weil sie das Klingeln ebenfalls gehört hatte. »Ich mach das schon, Maja.« Maja nickte mir zu, bevor sie in der großen Villa verschwand. Zara blieb auf der untersten Stufe der Treppe stehen, verschränkte die Arme vor der Brust und musterte mich mit schiefgelegtem Kopf. »Was willst du hier, Alice?«

»Ich –« In meinem Kopf war ich dieses Gespräch doch eben erst durchgegangen. Jetzt brachte ich keinen Ton heraus. »Es tut mir leid.« Ich lehnte mich gegen den Türrahmen und starrte auf den Boden. Als ich den Kopf wieder hob, stand Zara plötzlich direkt vor mir. Ich hatte sie nicht kommen gehört. »Ich wollte dich nie anschnauzen. Und dich nie mit meinen Worten verletzen. Oder dich ignorieren. Ich weiß auch nicht, was mit mir los war. Ich war in diesem Moment einfach so verletzt, dass ich wie wild um mich geschlagen habe.« Ich fing ihren Blick auf. »Kannst du mir verzeihen? Bitte?«

Zara sagte eine Weile nichts. Sie schaute mich bloß an. Dann zog sie mich über die Türschwelle und in ihre Arme. »Nur wenn du mir auch verzeihen kannst!«, sagte sie in meine Locken. Heiße Tränen sammelten sich in meinen Augen.

»Es tut mir so leid, Zara. So, so leid«, flüsterte ich.

»Weiß ich doch«, erwiderte sie. Auch ihre Stimme war brüchig. »Mir tut es auch leid. Es war bescheuert von mir, dich zwingen zu wollen, mit Tyler zu sprechen. Du musst selbst entscheiden, wann und ob du bereit dafür bist.«

»Nein«, widersprach ich. »Es war richtig von dir. Du hattest recht. Ich habe mich so bescheuert aufgeführt.«

»Er hat es mir erzählt.«

Ich machte einen Schritt zurück und schaute sie verwundert an. »Was hat er dir erzählt?«

»Einfach alles.« Zara lachte. »Ihr beide seid so blöd. Du solltest wirklich mit ihm reden, wenn du dich dafür bereit fühlst, Alice. Du wirst es nicht bereuen.«

»Wie meinst du das?«

»Komm, ich erzähl dir alles auf dem Weg zur Schule.« Zara griff nach ihrer Handtasche und zog mich mit sich Richtung Wagen. Mein Rad ließ ich einfach bei ihr im Garten liegen. Ich würde es später abholen.

»Tyler und Amy haben sich getrennt«, begann Zara ihre Erklärung.

»Was? Wann?«, fragte ich überrascht.

»Schon vor Wochen!« Mir wurde mulmig zumute, als ich sah, wie schnell Zara fuhr. Als würde es um Leben und Tod gehen. »Er wollte es dir sagen, aber dann hast du Adrian kennengelernt und dann ist es zwischen euch kompliziert geworden.« Ihre Stimme nahm einen mitfühlenden Ton an. »Den Rest muss er dir selbst erzählen.«

Tyler und Amy waren also nicht mehr zusammen. Ob ich der Grund war, weshalb sie sich getrennt hatten? Nein, das war nur ein Wunschgedanke.

Zara räusperte sich. »Es gibt noch etwas, das du wissen solltest.«

»Noch mehr Offenbarungen erträgt mein schwaches Herz heute nicht«, erwiderte ich theatralisch. Wir lachten.

»Jackson und ich sind zusammen.«

»Was? Zusammen? So richtig zusammen? Wie ein Paar?« Mein Unterkiefer öffnete und schloss sich wie der eines Nussknackers. Ich hatte es zwar irgendwie kommen sehen, aber so plötzlich? Wann war das passiert?

Zara strahlte übers ganze Gesicht und ihre Wangen wurden

rosa. Sie biss sich auf die Unterlippe und nickte. »Jap, so richtig richtig.«

»Seit wann? Und wie ist es dazu gekommen?« Das war so aufregend!

»Das erzähle ich dir alles später. Aber sagen wir es so: Du hattest recht damit, dass er der bessere Begleiter für den Debütantinnenball war als der Kerl, den mir meine Eltern vorsetzen wollten.« Zara lenkte ihren Wagen auf den Parkplatz vor der Schule. »Jetzt musst du dir aber erst mal dein Happy End abholen.«

Ich starrte zum Haupteingang und fing sofort wieder an zu schwitzen. Mein Puls raste und ich atmete schwer. Sollte ich jetzt aussteigen, würden meine Beine nachgeben und ich würde ohnmächtig werden, ganz sicher.

»Du schaffst das«, machte Zara mir Mut.

»Glaubst du wirklich?«

»Ja!« Sie lachte. »Und jetzt geh, sonst muss ich dir in den Hintern treten. Und du weißt, dass ich das wirklich mache.« Zara hob mahnend den Zeigefinger. Wenn sie schon so weit war, dann sollte ich besser auf sie hören.

Ein letztes Mal schloss ich die Augen und atmete tief durch. Dann öffnete ich ruckartig die Beifahrertür und stieg aus. Auf wackeligen Beinen ging ich Richtung Eingang. Wie mechanisch lief ich die Schulflure entlang auf der Suche nach Tyler. Ich wusste zwar nicht, wo er war, aber ich hatte eine Vermutung.

Ich steuerte den Hinterausgang an, der zum Footballfeld führte. Dort war gerade das Abschlusstraining in vollem Gange. Nächste Woche fanden die letzten Spiele statt, auch Tylers, bei dem sich entschied, ob er ein Sportstipendium erhalten würde.

Auf den Rängen saßen ein paar wenige Schüler, die der Mannschaft beim Training zuschauten. Ich scannte die Reihen ab, bis mein Blick an Tyler und Jackson hängen blieb. Sie saßen einander seitlich auf einer der Stufen gegenüber, sodass ich sie nur im Profil sehen konnte.

Sofort beschleunigte sich mein Puls wieder. Ich war Tyler so nah und doch war er mir so fern. Wie er dasaß, strahlte er eine solche Leichtigkeit aus, dass es wehtat. Vielleicht war das hier ein Fehler und er war ohne mich doch besser dran. Er schien glücklich, das sollte ich ihm nicht kaputt machen.

Verdammt, hatte ich nicht eben vor Zaras Tür gestanden und genau dasselbe gedacht? Und es war gut ausgegangen. Also würde das hier genauso gut ausgehen. Ich sollte versuchen, optimistischer zu sein. Trotzdem blieb ich wie angewurzelt stehen.

»Los jetzt«, flüsterte ich mir selbst zu. Dabei ließ ich Tyler keine Sekunde lang aus den Augen. Und als hätte er mich hören können, hob er in genau diesem Moment den Kopf und schaute in meine Richtung – nicht nur in meine Richtung, sondern direkt in meine Augen.

Jackson schien kurz verwirrt, aber als er Tylers Blick folgte und mich sah, lächelte er.

Jetzt gab es kein Zurück mehr. Ich musste meinen Mut zusammennehmen und dieses letzte Gespräch führen.

Tyler stand auf und sprang mit einem Satz von den Stufen. Langsam kam er auf mich zu, blieb aber mit einigem Sicherheitsabstand stehen. Wir waren jetzt gut zehn Meter voneinander entfernt. Keiner von uns rührte sich. Tylers Blick ruhte auf mir. Es war, als schaute er direkt in mein Innerstes. Meine Haut kribbelte, mein Herz hämmerte mir gegen die Brust und meine

Gedanken bestanden nur aus einem großen, verknoteten Haufen Wörter.

Vorsichtig bewegte ich mein Bein, setzte einen Fuß vor den anderen und zwang mich so, auf Tyler zuzugehen. Als er sah, dass ich mich bewegte, veränderte sich auch etwas in ihm. Er atmete erleichtert auf, sodass die ganze Anspannung mit einem Mal von ihm abzufallen schien. Und dann rannte er los.

Ein Lächeln legte sich auf meine Lippen und auch ich lief schneller. Als wir einander gegenüberstanden, wusste ich nicht, was ich sagen sollte. Aber das war egal. Denn Tyler war hier. Hier bei mir. Und ich wusste, dass er es bleiben würde.

Ich ergriff die Initiative, packte den Kragen seines Hemdes, und zog ihn zu mir hinunter, bis wir Nasenspitze an Nasenspitze waren. Tyler keuchte.

»Du hast mir gefehlt«, flüsterte er mit einem Lächeln in der Stimme. Dann schloss er die letzte Lücke zwischen uns und küsste mich.

In diesem Kuss lagen all die Emotionen, die wir mit uns herumgetragen hatten, all die unausgesprochenen Worte, all die Entschuldigungen und all die Liebesbekundungen. Dieser Kuss war perfekt und für einen kurzen Augenblick war es, als wäre die Welt um uns herum stehen geblieben.

KAPITEL 21

»Einen kräftigen Applaus für Miss Alice Wright und Mr Tyler Bennett.« Die Ankündigung von Miss Pilkey machte mich nur noch nervöser. Was hatten wir uns nur dabei gedacht, dieser Präsentation zuzustimmen?

»Ich kann das nicht.«

»Doch, du schaffst das.« Tyler griff nach meiner verschwitzten, zitternden Hand und drückte sie. Seine Ruhe ging auf mich über und entspannte mich. Zumindest für einen kurzen Augenblick. Kaum wurden die Vorhänge zur Bühne zurückgezogen, wäre ich vor Aufregung fast in Ohnmacht gefallen.

In den ersten Reihen saßen einige ältere Männer und Frauen. Das mussten die Stipendiengeber der verschiedenen Colleges sein. In ihren Gesichtern war keine Regung zu erkennen. Eisern starrten sie uns an, mit ihren Klemmbrettern auf dem Schoß und den Stiften in den Händen. Wer von ihnen wohl zum Dartmouth gehörte?

Hand in Hand traten Tyler und ich auf das Pult zu. Wie gern ich die Beine in die Hand genommen hätte und einfach abgehauen wäre. Aber Miss Pilkey, die nun am Rand der Bühne stand, schaute uns so breit lächelnd an, dass ich ihr zuliebe all meinen Mut zusammennahm.

»Vielen Dank, Miss Pilkey.« Meine Stimme klang durch das Mikrofon kratzig. Beinahe so, als würde sie einer Fremden gehören und nicht mir. Mittlerweile war ich wieder so schweißgebadet, dass ich mich gar nicht hätte umziehen brauchen. Ich hatte Angst davor, das Mikrofon zu richten, denn dafür hätte ich die Arme heben müssen, unter denen sich mit Sicherheit dunkle Flecken auf der rosafarbenen Bluse gebildet hatten.

Tyler ließ meine Hand los, um seine Notizen abzulegen und ich zwang mich, noch einmal tief durchzuatmen.

»Vielen Dank, dass Sie so zahlreich erschienen sind«, fuhr ich fort. »Mr Bennett und ich repräsentieren heute den Fachbereich der Psychologie. Wir hoffen, durch unser Projekt dazu beizutragen, dass sich mehr Schülerinnen und Schüler in Zukunft für diesen Kurs einschreiben werden, denn die Psychologie ist breit gefächert, interessant und bringt Menschen zusammen.«

Ich warf Tyler ein Lächeln zu, das er erwiderte. Und ganz plötzlich fiel die Nervosität von mir ab. Denn Tyler war an meiner Seite. Und solange er das war, konnte mir nichts passieren.

Ich legte alle Überzeugungskraft in meine Rede und erklärte den Anwesenden unser Abschlussprojekt und wie es uns hierhergebracht hatte. Trotz der aufsteigenden Panik vor Tylers Reaktion, entschied ich mich dazu, auch das Fazit meiner Arbeit vorzulesen. Denn es gehörte dazu.

Aus den Zuschauerreihen und auch von Miss Pilkey waren hin und wieder leise »Ohhhs« zu hören und eventuell sogar ein Schniefen hier und da, aber vielleicht bildete ich mir das auch nur ein. Ein wenig fühlte ich mich wie in einem kitschigen Liebesfilm. Ich hatte keine Ahnung, wie viel Zeit vergangen war oder wie lange ich geredet hatte. Aber als ich fertig war, schaute ich das erste Mal wieder zu Tyler, der reglos neben mir stand und mich gerührt anschaute. Jetzt kannte er die ganze Wahrheit und es fühlte sich gut an. Als wäre eine schwere Last von mir abgefallen.

»Was Miss Wright nicht weiß, ist, dass mein Fazit das fehlende Puzzleteil zu ihrem ist. Man könnte meinen, wir hätten uns abgesprochen, aber das haben wir nicht. Wir haben uns selbst für das Fazit nicht ausgetauscht und auch ich habe ihres eben zum ersten Mal gehört. Und es hätte mich nicht glücklicher machen können.« Tylers Augen glitzerten verräterisch und auch ich war den Tränen nahe. Er nahm einen zerknitterten Zettel in die Hand und streckte den Rücken durch. Ich hing schon jetzt an seinen Lippen.

»Alice und ich sind beste Freunde. Aber schon während ich diese Zeilen niederschreibe, weiß ich, dass sie gelogen sind. Denn Alice und ich waren schon immer mehr als das. Wir sind Seelenverwandte. Sie ist der Grund, aus dem ich morgens aufstehe und mich auf den Tag freue. Denn ein Tag ist nur dann gut, wenn ich ihn mit Alice verbringen kann.

Eigentlich wusste ich schon seit Jahren, dass ich in sie verliebt bin. Aber wollte ich mir diese Gefühle eingestehen? Nein. Ich wollte sie verdrängen. Ich wollte, dass sie verschwinden, denn sie haben mir eine Riesenangst eingejagt.

Schon in dem Moment, in dem ich vorgeschlagen hatte, dass wir über den jeweils anderen unseren Aufsatz schreiben sollten, hätte ich wissen müssen, dass es ein Fehler war. Es hat nur wenige Tage gedauert, bevor meine verdrängten Gefühle für meine beste Freundin wieder hochgekommen sind. Und ich habe mich total bescheuert verhalten. Nicht nur ihr, sondern auch anderen geliebten Menschen in meinem Leben gegenüber. Und dafür schäme ich mich.« Tyler hielt einen

Moment inne und schaute mich an. Meine Beine waren wie Wackelpudding und meine Augen so glasig, dass ich kaum mehr als einen Schleier sehen konnte. »Trotzdem haben meine Fehler mich auch hierhergeführt. Und dafür bin ich wiederum dankbar.«

Ich wäre Tyler am liebsten in die Arme gesprungen, hätte ihn fest an mich gezogen und hier, vor all diesen Menschen, geküsst. Seine Worte bedeuteten mir alles.

»Alice ist nicht perfekt, oh nein! Sie hat viele Fehler und verrückte Eigenheiten. Einige davon sind mir in den vergangenen Wochen überhaupt erst aufgefallen. Schon lustig, was man alles bemerkt, wenn man wirklich auf eine andere Person achtet. Oder haben Sie schon mal von jemandem gehört, der wartet, bis das Eis geschmolzen ist, nur um es dann mit einem Strohhalm zu trinken, statt einfach gleich einen Milchshake zu bestellen? Nein? Ich auch nicht. Bis ich Alice dabei beobachtet habe.«

Das Lachen von den Zuschauerrängen brachte mich dazu, ebenfalls zu schmunzeln. Also hatte Tyler diesen Punkt wirklich notiert.

»Doch sie macht das auf eine so süße und charmante Weise, dass es irgendwie liebenswert ist. Alice hat außerdem immer eine Strickjacke in ihrer Tasche. Egal, ob draußen fünfunddreißig Grad und Sonnenschein bei klarem Himmel herrschen. *Für den Fall der Fälle*, sagt sie immer. Ich kann darüber nur den Kopf schütteln, aber so ist Alice. Sie will gewappnet sein.

Eine ihrer Macken habe ich immer belächelt. Sie hat diese verrückte Angewohnheit, jeden Knopf, den sie irgendwo findet, einzusammeln. Sie können mir glauben, die dafür vorgesehene Box in ihrem Zimmer platzt beinahe aus allen Nähten.

Heute bin ich aber froh für diese Angewohnheit, denn auch sie hat uns hierhergeführt.«

Während Tyler das Blatt Papier wendete, gingen mir seine letzten Worte noch einmal durch den Kopf. Was hatte das Knöpfesammeln mit uns zu tun?

»Wie ich Alice' Gesichtsausdruck entnehmen kann, weiß sie nicht mal, worauf ich hinauswill.« Tyler lächelte mich an. Er kannte mich zu gut. »Hätte sie sich vor einigen Wochen nicht nach einem Knopf gebückt, dann hätte ihr Ex-Freund sie niemals angefahren. Wir wären nie bei seiner Party gewesen, er hätte sich nie wie ein Arsch benommen und wir hätten uns vermutlich auch nie unter dem Sternenhimmel auf der Veranda geküsst. Und auch wenn darauf ein paar harte Wochen folgten, war es das wert.

Dieses Projekt hat mich also etwas gelehrt: Niemand ist perfekt und das ist auch gut so. Jeder von uns hat seine Macken und Eigenarten, die unseren Charakter formen. Alice kann sturköpfig und bockig sein, sie kann mit den Gedanken schnell abdriften und andere vorschnell verurteilen. Macht sie das zu einem schlechten Menschen? Auf keinen Fall. Das macht sie zu dem Menschen, der sie ist. Es macht sie zu Alice Wright. Zu meiner besten Freundin.

Alles an ihr ist auf ihre Weise perfekt. Und das ist es, was ich so sehr liebe. Ich liebe es, dass Alice perfekt unperfekt ist. Und ich liebe es, dass sie es zulässt, dass ich sie liebe.«

Um mein Schluchzen zu unterdrücken, schlug ich mir die Hand vor den Mund. Ich hatte mit vielem gerechnet, aber nicht mit so einer Offenbarung. Tylers Worte waren mir unter die Haut gegangen und hatten mich zutiefst berührt. Dass ich nun vor der halben Schule heulte, war mir egal. Ich machte einen

Schritt auf Tyler zu und ließ mich von ihm in die Arme nehmen. Hier fühlte ich mich geborgen. Hier konnte ich den Rest meines Lebens verbringen.

»Meine Damen und Herren, noch mal einen riesigen Applaus für Miss Alice Wright und Mr Tyler Bennett.« Ich hatte nicht mal bemerkt, dass Miss Pilkey ihren Platz an der Seite der Bühne verlassen hatte. In ihrer Hand hielt sie ein zerknülltes Taschentuch.

Als ich Tyler losließ, fand meine Hand sofort seine. Gemeinsam traten wir durch den Vorhang hinter die Bühne. Wir hatten es geschafft. Wir hatten einander unsere tiefsten Gefühle gestanden – und das auch noch vor Hunderten von Menschen. Ich hatte gedacht, ich würde mich schämen, aber ich war erleichtert darüber, dass wir es geschafft hatten und dass mein großes Geheimnis nun endlich enthüllt war.

»Das war wundervoll.« Miss Pilkey kam zu uns. »Sie beide sind eine Inspiration. Vielen Dank, dass Sie das mit uns geteilt haben. Dort draußen ist noch jemand, der gerne mit Ihnen sprechen möchte, Miss Wright. Ich schicke ihn herein.«

Verwirrt starrte ich meiner Lehrerin hinterher. »Was meint sie damit?«

Tyler zuckte mit den Schultern, aber ein vorsichtiges Lächeln zeichnete sich auf seinem Gesicht ab. »Keine Ahnung. Aber was ich weiß, ist, dass wir die paar Minuten ausnutzen sollten.« Ein überraschtes »Oh« entfuhr mir, als Tyler mich am Unterarm packte und an sich zog. Er roch fantastisch, sodass ich meinen Kopf gern in seiner Halsbeuge vergraben hätte.

Er legte seine Arme um meine Taille und hielt mich fest. Tyler und ich hatten noch einiges zu besprechen. Ich konnte ihn zwar nach dieser Präsentation besser verstehen, aber ich wollte mir alles von der Seele reden und ich wollte auch alles, was in den letzten Wochen passiert war, aus seiner Perspektive hören. Damit wir ohne Altlasten auf unseren Schultern in eine gemeinsame Zukunft starten konnten. Gerade als Tylers Lippen sich meinen näherten, ertönte ein Räuspern hinter uns. Peinlich berührt fuhren wir auseinander und drehten uns um.

Ein Mann mittleren Alters stand vor uns. Er war schick gekleidet, trug einen dunklen Anzug und ein grünes Hemd. Seine grauen Haare waren ordentlich nach hinten gekämmt und das Klemmbrett, das er in der Hand hielt, verriet ihn als einen der Stipendiengeber der Colleges. Ob er …?

»Miss Wright, wie schön, Sie anzutreffen.« Er streckte mir die Hand entgegen und ich ergriff sie. »Mein Name ist Jeffrey Bloomburgh. Ich bin im Auftrag des Dartmouth College hier, um nach vielversprechenden Talenten für das kommende Semester zu suchen. Ihre Lehrerin, Miss Pilkey, hat mich darüber unterrichtet, dass Sie Interesse an einem Psychologiestudium haben, ist das korrekt?«

Geistesabwesend nickte ich.

»Hervorragend.« Mr Bloomburgh notierte sich etwas auf seinem Klemmbrett, bevor er mich wieder anschaute. Tyler stand breit grinsend an meiner Seite, als hätte er im Gegensatz zu mir eine Ahnung, was hier passierte. »Sie müssen wissen, dass es nicht oft vorkommt, dass jemand mehrere Staaten durchquert, an meine Bürotür klopft und mich auf Knien anbettelt, jemand anderem die Chance auf ein Stipendium zu geben.« Sein Blick richtete sich auf Tyler. Aber statt verärgert auszusehen, grinste Mr Bloomburgh kopfschüttelnd. »Normalerweise würde ich kein Auge zudrücken, denn die Anweisungen waren klar und deutlich formuliert. Und die Abgabefrist wurde zumindest von einer Partei nicht eingehalten.« Tyler schluckte hörbar und kratzte sich die Bartstoppeln. »Allerdings kann Mr Bennett sehr überzeugend sein.« Er wandte sich Tyler zu. »Sie sollten überlegen, eine Karriere als Anwalt anzustreben. Leute wie Sie kann Amerika gut gebrauchen. Doch kommen wir nun zu Ihnen, Miss Wright. Es wäre mir eine Ehre, Sie im kommenden Semester am Dartmouth begrüßen zu dürfen. Kann ich auf Sie zählen?«

»Ist das ein Witz?« Von einer angehenden Psychologiestudentin hätte Mr Bloomburgh wahrscheinlich etwas Geistreicheres erwartet, aber mir fehlten die Worte. Nicht nur, weil ich es geschafft hatte und meinem Traum einen großen Schritt näher gekommen war, sondern auch, weil Tyler so viel getan hatte, um das möglich zu machen. Ich spürte, wie sich meine Lippen zu einem Lächeln formten, das immer breiter und breiter wurde, bis es auf meinem Gesicht wie festgefroren war. »Natürlich! Vielen, vielen Dank! Ich werde Sie nicht enttäuschen!«

»Davon gehe ich auch nicht aus.« Mr Bloomburgh zwinkerte mir zu, reichte erst mir, dann Tyler die Hand und verabschiedete sich. »Sie werden von mir hören.«

Als Mr Bloomburgh außer Sichtweite war, sprang ich Tyler in die Arme. Er strauchelte einen Moment, aber fing mich sicher auf. Und ich wusste, dass er das immer tun würde.

»Danke«, flüsterte ich und gab Tyler einen kurzen Kuss. »Danke, dass du das für mich getan hast. Aber wie? Wann?«

»Nachdem ich dir diese Chance beinahe vermasselt hätte, blieb mir ja nichts anderes übrig.« Er grinste verschmitzt. Ein Anblick, der mein Herz zum Schmelzen brachte. »Ich bin vor zwei Wochen nach New Hampshire geflogen und hab mich vor

Mr Bloomburgh ziemlich zum Affen gemacht. Aber das war es auf jeden Fall wert. Du hast es verdient.«

»Ich weiß nicht, was ich sagen soll, außer *danke*.«

Und das kam von Herzen. Wir hatten in den vergangenen Monaten einiges durchgemacht. Es hatte Höhen und Tiefen gegeben, die unsere Freundschaft auf eine harte Probe gestellt hatten. Doch nun waren wir hier, als hatte es genau so kommen müssen.

EPILOG

Wir lagen auf der Couch, unsere Hände ineinander verschränkt. Der Fernseher war nur wegen der Hintergrundgeräusche eingeschaltet, denn eigentlich verfolgten wir den Film schon seit der dritten Minute nicht mehr.

Seit einigen Wochen waren Tyler Bennett und ich nun offiziell ein Paar. Man konnte nicht sagen, dass es einfach und unsere Beziehung perfekt war, ganz im Gegenteil. Es gab immer noch Dinge, über die wir sprechen und an denen wir arbeiten mussten. Aber wenn man den Menschen gefunden hatte, mit dem man den Rest seines Lebens teilen wollte, dann war selbst die Arbeit ein Vergnügen, und es fühlte sich auch nicht nach Arbeit, sondern nach Fortschritt an. Denn wir wuchsen dadurch und wurden stärker. Gemeinsam.

Nachdem wir unsere Präsentation vor versammelter Schülerschaft gehalten hatten, waren wir das Gesprächsthema Nummer eins gewesen. Niemand konnte glauben, dass wir so plötzlich zusammengekommen waren. *Plötzlich.* Dass ich nicht lache. Unsere Gefühle füreinander hatten sich schließlich über viele Jahre hinweg entwickelt und wurden mit jedem Tag noch stärker. Ich glaubte, genau deshalb würden wir alle Hürden überwinden und zusammen wirklich glücklich werden.

Und auch in Zukunft würden wir gemeinsam unser Leben verbringen – Seite an Seite am Dartmouth College. Ich konnte es immer noch kaum fassen. Tyler hatte wirklich das Sportstipendium erhalten. Er hatte bei seinem letzten Baseballspiel so geglänzt, dass er mehrere Stipendiengeber von sich überzeugen konnte. Am Ende hatte er sich dafür entschieden, an meiner Seite zu bleiben. Also würden wir in wenigen Wochen gemeinsam nach Hanover umziehen.

Aber das war nicht mal das Beste. Zara und Jackson würden nach Boston an die Lesley University gehen. Meine beste Freundin hatte sich dort für Fotografie eingeschrieben. Das hatte ihren Eltern zwar gar nicht gefallen, aber sie hatten sich letztendlich damit arrangiert. Denn mit Jackson Turner hatte Zara wenigstens einen Freund, der in deren Augen den perfekten Schwiegersohn abgab. Dass auch er eine rebellische Seite hatte, wurde den O'Brians einfach verschwiegen.

Je mehr Zeit wir vier nun miteinander verbrachten, desto offensichtlicher wurde, dass es genauso gekommen war, wie es hatte kommen müssen. Tyler und ich. Zara und Jack. Wir waren eine Einheit. Und das würde so bleiben. Auch wenn uns in Zukunft zweihundert Meilen trennten.

Im Hier und Jetzt sah Tyler mich so liebevoll an, dass es wehtat. Ich musste mir wohl oder übel eingestehen, dass Wendy recht gehabt hatte. Er schaute mich wirklich schmachtend an. Der Gedanke ließ mich grinsen.

»Was ist los?«

»Ach, gar nichts«, winkte ich schnell ab.

Tyler zog die Augenbrauen zusammen und grübelte. Dann sagte er: »Ich habe eine Idee.«

Keine Ahnung, was er vorhatte. Aber er ließ mich nicht einmal protestieren, sondern schob meinen Kopf, der bis eben in seinem Schoß gelegen hatte, auf das Couchkissen, um aufstehen zu können. Ich konnte sehen, wie Tyler aus dem Zimmer und in die Küche sprintete. Den Geräuschen nach zu urteilen, zog er nacheinander mehrere Schubladen auf, nur um sie lautstark wieder zu schließen.

»Alles in Ordnung?«, rief ich ihm zu.

»Ja, ich bin gleich wieder bei dir«, antwortete er, machte aber weiterhin Unmengen Krach. Gut, dass ich sturmfrei hatte, sonst würde er sicher meine ganze Familie wecken. Seine dumpfen Schritte auf dem Teppichboden wurden lauter und kurze Zeit später erschien Tyler auch schon im Türrahmen. In der Hand hielt er Zettel und Stift.

Ich setzte mich auf und neigte fragend meinen Kopf. »Was soll das werden?«

»Warte kurz.« Er legte das Blatt vor mir auf den Tisch und schrieb oben in großen Druckbuchstaben ein paar Worte hin:

15 Gründe, dich zu lieben.

Meine Mundwinkel zuckten.

»Ich finde, es ist an der Zeit für ein neues Projekt. Wenn uns eine der fünfzehn Macken von der alten Liste mal wieder in den Wahnsinn treibt, helfen uns die fünfzehn Punkte der neuen Liste dabei, darüber hinwegzusehen. Weil die Liebe immer überwiegt.«

»Fünfzehn sind etwas wenig für ein ganzes Leben, meinst du nicht?«

Tyler lächelte mich liebevoll an. »Ich dachte, wir fangen erst mal klein an.«

Dann ließ er sich neben mich auf die Couch fallen und besiegelte unsere Liebe mit einem Kuss, der filmreifer nicht hätte sein können.

Tyler war mein Happy End, auf das ich all die Zeit gewartet hatte.

DANK

Wow, es ist kaum zu glauben, dass ich hier sitze und eine Danksagung für dieses Buch schreibe. Die Geschichte von Alice und Tyler begleitet mich seit August 2018 und nun, ziemlich genau drei Jahre später, konntet ihr sie endlich lesen. Es war ein langer und harter Weg, doch wir sind am Ziel angekommen und dafür bin ich unendlich dankbar.

Mit »15 Gründe, dich zu hassen« sind für mich viele Träume wahr geworden. Es ist das Buch, mit dem ich mich damals auf die Suche nach einer Literaturagentur begeben habe, und bei meiner wundervollen Agentin Sophie Riess gelandet bin, die seitdem unglaublich viel für mich getan hat. Ich fühle mich bei ihr rundum wohl und bin so glücklich darüber, dass sie mich und meine Bücher vertritt!

Ihr ist es auch zu verdanken, dass mein Buch ein wundervolles Zuhause bei »Planet!« gefunden hat. Danke an das Verlagsteam, dass ihr an mich geglaubt habt. Und danke an meine großartige Lektorin, ohne die die Geschichte niemals so wunderbar geworden wäre! Ich bin so glücklich mit dem Endergebnis und freue mich total über die wunderschöne Aufmachung! Wo wir auch schon beim nächsten Traum wären, der in Erfüllung gegangen ist: eine Klappenbroschur! Ich habe mir so lange ein Buch mit Klappen gewünscht und nun ist es endlich geschehen – wie cool ist das bitte!? Ich kann es noch gar nicht so richtig glauben.

Mein Dank gilt auch all den wundervollen Menschen, die mich auf meinem Weg begleitet haben: Meine Familie und meine Freunde, die mir immer Rückhalt geben. Mein Freund, der sich nicht beschwert, wenn ich mal wieder vor dem Laptop versumpfe und dabei vergesse, die Waschmaschine anzuwerfen. Meine Schreibmädels, die mir in den Hintern treten und mich zeitgleich in allem bestärken, was ich tue.

Und natürlich danke ich dir! Danke, dass du unter den Abertausenden Büchern auf dem Markt ausgerechnet zur Geschichte von Alice und Tyler gegriffen hast. Ohne dich und all meine anderen Leser:innen könnte ich niemals meinen Traum leben. Danke!

Ich hoffe, wir lesen uns bald wieder!
Eure Ana

Woods, Ana:
15 Gründe, dich zu hassen
ISBN 978 3 522 50713 4

Umschlaggestaltung: Sandra Taufer
unter Verwendung von Bildern von Julia Karo/Shutterstock.com;
Phatthanit/Shutterstock.com; nuttakit/Shutterstock.com; Emma Make/
Creative Market
Innentypografie: Kadja Gericke
Reproduktion: DIGIZWO Kessler + Kienzle GbR, Stuttgart
Druck und Bindung: CPI books GmbH, Leck

FSC www.fsc.org MIX Papier aus verantwortungsvollen Quellen FSC® C083411